舞踏会

佐川恭一

舞踏会
＊
もくじ

愛の様式　3

冷たい丘　109

舞踏会　137

ひだまりの森　171

友情（浜大津アーカスにて）　211

愛の様式

最後にキスしたのがいつだか覚えていない。二人目の子作りのための行為は定期的にしているが、キスはさせてもらえない。わたしはそれが加齢に伴う自分の魅力の逓減のせいだと思っていたが、妻の発言から推測するに、わたしが脱いだパジャマをしばしば椅子にかけっぱなしにすることや、トイレの電気を相当の確率で点けっぱなしにすることや、洗濯の際ネットに何を入れ何を入れないかの判断がいつまでもつかないことや、金曜日に保育園に娘を迎えに行ったとき絶対に持ち帰らねばならないシーツをよく忘れることや、洗い物をするたびにあたりを水浸しにしてしまうことや、各種ゴミ出しの曜日をほとんど把握できないことや、自動車保険の更新にあたって五百円割引の利く早期手続の期間を毎年逃してしまうことなど、原因は複合的なもののようだった。夜の味気ない肉体労働の埋め合わせのためとも言えることなのだが、わたしはよくパソコンにひっそり保存しているサオリちゃんとのツーショット写真から妄想を広げて一人遊びをしている。サオリちゃんというのは友人の彼女だった女の子で、わたしのタイプど真ん中だったから、昔酔った勢いで一緒に写真を撮ってもらったのだ。友人は結局サオリちゃんと別れてしまったので、わたしにはもう彼女と会う手立ては残されておらず、かつて三人で愉快に騒いだ日々のことを懐かしく思い出すのがせいぜいである。友人のあとにサオリちゃんと付き合える可能性は、わたしの勇気次第でゼロではなかったかもしれないのだが、友人の語るところによれば、彼女は突然バリ島へ旅立って海外の男と寝てしまう悪癖を持つらしかったから、貞操観念を重視するわたしとは根本的に合いそうもなく、そのまま何のアクションも起こさなかった。サオリちゃんはそのあと幼馴染だったらしい地元のプロ野球選手と結婚して子供も産んだようだが、もともとさほど活躍していなかったその選手は昨年某球団から戦力外通告を受けたようで、いまの生活状況が非常に心配される。わたしは友人が——といちいち言うのが面倒なので、これからは島田と言うが——運転する車で、助手席にサオリちゃんが座って、後部座席にわたしが座って、という形式でたびたび遠くへ出かけたものだった。わたしが他愛もないことを話しかけたとき、いつも「なになに？」と振り返ってくれたサオリちゃんの顔をよく覚えている。それは夏の感じだった。きらめく生命の躍動、それが特にすばらしく表れていたのは笑ったときの唇の端の部分で、いつも思わず手を伸ばしてしまいそうになるほど美しかった。サオリちゃんはだから暑い時期になると鮮明に思い出す。島田はサオリちゃんのことなんかもうどうでもいいらしく、とっくにあたらしい女の子と付き合っている。その子は里奈ちゃんといって、里奈ちゃんはすごくかわいくて仕事ができ、家事全般も完璧にこなすらしいが、わたしはサオリちゃんのほうが断然タイプだった。しかし島田に言わせれば、サオリちゃんよりも明らかに里奈ちゃんのほうがかわいく、というか美人で、周りのやつらに紹介しやすいと言うのだった。どうも島田のタイプというのはよくわからないのだが、島田にしてみればわたしのタイプこそまったくの謎のようで、お前は目が腐っているとよく言われる。サオリちゃんはそもそも相当太っていたと言うのだ。わたしはサオリちゃんは太っていなかったと主張した。しかし島田は太っていたと言い張る。おれはちゃんと服を脱がせて裸まで確認した、お前にはわからないところまでちゃんと見た、その上で太っていたと言っているのだから、それは太っていたということなんだ——しかしわたしは違うと思う。太っていなかったと思う。個々人の感覚というレベルの話でもなくて、絶対的な基準において太っていなかったのだ。だが里奈ちゃんが悪くないということには完全に同意する。島田と三人でカラオケに行ったときなどはブルーハーツの声まねをして驚かせてくれたし、わたしが無理に覚えたOfficial 髭男 dism を歌うと、「すごくうまいね！」と目を輝かせてくれた。それは単純にうれしかったが、島田がそのあとにサザンをすごいクオリティで歌ったから、これはかなわないという感じだった。わたしはそのときのサザンには驚嘆した。島田がこんなに歌がうまいとはそのときはじめて感じた。それでわたしは少し不機嫌になったと思う。そのあとわたしは古い歌を投げやりな調子で歌って、ずっとふてくされていた。「いや、お前は別にふてくされてなかったよ」と島田は言う。「あの日お前は愛想がよくて、その理由はおれにはわからなかったけど、いつもより余裕があった。おれがお前に彼女を会わせるのは絶対お前には取られないって自信があるからだけど、あの日だけはちょっとやばいと思ったわ」こういう島田の物言いに腹は立たない。わたしと島田のあいだで作られてきた関係、互いにまったく別タイプの人間だと認識しながらも途切れず続けられてきた交際のなかでは、あらゆる言動が許容される。わたしと島田は高校時代からの友人で、高校時代からの友人はいまかれをふくめて二人いる。会おうと思えば会えるやつはもう少し多いが、会おうと思わないので、会おうと思えるやつが二人いるということだ。もう一人の男は辻原という。辻原はもう七年以上婚活を続けているが結婚できそうもない。平日はジムに通って休日はコンパかパーティに出かける。コンパというのは基本的に多人数と会える街コンだそうで、マッチングアプリや合コンなどで少数ずつ会うのは効率が悪く、しかも外れだったときに二、三時間棒に振るのが我慢ならないのだそうだ。そういう催しで二、三十人ほどを一気に査定し、辻原の定める「辻原四条件」をクリアした者が一対一のデートに進める仕組みだと聞いたが、内容は忘れてしまった。辻原は四条件をものすごく熱く語っていて、その熱量の高さだけは鮮明に覚えている。冬の寒い日で、猛烈な向かい風が吹いていた。わたしはさっさとどこかの店に入ってしまいたかったが、辻原はもう少し歩こう、もう少し歩こう、と言ってなかなか店に入ろうとしないのだ。そうして横並びで歩いているときに四条件の話が出て、わたしは寒さに凍えながら「うん、うん」と相槌を打ち続けた。わたしは大抵の場面で聞き役に回ってうんうんと頷いているのだが、それは聞き上手だからではなく話し下手だからで、確かにちゃんと聞いている雰囲気を出すことは得意だが、それはずっとその役割を続けてきた慣れのためでしかない。しかもあくまでも雰囲気を出しているだけなので、内容をろくに理解できていないことも多い。合間に多少の質問をしてみたり、わかった風な言葉を一つ二つ投げ返したりはするのだが、それは表面的かつ一時的な理解で、話のなかから取り出せる少なくとも間違いではない言葉を組み合わせているだけなので、頭はまったく回っていない。最近は仕事でもそうなってきている。同じ職場に長くいるので大体のことに慣れてしまって、頭なんかぜんぜん使わない。自分の頭で考えてクリエイティビティを発揮するための「クリエイティビティ研修」に参加させられたときも、クリエイティビティを発揮しようとしているふりをするだけだった。クリエイティビティなんて誰もよろこばない。上層部はみんな前例踏襲が好きで、しかもクリエイティビティを醸し出しつつの前例踏襲が好きなので、そんな感じを演出してやると大抵はうまくいく。うまくいくというのは波風を立てずにすんなり仕事が進められるというほどの意味で、わたしはそれ以上を望まないのだが、信念や向上心のないわたしの態度に異を唱える同期もいる。小畑などはそうで、もっとあたらしいことをどんどんやっていくべきだし、頭の固い上層部をひっくり返さなきゃならないと言っている。小畑は会社を変え、そして社会を変えたいと思っている。志のある人間なのだ。わたしは自分が食べていければそれでいいから、小畑とは反りが合わない。お前みたいな生き方はつまらないと小畑は言う。確かにもっと能力があれば冒険してもいいと思うが、わたしは能力が低いので冒険できない。小畑は能力が高い。小畑はたぶんその高い能力を十分に発揮できない現状、非合理的な前例にも従い続ける会社の旧弊な土壌に腹を立てていて、それはわたしにも理解できる。わたしが小畑なら、わたしも怒ったかもしれない。だが会社をよくするとか社会をよくするみたいな思想にまで、わたしではたどり着けない。わたしは一労働者として自分の、そして家族の生きる食い扶持さえ稼げればあとはどうでもいい。たまにドキュメンタリー番組などで世のため人のために尽くす人間の話を見て胸が熱くなり、「このままではいけない、自分も熱くならなければ！」と思う夜もあるわけだが、そんな気持ちも翌朝にはなくなっていて、多少残っていた場合でも、面倒な仕事にぶつかった時点で雲散霧消する。妻はそういうドキュメンタリーを毛嫌いしていたから、結婚してからはすばらしい人間の話を摂取する機会もめっきり減った。いや、妻はほんとうはドキュメンタリーが嫌だったのではなくて、それを見て一瞬義憤にかられたりやる気を出したりするわたしが嫌だったのかもしれない。わたしが世界中の悲惨な目に遭っている人間のことや社会の理不尽について、自分の能力も顧みず一丁前に意見することが苦痛だったのかもしれない。妻はいつもこういう顔をしていた、「何を言っているんだ、目の前の家事すら満足にこなせない人間が？」わたしはしかし家事をやっているつもりだった。それが妻の求めるレベルに達していないということなのだろうが、わたしはやれどもやれども満足してくれない妻にほとほと疲れ果てていた。わたしは会社の飲み会や同期会などもほとんど断り、家事育児に邁進しているつもりだったのである。職場ではよくすばらしい夫だと言われた。「こんなにすてきな旦那さん、なかなかいませんよ！」と言われた。「いまの時代イクメンとかよく言いますけど、実際は渡辺さんみたいにできるひと少ないですからね」と言われた。何があっても家庭優先の、理想的夫像を体現したモデルケースだというのが大方の評価だった。それは何もわたしが自分をそのようにプレゼンテーションしたわけではない。話し下手なこともあってほとんど相手の質問に答えているだけだったのだが、いつの間にかそのような評価が定まっていたのだ。いや、しかしそれはわたしに面白みがないからとりあえず「理想の夫」みたいなわかりやすいキャラクターを付与しておこうという、会話の際にあまりにも話題がないと困るからとりあえずそれでいっておこうという周囲の苦肉の策だった可能性もある。わたしは基本的に話題のない人間で大した趣味もない。結婚後はテレビも映画もほとんど観なくなったし音楽も聴かなくなった（子供ができてからはテレビで子供番組を観るようになったが、それも一部の人間にしか通じない話だ）。ゴルフもやらなければ賭け事もせず、たまに気になった本を読むぐらいだ。それがまた理想の夫としてのわたしの像を強化するわけだが、ひとたび家庭の中に戻ればわたしは最低の夫でしかない。なんでパジャマを片付けられないの？　なんでトイレの電気を毎回消せないの？　なんで洗濯の仕方も覚えられないの？　なんで保育園からシーツを持って来られないの？　なんで洗い物もちゃんとできないの？　なんでゴミ出しの日も覚えようとしないの？　なんで保険の更新もまともにできないの？　なんで？　なんで？　妻はつねに不機嫌で、わたしの洗った皿やコップを床に叩きつけて割ることもあったし、わたしの洗濯物の干し方が気に入らず物干しを蹴り倒すこともあったし、間違えて出そうとしたゴミ袋のなかのゴミをぶちまけられたこともあった。暴言は日常茶飯事で、稼ぎが少ない、甲斐性がない、顔が気色悪い、声が耳障り、いないほうがまし、単身赴任して消えろ、というようなことはよく言われていて、それらに関しては特に何も思わなかったが、家事をやるたびに、やらなかった場合よりも厳しく当たられるのはかなりこたえた。妻の前で家事をするときわたしはいつも筋肉が硬直するのを感じ、それは仕事ではもはや感じないような強いプレッシャーだった。実際、失敗（と言ってもわたしには失敗と思えないようなものだが）が重なって家から締め出されることもよくあった。そういう日には、わたしは気軽に会える友人も近くにいないし、キャバクラやスナックみたいなところも嫌いだし、そもそも月の小遣いが二万円しかないので、ネットカフェに行くのがせいぜいだ。そこで一晩時間をつぶして二千円だか三千円である。次の日になれば妻はある程度気持ちをおさめているから、つまり締め出しが永遠に続くわけではないことを経験的にわかっているから、ネットカフェでわたしはそれほど不安を感じることもない。そのときの流行りの漫画を流し読みしたり、映画をざっとチェックしてみたり、アダルト動画を飛ばし飛ばしに眺めてみたりする。それでなんとなく時代をつかんでいるつもりになれる。実際のところ一つもまともに中身を見ていないわけだから何も進歩していないのだが、わたしはいつもなんとなく満足してお金を清算する。逆に一度妻が飛び出していったこともあり、そのときは娘と二人きりになった。娘は二歳だったから、妻が飛び出しても事態を把握できずニコニコして、そのまま録画のアンパンマンを観た。いつものことだが、知らないキャラクターが登場するたびに「これなんだ？」と訊いてくるので、わたしは「だだんだん」とか「けむりいぬ」とか答えたのだが、たまに絶対にわかっているはずの「カレーパンマン」なども指差して訊いてくるので、逆に「なんだと思う？」と訊き返す。すると「カレーパンマン！」と言う。ほんとうに忘れているときは「なんだっけ……」とはにかむ。かわいい。指を吸うくせがあって、名前は亜美。亜美がさすがにアンパンマンに飽き、YouTube にアップされている「しまじろう」を観せろと言ったころ、妻が戻ってこないのではないかという不安がよぎって電話をかけてみたが、そのときリビングのテーブルの上で振動音が響いた。携帯も持って行っていなかったのだ。これは長持ちすまい。はじめはそう思ったが、携帯を持たないということはわたしとの連絡手段を放棄しているということで、より本気であるという可能性も考えられるので、「ねえ、お母さん捜しに行こっか」と亜美に言うと、亜美は「イヤ！」と言う。「こわい」と言うのだ。「なにがこわいの、なにかこわかった？」と訊くと、「おばけこわい」と言う。なんのことかわからず、「いいから行こ、車で行くよ」と言いリビングのドアを開けると亜美はさらに怯えて震え、泣き出してしまった。「こわい、こわい！」とドアの向こうに見える廊下や二階へ続く階段を指差している。夜はそこが暗いので、お化けが出てきそうな感じがするのかもしれない。保育園でそんな絵本でも読んだのかもしれない。しかし妻をこのまま放っておくわけにはいかない。恥ずかしいことだが、妻がいなければ保育園の送り迎え一つとっても、自分の会社の通勤時間や残業の具合を考えると難しかった。わたし自身、あのような妻でもいなければ寂しかったし、いつもよくしてくれる妻の両親の笑顔も浮かんだ。そして何より亜美の成長に問題が生じることを恐れた。わたしはこのとき、世間の離婚者たちはなぜ離婚に踏み切れたのか不思議でならないと思った。後輩にも離婚したやつがいて、そいつは神木という。神木はわたしと同じぐらいの小さな娘がいるのに離婚して、養育費を月に六万円払いながらヒイヒイ言っている。娘に会うのは月に一度、元妻が土曜出勤のときに預かる形で会うらしいが、だんだん神木に飽きてきて、半日も経つころには「ママー！　ママー！」と泣き叫ぶそうだ。そうして何とか一日面倒を見終えて元妻が帰ってきたとき、娘は

「ママ！」と歓喜の声を上げて抱きつき、父である神木の方を振り返って「バイバイ！」とその日一番の笑顔を見せる……そんな繰り返しのなかで、娘が自分の子供だという実感を失いつつある、と神木は言う。

「やっぱり、一緒に暮らすってのは大事だと思います。たまにしか会わない人間が何を言ったところで、相手には響きませんよ。日頃からの関係のないやつが論理的に正しいだけの話をしたって、そこに説得力はないんです。だからぼくが娘の教育に関わるということは、もう難しいでしょうね」

　神木はそんなことを、もう娘を「切った」かのように話す。わたしにはその切断の感覚がよく理解できなかったが、「渡辺さんも、離婚して別居したらすぐわかりますよ。それはそれで楽ですよ」と言うのである。ほんとうにわかるのだろうか？　別れたら楽になれるのだろうか？　いやだめだ、まだわたしは限界に達していない、この程度で離婚するわけにはいかないぞ……わたしは亜美を無理やり車に突っ込んでチャイルドシートに乗せ、妻の行きそうなところをめぐった。そのうちに亜美は寝てしまって、わたしはそのまま小一時間車を走らせたが、結局妻は見つからず、ラジオでＤＪがリクエスト曲を流していて、このＤＪというのは、流している曲を全部好きだというふりをしているが、ほんとうに好きな曲は何なのだろうと思った。嘘ばかりついて、自分の好きな曲を一つも言わない。一つ好きな曲を言ってしまえば、ならばこれは好きではないはずだと類推されてしまう、そうした難しい立場に立たされているのか、あるいはすべての曲には良さがあるという思想のもとで、曲が届くべき人に届くよう橋渡しの役割に徹しているのか。何にせよややこしい仕事だなと思った。妻は見つからなかった。そうして失意のうちに家に戻り、寝ている亜美を起こさないように抱き抱えてドアを開けると、妻が戻っていて皿を洗っていた。「おい……」と声をかけると、リビングに干しっぱなしの洗濯物を畳めと言うので、亜美を和室の布団に寝かせて洗濯物を畳み、タンスに片付けてからもう一度「おい……」と声をかけると、「あんたにはもう期待しない」と冷たく言い放つ。頭にカーッと血が上るのを感じたが、とりあえず妻を放って自分の部屋にこもった。わたしは部屋でかつて付き合った女の子二人のＳＮＳを確認した。一人は独身のままエリート街道を突き進んでおり、もう一人は仕事を辞めて子供を二人産んでいる。エリート街道のほうの写真はおそらく加工されておらず、専業主婦の方はかなり加工されている。あいつはこんな顔だったか？　わたしが一緒に撮ったプリクラの過剰な補正を思い出してみても、これほど整った顔だということはなかったはずだ。しかし不思議なもので、加工された写真ばかり見ているとそれが現実だという気がしてきて、昔の思い出に残る顔のほうまで遡って修正されていく。わたしはかつてのこの恋人たちと結婚していたなら、いまのような惨状は避けられたのではないかと想像し、しばらく時間をかけてその「if」の生活を頭に描いてみたが、どちらにせよいまと変わり映えしないだろうという結論にいたった。わたしがわたしである限り、この「カカア天下」の展開は避けられないのだ。たとえ過去のあらゆる場面でいまと異なる選択をしていたとしても、必ず同じような生活にたどり着いていた気がする。その日、とりあえず妻を捜そうとした姿勢は伝わったはずだと考え、わたしは日にち薬というのか、時間さえ経てば妻は元どおりになるだろう、いや、元どおりと言ってつねに不機嫌なことに変わりはないが、いまの不機嫌レベルよりも低いところに安定していくだろうと思っていた。それは根拠の薄い株価の予測のようなものだったが。

＊

亜美はアンパンマンの次には「アナと雪の女王」に夢中になり、毎日毎日ほぼエンドレスでアナ雪を流すことになった。そして主題歌の「Let It Go～ありのままで～」が流れる場面にしてほしいとことあるごとにせがんだ。じつのところ、松たか子というものの存在をわたしは大学時代までほとんど看過していた。幼い頃もあまりテレビを観なかったので、流行ドラマの「ラブジェネレーション」も「HERO」もよく知らず、松たか子の存在だけを認識している状態が長く続き、しかし大学である友人と話していたとき、わたしが松たか子だと思っていたのはじつは松嶋菜々子であったことがあきらかになった。かれは加納といって、日本俳優界の最高峰は織田裕二と松たか子であり、音楽界の最高峰もまた織田裕二と松たか子であるという主張を四年間にわたって続け、酒の席で反論を受けることも多かったが、ただの一度も折れることなく社会へと羽ばたいていった。遠方に就職したかれが餞別にデータをくれたので、わたしの音楽プレーヤーには織田裕二の曲と松たか子の曲がたくさん入っている。加納は松たか子のファーストシングル「明日、春が来たら」をはじめて聴いたときの衝撃を《4トントラックに轢かれたような》衝撃と言い表し、ひどく心酔した様子で褒めたたえていたので、わたしは松たか子を聴くときいつも加納の熱狂ぶりを思い出す。いま「Let It Go～ありのままで～」を聴いていると、まだ中学生だった加納の胸を撃ち抜き、さらに三十も半ばにさしかかろうかというわたしの二歳の娘までも虜にしている松たか子のすさまじさ、約二十年ものあいだ一線級であり続けるために彼女が重ねたはずの途方もない努力に打ち震えざるをえない（彼女はアカデミー賞の舞台でこの歌を歌唱する快挙を成し遂げたが、それは彼女の「継続」の圧倒的な厚みのなかのわずかな煌めきにすぎない。彼女の真価はその厚みそのものにある）。「ありにょーー、ままにょー！」娘はご機嫌で歌い、わたしが少し一緒に歌おうとすると「だめ、おとうさんちがう、うとあない！　あみがうとあぅ！」と怒る。加納はいまも松たか子についてどこかの居酒屋で熱く語っているのだろうか？　加納とは大学時代のほとんどの時間を共に過ごすほど仲が良かったが、あれから連絡を取ったのは卒業直後の二度ほどで、会ったことは一度もなく、かれの痕跡はいま音楽プレーヤーの織田裕二と松たか子に見られるのみだ。友情というものの正体を考えるとき、付き合いの途絶えた加納にせよ、いまだ親密な島田にせよ、結局かれらを最上位とは見なしていない自分に突き当たる。わたしが最後に取るべきもの、それはどうあがいても妻と娘なのであり、そんなものを抱えたままの友情というのは、どこか本物という感じがしない。妻や娘にはできない話が友人にならできる、ということは多々あるが、それはつねに妻や娘が上位に置かれたままでの話であって、友人はわたしが命がけで守る対象ではない。それは目の前の人間について、様々な留保をはぎ取って極言すれば、死んでもかまわないと思っているということだ。誰にしたって似たようなものだろう。一番大事なのは自分や家族や恋人で、それらより友人一人の命を上位に置くやつなんて現実に見たことがないから、つまるところ、わたしたちは「こいつが死んでもかまわない」という潜在意識を持ったまま友人関係をつないでいるということになる。

　亜美はまったく飽きもせず「Let It Go～ありのままで～」を、ある程度覚えているらしい歌詞をなぞって一応それらしく歌う。わたしはそれに感心というか感動さえして、妻に「ちゃんと成長してるね」と言ったのだが、妻は「してない」と怒鳴った。「保育園の同じぐらいの誕生日の子が、もっとちゃんと喋ってるの知らないの？　何回も見たことあるでしょ？」しかしわたしは誰が何月生まれか知らないどころか、名前すらよくわかっていなかった。

「歩き方だってもっとみんなちゃんとしてる。亜美は遅れてるよ」

そう言われてしまって、わたしには返す言葉がなかったのだが、我が子は我が子なりに成長しているのだから、この年齢でそんなに他と比較する必要はないじゃないか、と内心思っていた。だが妻はほんとうに心配なようで、発達に問題があるのではないか、足の骨格がおかしいのではないかなどと、いろんな子育て番組を録画して夜中までチェックしたりしていて、その迫力は子を真剣に思う親にしか宿らない種類のものだった。わたしも一緒にいくつかの番組を観たのだが、確かに問題行動として、すぐに癇癪を起こしてものを投げるとか、落ち着いて座っていられないとか、トイレの習得が遅いとか、一致するものはたくさんあったが、正直なところそれほど気にならなかった。どうせ治っていくだろうと思ったのである。しかし妻は、重症化しないうちに何か手を打たなければ、と焦っていた。そうして病院に連れて行くと、医者はまだわからないと言った。その吐き捨てるような語調には、二歳やそこらでわかるわけがないだろう、という含みが感じられた。「まあ、半年後にも改善されないようならまた来てください」わたしはどうせそんなことだろうと思っていたが、妻はその診断に不服で、まるで自分の子に何らかの障害が見出されないと気が済まないかのようだった。わたしはとにかく半年待とうとなだめた。妻はわたしの意見を聞いてというよりは医者の見解を採用して半年待つことにしてくれたが、納得しているようには見えなかった。そもそも、妻が何かに納得しているところをわたしはあまり見たことがない。

*

次に島田に会ったとき、島田はスピード違反の連続で自動車免許を剥奪されており、会社内でも「コンプライアンス違反」を犯したとかで降格処分を受け、同期の約三分の二程度の収入しか得られなくなっていたが、なぜか元気いっぱいの様子だった。しかもこれまでの付き合いのなかで一番元気だと感じるほどだったので、おかしいと思ったわたしが「何かあっただろう」と訊くと、島田には愛人ができていた。愛人はひと回りも歳下の新入社員で、その子はこれまでに付き合ってきた彼氏相手では痛みがひどくてまともにセックスできなかったのだが、島田相手だとスムーズにできたというので、島田にぞっこんはまっているのだという。里奈ちゃんはどうするんだと訊くと、「悪いとは思ってる、本命は里奈だけど、里奈はあんまりやりたがらないから、そこを愛人で補ってる感じかな」と言って大して反省する風でもないので、そういうものなのかとわたしは驚くばかりだった。世の中に二股、三股をかける人間は数多くいるようだが、大抵そこには深い罪悪感や、人生を最大限に楽しむと決めたある意味命がけの覚悟みたいなものがあるのだと思っていた。しかし島田は非常に軽快でフラットな様子なのだ。島田とわたしではもともとの気質が異なり、また容姿もわたしは老け込んでいるのに対して島田はまだまだ若々しいので、女の子の寄ってくる数や仕方が違うのだろうが——というかわたしに寄ってくる女の子は皆無なのだが——、仮に妻でない女の子と会う機会があったとしても、わたしはソワソワしてしまって何一つ楽しめないだろう。その心苦しさを乗り越えられる筋金入りの快楽主義者のみが不貞の果実をほおばる資格を得るのだ、というのがわたしの考えだったのだが、島田のように軽々と成り行きに身を任せ、ろくに行為を顧みることもない人間が存在するのだから、人間というのはじつに不思議なもので、かれ独特の魅力がそこにこそあるのかもしれない。わたしは里奈ちゃんがかわいそうだと思ったが、里奈ちゃんもまたわたしと島田を並べれば迷うことなく島田を選び取る人間なのだろうし、わたしと何か強い結びつきがあるわけでもないので、島田に泣かされる未来が待つとしても、それはわたしの責任の分を超えている。ひそかに、彼氏が、それもすでに家族ぐるみの付き合いを始めつつある彼氏が浮気していますよ、というメッセージを発したところで、それは里奈ちゃんを救うことにも島田に反省を促すことにもならない。たぶんそれはわたしの、肉欲の自由を謳歌する島田への個人的復讐の意味を大きく持つので、わたしを信用して不貞の事実を教えてくれた島田への背信行為として、むしろわたしの心のほうに重くのしかかるだろう。島田の愛人の画像を見せてもらうと、りすみたいに小さくかわいらしい身体をしていて、しかしそのなかに若い活力をみなぎらせているのが伝わってくる。「かわいいなあ」とわたしは言った。「いや、でもこれ加工してるから」と島田は言った。

「でもさ、昔は風俗とかよく行ったけど、やっぱ風俗ってのはつまんないよ。愛がないセックスなんて何回やってもつまんないもんだよ。この子には愛がある。愛があるセックスはやめられないよ」

一方そのころ、神木は離婚してからはじめての彼女ができたらしく、それは風俗嬢らしかったが、付き合ってからすぐにやめさせて、いまはバーテンダーをしているらしい。バーテン姿の写真を見せてもらうと非常にスタイリッシュで、こんな人が風俗にいたなんて！　とわたしは驚いてしまった。しかし神木はバーテンダーになかなかセックスさせてもらえないと嘆いていた。それは神木の受け身主体のセックスの仕方が、風俗嬢時代の客を彷彿とさせるからで、あなたが積極的な方法でしてくれないと私はちゃんと受け入れられない、ということなのらしかった。神木は一生懸命積極性を発揮しようとしたものの、その積極性は受動性のなかの積極性に過ぎない、というようなことを言われて悩んでいた。しかし、わたしはそれ以前に、愛したはずの妻と離婚し子供との関係まで失った男が、一年もたたないうちに次のステップについて考えを巡らせているという事実に、どこか勇気づけられていた。わたしはわたしの考えうる限りの失敗を犯したあとの生き方を、神木が示してくれているのだと感じた。ひとの人生、自分と同じ問題に直面したひとの人生というのは、その乗り越え方を同じように自分に適用することはできないにしても、大きな活力を与えてくれるものだ。だがその年、神木は会社の期待の若手が呼ばれる「フューチャーデザイン研修」、通称「エリート研修」に呼ばれた。それは将来の幹部候補としての資質が認められた若手が集められる研修で、三か月にわたって外部講師の指導を受けつつ、社長を含む役員らの前で組織を改善するためのアイデアをプレゼンするというものである。わたしはそんな研修に決して選ばれたくなかったが、神木が選ばれたと知ると、神木が会社に期待されていて、その二期上であるわたしは期待されていないということが浮き彫りとなり、神木が仕事においてまでも次のステップへ進んでいくのだと感じて、到底かなわないと思った。しかしよく考えてみれば、ある観点においてはまだ離婚していないわたしのほうが上だということができるのだし、島田にしても、まだ結婚していないかれよりもわたしのほうが上だということもできる……いや、そんな下品な格付け行為をすべきではない、それは子供を比較競争にさらすことを嫌う心情と矛盾する。しかし、格付けはどんな場面でも厳然たる事実として眼前に現れ、ほとんどすべての基準がわたしを最下層に配置していく。自分を押し上げたいというわたしの気分は塵のようにはかなく吹き飛ばされ、わたしは気づけばいつも最下層にいる。この苦悩を相談する相手はどこにもいない。わたしよりも上の存在として輝いている人に相談することはそれ自体が敗北を強化するのだし、ある面でわたしよりも下の存在がいたとして、相手を見下げて相談することは愚劣である。したがってこの種の苦悩は内面において自己で処理する他はない。信頼できる医者でも探し出して打ち明ける手もあるかもしれないが、医者なんぞも人間だから、三十を超えたオジサンが劣等感に押しつぶされるさまなど笑いなしに見ていられないに決まっている（異論は認める）。

フューチャーデザイン研修の結果行われたプレゼンでは結果的に神木のチームは専務に「正直期待外れでした」と言われて六チーム中五位に終わり、神木のチームメンバーは失意に沈んだらしいが、神木はへっちゃらだった。神木はそのとき、あたらしい彼女の母親と会う、その対応の仕方について考えていて、会社のフューチャーをデザインしている場合ではなかったのだ。彼女は相変わらず身体に触れることを許してくれなかったが、彼女の母親のほうは神木に対して早く結婚するよう圧をかけてきていて、神木はまずは同棲から始めようと提案しているのだが、彼女の母親は「もう結婚して分譲マンション買っちゃえば？　家賃なんて無駄なんだから」と迫ってきているらしく、神木は実際に会ったときにその勢いに押し切られないよう、しっかり戦略を練る必要があったのだ。神木はその相手と生涯添い遂げることがわかっているならいいが、先の結婚が失敗に終わったことからも分かるように、人間の気持ちなど一日のうちにすっかり変わってしまう、昨日まで愛しくて愛しくてたまらなかったものが翌日に些細な一言をきっかけとして人生最大の憎しみを喚起し始める、それが人間という生き物なのだから、また易々と結婚してしかも家を買うなんてことはありえない、と強く主張した。

「いいですか、人間なんていくら理屈こねても感情の生き物なんですよ、感情なんてものは信用したらだめなんです、つまり人間は信用すべきものじゃないってことです。信用していいのは植物とか石とか金属だけなんですよ、それでぼくが最近目をつけたのは時計なんです、腕時計ですね、いまつけてるのは百二十万くらいのなんですけど、次に百八十万くらいのやつ買ってみようかと思ってるんです、この文字盤のガラスのとこっていい時計だと大体サファイアガラスなんですよ、サファイアっていうのは硬さがダイヤモンドの次に硬くて、モース硬度っていう基準でいうとダイヤが10でサファイアが9なんですね、そのへんの窓のミネラルガラスは5・5ぐらいで、だからサファイアガラスっていうのは傷がつきにくいんですよ。この周りが赤くなってるところ、これはルビーですね、ルビーとサファイアって実はコランダムっていう同じ鉱物で色が赤いとルビーって呼ばれるんですけど、まあだからルビーもモース硬度は9なんです。何が言いたいかって言うと、ダイヤモンドはダイヤモンドと言われるからには絶対にモース硬度10で、サファイアもサファイアって言われたら全部モース硬度9じゃないですか。でも人間って何なんですか？　みんなバラバラで性質も感情も何もかも日替わりで、これだから人間だっていう基準がないじゃないですか！　そんなもの絶対に信用したらだめでしょ。渡辺さん、石原慎太郎の『太陽の季節』って読んだことありますか？　まあひどい話なんですけどね、そのなかにこうあるんですよ、『人間にとって愛は、所詮持続して燃焼する感動で有り得ない。それは肉と肉とが結ばれる瞬間に、激しく輝くものではないだろうか。人間は結局、この瞬間に肉体でしか結ばれることが無いのだ。後はその激しい輝きを網膜の残像に捕えたと信じ続けるに過ぎぬのではないか』これぼくはけっこういいこと言ってるなと思って。気持ちでつながってるとか愛し合ってるとかね、ちゃんちゃらおかしいんですよ、そんな確認もできないものにすがるのは合理的じゃないんです。でもセックスのときは確実に気持ちいいじゃないですか、快感っていうのは確実に感じる、存在する感覚なわけじゃないですか、だからそのときだけは結ばれたと思っていいと、それ以外のときなんて、セックスの輝きをずっと覚えて、薄めて、それを愛の持続と信じるしかない、人間なんてそんなもんだと若い慎太郎は言ってるんですよ、ぼくはこれに賛成ですね。だからいまの彼女が身体も触らせずに結婚の話持ち出してくるのはおかしいんですよ。なんで別れないのかって聞かれたら弱いんですけど、なんていうか、マッチングアプリとかで遊んでてもやっぱりバツイチ子持ちって言ったら良い子残らないんですよ。残るのはシングルマザーばっかりで、そんなのとくっついても貧困×貧困みたいになるだけでしょ？　ぼくも養育費月六万円払ってますし、そんな他人の精子がでっかく育ったみたいなやつ育てたくないですし。そうじゃないですか？　どんなやつかもわからないやつの精子がおっきくなったやつ、育てたいですか？　自分の精子だから育てようって気になるんじゃないですか。それで度量が狭いとか言うやつは自分で勝手に人の精子育てたらいいんですよ、それに文句なんかありませんよ、どうぞがんばってください、すごいですねって感じですよ、ぼくはごめんですってだけで。で、嘘ついても仕方ないんで、ぼくはバツイチ子持ちですとみんなに正直に伝えました。それでもいいよと言ってくれたなかで、シングルマザーじゃなくてかわいいなって思えた子がいまの彼女だけだったんですよね。彼女がいなかったらかなり寂しいだろうなって思うんで、そこはセックスなしだとしてもなかなか切れずにいるんです。でも結婚となってくると、セックスもしてくれないような女、ずっと一緒にいられないですよ。やっぱり気持ちがあったらセックスはしてくれると思うし、そんなレベルの気持ちさえない人間と結婚したらだめじゃないですか？　結婚したらやっぱ気持ちのレベルって下がってくるじゃないですか、だからせめて最初は最高潮に高まってないと、あとが保たないんですよ。それがそこまでいってないのに結婚するっていうのは、もうほぼ離婚するのと同じですよね。だからぼくは絶対にマンション買わないです、何言われても絶対マンションだけは拒否します」

神木は混乱しているなという印象は受けたが、自分が神木のような状態に置かれたとしてもこの程度の混乱で済むとは思えないので、わたしはほとんど感心するような心持ちでこの話を聞いていた。もっとも気になったのは、神木が『太陽の季節』を読んでいて、しかもその一節を――ここに記述するに当たっては、実際に神木が発した言葉の微妙なぶれを修正し原文どおりとしてはいるが――ほとんど完璧に暗唱してしまったということだ。かつて神木は小説なぞ馬鹿にしていて、ひまな人間、人間に相手にされない人間が読むものだとさえ言っていて、かれの同期で多くの詩を暗唱できる文学部出身の同僚を「ポエ蔵」とあだ名して笑っていた。ポエ蔵は非常にすばらしく、わたしの知るかぎりでもルバイヤートの四行詩をはじめ、ランボーやボードレール、リルケ、ウィリアム・ブレイクなどの詩を暗唱できる。わたしは詩を読まないのでそれが正確かどうかわからないが、その自信満々の暗唱ぶりからしておそらく正確だったのだろう。ポエ蔵はわたしの見たところ、詩に人生の大きな危機を救われた経験を持つかのような、詩に魂ごと明け渡したかのような衝迫力に満ちた朗読の仕方をするのだが、結局そんな技術を発揮する場は忘年会や歓送迎会しかなく、かれの朗読はそのような場の一発芸として磨かれていき、ポエ蔵自身、少し冗談じみた笑いの取れる仕方で詩を詠むようになっていった。だが、わたしはそれがポエ蔵の本意ではないことを直観し、いつだったか「いやならやめておけ。おれが代わりに腹踊りでもやってやる」と言ったが、ポエ蔵は「え?　何もいやなことなんてないですよ」と笑うのだった。かれにしてみれば、真剣な聴衆が一人もいなくとも、どんな形であれ詩を朗読する場があることがうれしかったのかもしれない。それとももしかすると、ランボーだとかボードレールだとか言いながら、わかる人間がいないのをいいことに自作の詩を好きに詠んでいたのかもしれない。まあ、とにかくそこに何らかの楽しみを見出しているのなら、わたしがわざわざ止めることもない……

こういうポエ蔵をせせら笑っていた神木が小説を、しかも最近の流行りものでもなく自分で意識しない限り手に取ることはないはずの『太陽の季節』を読み、しかもその一節を暗唱したというのはやはり大きすぎる変化で、これはほんとうに神木だと呼べるのだろうか？　もしかするとあのポエ蔵の姿を笑いながら、少しずつ神木は感化されていったのかもしれない、初期のポエ蔵の朗読はそれだけの効果を聴衆にもたらしてもおかしくないものだった。だがそうした効果がわたしにあったかどうかと言えば、なく、ポエ蔵はおもしろい人間だとは思ったが、所詮職場の乾いた人間関係の一部に過ぎなかったから、上っ面でしか言葉を聞かなかった。わたしはポエ蔵の詠んだ詩の一つすら思い出せないのだ。いや、思い出せるものもある。たとえばこれはランボーだと言っていた。

> 私らがうんと強かったなら、——誰がしり込みなんかする？　うんと陽気であったなら、——誰が物笑いにされてへたり込む？　私らがうんと辛辣だったなら、——ひとから何をされることがあろう？
> 着飾るがいい、踊って、笑うがいい。——私には決して、「愛」を窓から放り出すことはできないだろう。

*

いまこうして振り返ってみると、この詩は何かポエ蔵の心のありようを示しているようで、とても笑い飛ばせるような詩ではないのだが、詠まれたときにはポエ蔵のそのコミカルな詠み方もあって、酔いのまわった聴衆は大笑いで、わたしもまた笑っていたのだった。そのときわたしは大して酔っていなかったし、一人で聴いていたとしたら笑わなかったはずだから、同調圧力をはねのけて「何がおかしい！」と叫ぶべきだったのかもしれないが、そもそもわたしは厳しい場面でもあいまいに笑ってやり過ごすという処世術をよく採用していて、背景と同化することで幾多の困難を乗り越えてきたのだ。したがってこういう場合でも、頭のなかの理想化されたわたしだけが立ち上がって異を唱えるのが関の山である。現実のわたしは角が立つことはしない。家事を含むわたしの行為に対する妻のいちいちの指摘も軽く受け流すよう努めているし、仕事上で納得のいかない指導を受けたとしてもよほどでないかぎり反論しない。こうした方法では「血の通った」関係は生まれえず、もはや数少ない気の置けない友人に会う回数も年に一、二回となったいまの生活で、上下関係も何も気にせず自然体で接することができる相手というのは、考えてみればとても少なく、身近なところで思いつくのは行きつけの美容室の主人ぐらいということになる。主人は四十代半ばのヒゲを生やしたガタイの良い男で、非常によくしゃべる。しゃべりに夢中になるあまり鋏が止まることもしばしばで、時にはシャンプーの途中でさえ、もう絶対に洗い終えているはずの髪を洗い続りながら長い演説を続ける。わたしは散髪は休日に行く。休日と言っても実態はまるで警察学校のような（これはもちろん実体験ではなく、警察学校をリタイアした過去を持つ同期に様子を聞いて感じたことに由来する比喩なのだが）厳しい監視のもとでビクビクしながら家事をやり、自分の時間を確保しようという心の動きを少しでも感知されたなら叱責され、子供の相手をしようとしても子供は絶えず母を要求し、それをなんとかなだめすかしながら遊び続けなければならないという「重労働デー」で、とてもではないが「休」と冠せるような時間はそこにない。正直なところウイークデイの仕事のほうがはるかにましで、二か月に一度訪れる休日の散髪タイムはわたしのオアシスであり、主人のしゃべりがいくら長く続こうとかまわない。いや、できるだけ長く続くよう毎回祈っている。こないだはタピオカの話をした。

「去年はね、タピオカが来たじゃないですか、でもタピオカってのは飲食やってる人にとっては不吉なんですって、そのあと不景気が絶対くるから。でも飲食って爆発力はあるんで、流行をつかまえて二、三年くらいやってスパッとやめるってのがいいらしいんですよ。で、ぼくのお客さんの飲食の人が言うにはね、タピオカの次は絶対レモネードが来るんですって。なんでかはよくわからないんですけど、なんかタピオカの次に来るのはレモネードって決まってるらしいんですよ。レモネードの味ってぼくちゃんとは覚えてないですけど、まあまずいってことはないじゃないですか。それで急いでレモネードの店出す準備してるらしいんですよ。レモネードの店って言ってもレモネードだけで店になるわけじゃないんで、他にも何かやるんでしょうけど、とりあえずビールで割ったやつ出すって言ってたかな？　とにかくもうタピオカの波には乗り遅れたからレモネードだけは逃さんぞって言ってるんで、ぼくレモネードの波来なかったらおもしろいなって思ってるんですけどね。そう言えばその人と昔組んでたって人も他のお客さんでいて、あいつの言うことは当てにならない、あいつは事務もろくにできないし世相もわかってないって怒ってたんですけど、そっちの人は牛の研究してるんですよ。牛に米を食べさせて育てるっていうのをやってるらしくて、いまあの、アメリカに米買わされてるじゃないですか。でもお兄さんアメリカの米食べてないでしょ？　なんでかわかります？　昔ちょっと日本に米なくなったときカリフォルニア米とかタイ米とか食べませんでした？　まずかったでしょ？　まああれが好きって人もいるんでしょうけど、昔汚染米の問題なんかもありましたし、日本人で積極的に買おうって人は少ないじゃないですか。でもアメリカには逆らえないから米は輸入せざるを得ない。そうなったらその米、どうしたらいいと思います？　そう、家畜のエサにするしかないんですよ。そうやって輸入分を家畜のエサにすることで、農家さん同士助け合ってる面もあるんですって。それで牛の研究の人がね、北海道で米ばっかり食べさせた牛を作ってブランドを作れないかってやってるらしいんです。それで何をどういう風に測定してるのか知りませんけど、実験段階ではかなりいいところまで来てると。もう市場に出してもOKなところまで来てると。でもまだ実験段階なんで、何百何千の規模ではやってないらしいんですよ。まず数十頭ぐらいでやってて、こないだその牛の肉お土産でもらったんですよ、これ食べてみって言われて。それでこう、食べるじゃないですか。そうするとその研究してる人の顔が浮かぶんですね。その人が人生懸けて、一生懸命取り組んでるってことがわかってるんで。そうしたらなんか、泣けてきましてね。牛、すごくおいしいんですよ。柔らかくて。それがお米のおかげかどうかわかりませんけど、ほんとにこんなにおいしい肉食べたの初めてってくらいで、何かジーンときちゃいましてね。前言ったかもしれませんけど、ぼくは高校のとき野球やってました。それで甲子園目指しました。だめでした。ぼく自身、プロになれるほどではなかった。いくつか推薦で行ける大学はあったんですけど、もうプロになれないって自分のなかでわかってるわけですから、そんな状態で大学で野球やってもなあと思って、ぼくは消去法みたいな感じで美容師になろうと思ったんですね。別にずっとやりたかったことをやってるわけじゃない。もちろん仕事だから本気でやりますよ、これでお金をいただいてるわけですから、そこは絶対に手を抜きません。お客さんの望む理想の髪型を作るために毎回全力を尽くしますし、そこにやりがいとか楽しみとかもいっぱいあります。でも何というか、その研究者の人は懸けてるレベルが違うというかね、小さい頃から勉強して勉強して学者になって、いまもその線上で仕事してる人なんですよ。そういう人に比べて、自分は一体何なのかなあって、正直思っちゃうところもありましてね。あ、愚痴ってるわけじゃないですよ。でも、自分はこれでいいのかななんて、そんなこと普段思わないんですけど、考えこんじゃうほどおいしかったんですよね」

こう見てみるとわたしが会話に参加していたという印象はほとんどないかもしれないが、実際には「そうなんですか」「食べましたね」「まずかったです」「エサですか?・」などの言葉を発している。その程度で相手と「自然体」の付き合いをしていると言えるのか、普段の家庭や職場での様子とほとんど変わらないんじゃないか?　そう邪推する人もいるかもしれないし、表面的にはその通りなのかもしれない。しかしわたしの内面には大きな違いがあって、わたしは主人の言葉を心底楽しみながら聞き、ただ流れに合わせるためだけでなく主体性を持って言葉を発しているのである。三十年あまりの人生を聞き手として過ごし続けてきたわたしは、ある長さの話を主人のようにうまく話す術を持たないから、どうしても一方的に話しかけられる形式にはなってしまうが、この小さな美容室の主人は、わたしが普段ほんとうに会話しているという感覚を持てる数少ない相手の一人なのである。

そういうわけで、わたしは人間と人間が関係を結ぶための重要な手がかりである「言葉」というものを、亜美がはっきりと話し始める日を心待ちにしていた。わたしがまともに関係し合える存在が世界に増えるということは端的によろこびであるし、またあの「純粋」そのもののような生き物と言葉で深く繋がることは、現状を打破するための何らかの大きな自己変革をもたらすのではないかと期待してもいたのだ。わたしはいつだったか、テレビで「渥美勝」という男が言及されるのを見かけたことがある。幼い頃に父をなくした渥美は非常に貧しい暮らしを強いられたが、京都帝国大学の法科に進みエリートコースを歩んでいた。しかし母の死や失恋といった大きな喪失の経験をきっかけに法学よりも宗教や哲学に興味を示すようになり、ついには大学を中退してしまう。そんなかれが故郷に帰って鬱々とした生活を送っていたある日、外の幼稚園から子供たちの歌う童謡「桃太郎」が聴こえてくる。そのときかれはとめどなく涙を流しながら「思想的な目覚め」を感じて国粋主義者となり、その後「桃太郎」の旗を掲げて、かつて東京の神田にあった万世橋駅前の路上に立って熱のこもった演説を続け、やがて思想家として多くの人間に影響を与えることとなる。渥美の思想内容の善し悪しはさておき、わたしはこの、純粋なものに触れることによる目覚めのイメージに強い魅力を感じた。わたしは近いうち、娘の口から明朗に歌われる「桃太郎」を聴くことになろう。そのときわたしのなかに、自分自身への、そして人生への大いなる肯定が生まれる――そのような途方もない期待がわたしにはあったのだ。

しかし亜美は、話し始めるとそれまで以上に母ばかり慕った。「お母さんのほうがすき！」「お父さんはきらい！」とハキハキ言う娘を、「お父さんと一緒にねんねする？」と訊くと「いやだ！　お母さんのほうがいい！」と答える娘を、わたしの役割である入浴を済ませたあと、妻に身体を拭かれながら「お風呂どうだった？」と訊かれ「つまんなかった！」と吐き捨てる娘を見ていると、当初は「なんでなんでー」と言いながらさらなるうざ絡みをする、というコミュニケーションに流れていたものが、そのうち特に何も言わなくなり、純粋とは残酷と紙一重なのだと痛感しつつ、やはり自分も父と母を比べたときに母が好きで、妹も母が好きで、そもそもが母の有利にできている、父というのはこういう余計な存在なのだ、わたしはわたしの父に比べればはるかに育児に力を入れているはずだが、結局のところこういう存在でしかありえないのだ、という諦念のようなものが生まれ、もしも娘がいずれわたしに対して、わたしが父に抱いているような気持ちしか抱かなくなるのだとすれば、いまの苦労、わたしの愛というものは徹頭徹尾無駄で、いまは小さくて可愛げがあるものの、中高生ほどの年齢になって自分にまったく親しみを表さない、それどころか嫌悪感をあらわにしてくるという状況になったとき、娘にそれでも《無償の愛》を抱き続けられるのか、妻にほとんど見捨てられた上、その妻の一味となってわたしを一顧だにしないだろう娘を愛し続けられるのか、という大きな疑問がわたしのなかに定着していった。リビングにはわたしの嫌いな北欧家具が一式揃っている。妻の意見を聞いた結果だ。テーブルはわたしの嫌いな足の尖った不整形なタイプのものだし、庭にはわたしの嫌いな虫を寄せ付ける植物がたくさん植えてある。吹き抜けからはわたしの嫌いなデザインの照明がぶら下がっており、乗っている車もまたわたしの嫌いなハッチバックタイプの日産ノートだ。すべて妻の意見を聞いた結果だ。そもそものはじめ、家を建てるところからして、わたしは稼ぎの程度から考えて中古のマンションを主張したにもかかわらず、妻が新築の、手間も金も余計にかかる注文住宅にすると譲らなかった。妻が稼ぎの良い仕事に疲れて辞めたいと言ったときも必死で止めたが、妻はさっさと辞めてしまった。妻の稼ぎは当時の半分以下になっている。しかし拘束時間は変わらない。わたしも家事を主体的にこなさなければならないし、そうしているつもりだが、やはりやれどもやれども厳しい指摘はやまない。だから妻が娘を寝かしつけ、そのまま一緒に寝てしまったときの家事はとても楽しい。誰からも文句を言われずにできる家事がわたしは好きだ。終わらない仕事を片付けるため、休日に一人で出勤したときのような解放感がある。スマートフォンでひっそり音楽なんかを聴きながら皿を洗ったり洗濯物を干したりするのは最高に心地好い。もしかすると、わたしはほんとうは家事が好きなのかもしれない。だがそんな機会はあまり多くなく、妻は子供を寝かしつけた後、眠気とわたしを一緒に殴り倒そうとしているかのような、激しい憤怒に満ちた目つきで起きてくる。そうしてわたしの家事を司令官のように見張りながら、わたしには任せられない——と妻が考えている——ような裁縫や家計簿の仕事に着手する。この暮らしのなかに一体どうよろこびを見出せば良いのだろう?

神木は「離婚しかないでしょう」と言った。

「離婚したらいいんです。そりゃ最初は寂しいですよ。ぼくもしばらく寂しさで胸が苦しくなって、夜寝られませんでした。でもそんなの睡眠薬飲んだら一発でしたよ。ちょっと抵抗あるかもしれませんけど、薬で治るものは薬で治せばいいんです。普通に内科でもらえますから。そこからまた女の子探すのも楽しいですし、探さないなら探さないで、何かやりたいことやればいいんですよ。離婚さえすれば晴れて自由の身なんですから、相手の親とか気にする必要ないですよ。しょせん奥さんがいなかったら何の繋がりもないような人間なんですから。無ですよ。無の存在。そもそも奥さんが嫌になったってときに、その親に気を遣うなんておかしいんですよ。あいつらどうせ娘の味方しかしないんですから。お前らのヤバい娘に引っかかってこっちは時間を無駄にしたんだぞって、怒ってもいいぐらいですね。ま、それは向こうも同じですけど。はは！　まあとにかくお互いさまなんで、こっちだけが悪いみたいな気持ちは持ったらだめです、それは間違った気持ちですから。相手も悪いんです。離婚ってどっちかがめちゃくちゃ悪いみたいになりがちですけど、ふつうに両方悪いんですよ、フィフティ・フィフティです。でももしほんとうに別れるなら、自分が百パーセント正しいと思い込んでください。自分にも悪いところがあったなあ、なんてちょっとでも考えたらだめです。離婚できませんし、予後も悪いです。相手はね、百パーセント自分が正しいと思ってますよ。それは断言できます。特に男が尻に敷かれてる家なら絶対そうです。そんな相手に『ああ、自分も悪かったかもなあ』なんて隙を見せたらどうなると思います？　骨の髄までしゃぶりつくされて再起の道すら閉ざされますよ。だからもう反省の気持ちは捨ててください。反省っていうのはそもそも、自分に対して自分をいい人だと思い込ませる卑怯な行為ですよ。反省ってね、自分がちゃんとものごとを冷静に考えて、間違ったことをしたら間違いだったと認められる良識人であるという、自分のなかでの確認なんですよ。クソですよそんなの。反省反省ってね、大体反省すりゃ何でも許されるのかって思いません？　なんかそのへんの男やら女食いまくってたやつが、反省してもういまは相手一筋ですみたいなのあるじゃないですか。クソですよ。食いまくってた事実は消えませんから、反省の姿勢を示してそれで自分を許そうとしてるんですよ。まだ反省しないで突っ走ってるやつのほうがましですね。て言うか、いまは一途ですとか言ってるやつ、ふつうに歳取ってナンパするのに疲れたか、容姿が衰えて成功率が落ちてきたか、どっちかですからね。それで、自分の力が落ちてきたことを『反省』なんて言葉にすり替えてるんですよ。ゴミなんですそういうのは。だから反省はしないでください。相手が悪い。相手が悪い。これです。渡辺さんは悪くないんですよ。毎日朝起きたら『おれは悪くない』って十回唱えてください。最初はつらいかもしれないんで、ぼくでよかったら飲みにでも付き合いますよ。離婚した者同士って面白くないですか？　それだけですごい連帯感が生まれる感じしません？　まあ錯覚でしょうけどね。でも別にいいじゃないですか。そもそも、世の中大体のことが錯覚みたいなもんなんで。とにかく、まずは自由になりましょう。そしたらまた何でもできますし、何にでもなれます。人生のリスタートですよ。ぼくはいつでも歓迎しますから」

　神木の話しぶりにわたしは強く励まされる思いだったが、もう少し「自由」ということを真剣に考えてみようとして、わたしはまさに自由だった頃の自分を思い浮かべた。まず社会に出てから六年は、神木の言うような自由があったわけだ。それは率直に言ってあまり良い時代ではなかった。その間にわたしは何をやっていたか？　ほとんど部屋で何をするでもなく途方に暮れていた。たまに一人旅にでも出てみようとして計画しているうちに面倒になり、キャバクラや風俗店にでも行ってみようとしてホームページを巡回しているうちに面倒になり、ジムにでも通ってみようと思い外から様子を眺めているうちに自分の貧弱な身体を晒すのが嫌になった。近場の友人から誘われた旅行は片っ端から断った。旅行を一緒に楽しめるほど仲が深まっていないと考えたからだ。しかし、わたしの「旅行を一緒に楽しめる」基準とは一体どこに引かれていたのだろう？　わからないが、とにかく妻はその基準を満たしていた。いや、正確に言えば妻以外にそれを満たした人間はいなかった。妻が恋人だったころ、妻と行く場所はどこでも光り輝く特別な場所に見えた。そういう経験は初めてだった。妻はあらゆるものごとに対して独自の確固たる考えを持ち、一つ一つわたしに秘密話を打ち明けるかのように順序立てて教えてくれた。わたしはその話を夢中で聞き、彼女の生きる世界を理解していった。そして自分のうすぼんやりしたつまらない世界から、妻の住む鮮やかに色づいた世界へと少しずつ移住していった。そのなかでならきっと、幸福に生きられるだろう。わたしはそう強く確信したものだ。しかしそれがいまはつらい。妻の生きる世界の住人であること、自分の色があまねく排除された場所で過ごすことが我慢ならない。「大体なんですけど」と神木は言っていた。

「夫婦って、結婚の一番の決め手になった、まさにその理由で離婚するんですよ」

そうかもしれない。だが、やはり亜美のことは気がかりだ。わたしが亜美に好かれていないのは、わたしの努力不足による面も大きいだろう。そもそも父親とはそういうものだ、というわたしの先ほどの考えは身近な数ケースのみを参照して言ったに過ぎない、根拠の薄い戯言なのかもしれない。そうだ、わたしは数々の披露宴に出席してきた。そこで新婦が父親に涙ながらに深い感謝のメッセージを送るシーンを、何度も見てきたではないか！　かれらは成功していた。娘との関係構築に成功していたのだ。かれらに、娘が披露宴で感謝のメッセージを送ってくれた父親たちに訊いてみたい、娘が二歳のとき、あるいは三歳のとき、家族とどんな向き合い方をしていたのか……

＊

夏になり島田に会ったとき、島田は里奈ちゃんを連れてきた。土曜日の夜だった。島田は里奈ちゃんを連れてくると言わなかったので、わたしはまったく油断してひどく色落ちしたえんじ色のポロシャツを着ていった。里奈ちゃんは何も言わなかったが――言えるはずもないのだが――、わたしのことを小汚い男と思ったかもしれない。色落ちした服はさっさと捨てるべきなのだ。しかしわたしには服をあたらしく買う権利がなく、もちろん小遣いの範囲でなら買えるのだが、小遣い自体が月に二万円で、そこから昼食代や様々な雑費、忘年会費、歓送迎会費等の必要経費を捻出せねばならないから、服を買うということは事実上不可能に近く、あたらしい服を手に入れるためにはいま着ている服を着つぶして、妻にこれ以上着ることはできないと認めさせたうえで、何らかのセールが行われるのを待たなければならない。もはや小洒落た服が欲しいといった欲望すらなくなってしまったが、とりあえずこれを着つぶそうと思った服があればそれを着る機会が増える。さすがに女性が来るとわかっていれば、いま持っている服のなかのまだましなものを着ていくのだが、島田がそんな事情を理解しているはずもなく、気分で女性を連れてきたりこなかったり、予告したりしなかったりする。わたしはそれで気後れして、はじめに入ったイタリアンの居酒屋では里奈ちゃんと目も合わせられず、しかしたまに目が合うとにっこりと可愛らしく笑ってくれるので、それが「彼氏の友達」に対する礼儀として行われているのだとわかりながらもドギマギしてしまった。わたしは当初サオリちゃんのほうが好きだと思っていたが、里奈ちゃんと長い時間近くで触れ合ううち、里奈ちゃんの美しさや人格的なすばらしさが身体に染み入るように伝わってきて、それは甘い電撃のようにわたしの肘やふくらはぎを走った。島田はそろそろ結婚も考えている、家族との食事会にも呼んでいる、というようなことを言い、里奈ちゃんは「ほんとにこいつと結婚していいのかなって感じだけど」と笑った。それはほとんど「こいつと結婚したくてたまらない」という風に聞こえ、わたしはなにか打ちのめされるような感じだった。わたしと妻のあいだにこのような時期はあっただろうか？　わたしには妻と結婚したくて結婚したくてたまらないという時期があったし、結婚してからもしばらくは、結婚してほんとうに良かったと思っていた。楽しくて楽しくて仕方がなかった。妻の刺々しさもまた心地好い刺激として感じられて、わたしはほとんど妻中毒になっていた。しかし妻の方はどうだったろう？　妻は子供がほしいと言っていた。よく考えてみれば、妻から好きだとか愛してるとか、そのような言葉を聞いたことはなかった。妻はいつも子供がほしいと言っていた。わたしを必要とする理由と取れそうな言葉は、それ以外に一つもなかったかもしれない。子供はほしいが夫はいらないという女性も多いだろう。斜向かいの家に住む同じくらいの歳ごろの主婦は、商社勤めの夫がずっとインドにいることをむしろよろこんでいた。かつてわたしはしばしばその主婦と道端で出会い、長々と話し込むことがあった（いまは活動時間のずれのためかほとんど見かけないのだが）。主婦はとても朗らかで愛嬌があり、わたしとの会話を、まだ一歳の子供を抱き抱えながら、たまたま出会ってしまったから何か話さなければとか、早く切り上げたいとかいう雰囲気を一切出さずに、ほんとうに楽しんでいるように振る舞ってくれた。それが洗練された大人の振る舞いに過ぎないのかそうでないのかはわからなかったが、とにかく彼女との会話は、わたしにとって散髪に勝るとも劣らぬよろこびを感じられる貴重な機会だった。一番嬉しかったのは、ではそろそろ、と一度お開きとなりかけたときに、「あっ！」と声を上げてわたしを呼び止め、彼女の夫のいとこがわたしの会社にいるはずだという情報を教えてくれ、わたしはその人を知っていたから、そこからまた会話が盛り上がりを見せたときだった。そうした一幕があったことで、わたしは彼女に嫌悪されるような存在ではないのだという確信と、近所付き合いらしきことを成立させている自分の社会性の顕現へのよろこびとに同時にとらえられ、それはいまでも忘れられない幸福の記憶となっている。彼女は夫が家にいないことをほんとうはどう思っているのだろう？　楽しい、せいせいすると言いながら、年に数度夫が帰ってくるそのときには、結局は燃え上がるように愛し合っているのではないか？　それはわからない。夫と離れていることを心からよろこぶ妻もいるだろうし、世間に惚気《のろけ》と見られないように本心を隠して「サバサバ系」を演じている妻もいるだろう。妻に一度、夫が単身赴任であそこは大変だね、と言ったことがある。すると妻は、夫がいないならいないでそれなりのリズムができ上がるので、たいして大変ではないだろう、という意味のことを言った。あそこは親もよく助けてくれるみたいだし、夫の晩ご飯を用意したりつまらない話を聞いたり世話を焼いたりしなくて済むのだから、いないことによるプラスのほうが大きいのではないか？……わたしはあの夜ほど単身赴任に焦がれたことはない。単身赴任がしたい。遠隔地で独りで暮らし、たまに家に帰って子供と触れ合う、そうした暮らしがもっとも理想的だと思った。わたしがいまの会社に就職を決めたのは「転勤は一切ありません」と謳っていたことが大きかった。わたしは将来家庭を持ちささやかなマンションを買い、夫婦で励まし合い協力し合いながら暮らし、子供を二人ほどもうけて日々を賑やかに過ごしていくというような理想をぼんやり描いていて、そのためには転勤は敵だった。家族のいる家に帰ること、毎日とは言わないまでも、同じ食卓を囲む機会をできる限り持つこと、それが家族の最高の形なのだと思っていた。しかし、いまはそうは思わない。わたしの地元の同級生には船舶の運転をする航海士がいて、社会人になってからは一度しか会っていない（それはわたしに会おうとしたのではなく、わたしに地元の女の子で連絡が取れる子がいたら合コンを開いてくれ、と頼むために会っただけで、わたしにすでにそのようなコネがないということがわかると、早く帰りたいのか貧乏ゆすりを強めながら、しかし自慢げに自分の風変わりな仕事について語ってくれた）のだが、かれは一度航海に出ると三か月ほど世界中の港を回り、陸に帰ってきては一か月ほど休む、という生活をしているらしかった。話を聞いた当時、わたしにはとても耐えられそうもないと考えたものだが、いざ家庭内で苦境に立たされてみると、かれの暮らしがひどく羨ましく思える。どんな状況であれ、一か月が区切りだと腹を括れば笑顔で乗り切ることができる気がするのだが、いまのわたしは終身刑に処された無実の人間といった感じだ。世のなかをなめるなと言われそうだが、そういう感覚が少なからずあることは事実だ。無実の人間――そう、わたしにはもしかすると、神木に「非を認めるな」と言われるまでもなくいつもそういう意識があって、そのことによって何か利益を得るべきだとうっすら考え続けていたのかもしれない。もっと妻から愛され、娘から慕われ、義父母からよくできた夫だと褒められ、実の両親も「立派になったな」と満足げに微笑む、わたしは世界からそのような歓待を受けるべき人間なのだという思いがどこかにあるのかもしれない。なぜなら、世の中にはわたしの想像をはるかに凌駕するような悪党がはびこっていて、そいつらのほとんどが、おそらく九十九パーセント以上が何の罰も受けずにのうのうと生きているからで、ためらいなく不貞をはたらく輩も、他人を大声で恫喝しそれを正義と勘違いしている輩も、善人を騙して小銭を稼いでいる輩も、ひとをいじめ抜いて死に追いやった輩も、その多くが健やかに自分の人生を謳歌しているのに、わたしはそうではないのだ。わたしは何の悪事もはたらかないまま、その褒美を何一つ受け取れないまま、死んだように生きている。なにも褒美がほしくて自分を律しているというわけでもないのだが、人生の楽しみを封じられたまま、ただ歳を取ることを強いられ、会社に使い潰され、家族に金だけをむしり取られ、使い物にならなくなった後には、誰がこいつの面倒を見るのかという親戚の争いの火種となり、結局みなで折半ということになって、わたしはできる限り安い劣悪な環境の老人ホームにぶち込まれる。そしてほとんど誰も会いに来ないまま、重い病をわずらって病院へ移送され、あとはむなしい死を待つのみとなり、人びとはわたしの斎場や葬式の規模をどうするか活発に議論し、葬儀代の負担分について火花を散らすばかりだ。その頃わたしはもう「葬式不要」の遺書を書ける身体ではなく、酸素吸入器を曇らせながら、パックに溜まっていく自分の尿を見ることもできず、全身に走る痛みや、風呂に入れずあぶらぎった頭のかゆみの不快のために、一秒でも早く死にたいと思っている。そして、家族なんて持つべきではなかった、親戚どもは全員殺しておくべきだったと考えている。わたしが反撃不能の人形となったことを知り、自己満足のために見舞いに来たやつらは、わたしが口をきけないのをいいことに「あ、おじいちゃんうれしそうだね」「みんな来てくれてるよ、わかる？」「なあ、みんなで写真撮っておこうか」などと好き放題やり始め、そこに残された醜い腐乱死体みたいな、焦点の合わない目をした情けない姿がわたしの最期の写真となる。やめろ、いますぐに消せ！　しかしそれは声にならない。一歳だか二歳だかのひ孫に孫が「ねえ、ひいおじいちゃんだよ、よかったねえ、一緒に写真撮れて」「ほら、ひいおじいちゃんもよろこんでるみたい」なんて勝手なことを言う。やめろ、わたしはお前らに来てもらったところで何もうれしくなんかない、お前らは何もしてくれなかった、自分の都合の良いときだけわたしを利用して、死ぬまでろくに相手もしなかった、わたしがこうして死の床に伏して、ちょうどあの航海士が一か月だけ帰ってくるときみたいに、わたしの命の期限がほとんど確定して先が見えた、そのことで少しだけかまってやっても良いという気持ちになっているだけなのだ、わたしがいまから目覚ましい回復を見せ、あと十年でも生きるかもしれません、という話になってみろ、誰もよろこぶやつなんかいやしない――この先四十年だろうか、五十年だろうか、それとももっと短いだろうか、とにかくそういう結末を迎える生を、わたしはこれから送ることになるのだと思った。

《人生をやり直せるスイッチがあるとすれば、押しますか？》

　これはよくある問いだが、大抵の人間は、結局のところ押さないのだ。愛するひとがいるとか、かけがえのない仲間ができたとか、どれだけ恵まれない、苦しい人生を送っているのだとしても、わたしはこの、わたしの歩んできた唯一の人生を愛する！　とか、大体はそんなところだ。しかしわたしはそのスイッチを連打したい気分だ。出会った妻、娘、友人、全部どうでもいいという気分、何もかも吹き飛んでしまえという気分だ。しかしこれらすべてはわたしの奢りなのだろう。わたしはほんとうはきっと深い欲にまみれた、悪のかたまりのような不埒な生き物で、他者から見ればそのことがあきらかで、無実の訴えなど即日棄却されるのだろう。ところが、わたしはわたしが悪をなしているとはやはり思っていない。多くの人が、自分のなした悪を認識できない。悪をなすとは、行為に限ったことではない。

　島田は「大丈夫大丈夫、結婚したらもっとちゃんとするから」と、まったくちゃんとしそうもない様子で言っている。里奈ちゃんは島田のそういうところが好きなのだろう。島田は貯金しない。給料が入ったと思えばすぐにも服や靴などのファッション、飲み代や旅行代、あるいは派手な女遊びに使い込む。そう言えば、島田にできた愛人はどうなったのだろうか？　島田は家族の食事会の写真をタブレットでわたしに見せてくれた。そこには島田と里奈ちゃんと島田の両親、それに島田の兄夫婦とその四歳の子供が映っていて、島田の両親は一族の核としての誇りに輝いていた。その集団は確かな絆でつながれ、すでにそのなかに里奈ちゃんも違和感なく溶け込んでいる、という感じだった。そこから写真をめくっていくと、島田と里奈ちゃんがデート先で撮ったのだろうツーショットが次々にあらわれ、それを見ながら島田と里奈ちゃんが思い出を振り返りつつ、おすすめのスポットをわたしに解説してくれた。わたしはそうして二人の歴史を追い、それはわたしがかつて妻と歩んだ歴史に似てもいたのだが、妻は写真を極端に嫌ったので、こんなツーショットはほとんどない。あるのは結婚式のムービーのために無理やり近場で撮ったやっつけの写真ぐらいで、島田と里奈ちゃんのように、二人がばっちりの笑顔で、心底楽しそうにしているような写真は一枚もなかった。わたしはずっと、写真なんて撮っても撮らなくても同じだと考えていた、と思っていた。写真を見て良き日の思い出を振り返ることには、すっかり衰えたプロスポーツ選手が敵なしだった高校時代の栄光を振り返るような、そんな格好悪さを感じる、と思っていた。だがよくよく振り返ってみれば、わたしは妻に出会うまで、男同士でプリクラを撮ることも好んだし、それをプリクラ帳のようなものに貼り付けてたまに見返すことさえあった。卒業アルバムを見返すことも好きだったし、楽しそうな自分を振り返り、わたしはしっかりとこの世界に足を踏みしめ、一つの個人史を間違いなく編み上げているのだという実感に浸ることが好きだったのだ。その習慣を写真嫌いの妻に出会ってから否定し始め、いつの間にか自分の嗜好を根底から変えてしまったわけだ。そんなことも忘れてしまって、わたしは一体どうしたのだろう？　妻がわたしのなかに流し込んだ異物を少しずつ排出して、これから自分自身を取り戻していかねばならない。そうして残るのがいかに魅力に乏しい空疎な実体だったとしても、嫌になった他人の世界に住むよりはましだ。とにかく、いまのこの状態を死ぬまで続けるべきではない。配偶者の奴隷、家族の奴隷として使い潰されるわけにはいかない。わたしはわたしに似た結婚生活を送っているらしい人間を男女問わずたくさん見てきたが、一人残らず死んだ目をして――それはかつてのわたしにはひどく輝いて見えたものだが――、口を開けば「妻のため」「夫のため」「子供のため」と繰り返していた。どこにもかれら彼女ら自身の人生はなかった。かれら彼女らは自身を放擲《ほうてき》することによって、一つの広く信じられている価値、つまり家庭を作り子供を育てるという価値の炎に全存在を焼き尽くされたのだ。人びとは言う、「それが大人になるということだ、それが成熟するということなんだ、まだわからないのか？」わたしはそれをずっと正しいと思っていた、自分よりも大切な人ができること、それこそが愛で、愛に到達できない人間は生物として低い段階にとどまり死んでいくのだと思っていた。わたしは妻を自分よりも大切だと思い、子供を自分よりも大切だと思っていた、この二人のためなら自分はよろこんで死を選ぶ、そう固く決意していた。しかしいまはそうではない。自分よりもひとのことを大切に感じる、そういう意味の愛をわたしは確かに経験した。だがそれは永続を約束されたものではなかった。いまのわたしの正直な気持ちは、妻よりも自分が大切で、子供ならば少し悩んでやってもいいといったところだ。すでにこれは愛ではないだろう。永続しない愛は偽物だというならば、わたしは愛を経験していないということになるかもしれない。しかし、人間に永遠の愛は可能なのか？　言葉が、身体が、心が、思想が、生活が、習慣が、まずは人間を結び付ける。だが長い時間のなかで、言葉が、身体が、心が、思想が、生活が、習慣が、必ずふたたび人間を分断していく。そして一度分断されたものについては、分断されていないふりをすることしかできないのだ。

　島田と里奈ちゃんのヒストリーをひとしきり見終えると、里奈ちゃんがトイレに立ったので、その隙に「お前、愛人はどうなった？」と訊いた。

「ん？　継続中」

「やめとけよ、もう」

「なんで？」

「結婚するならちゃんとしろよ」

「なんで？」

　そのときの島田は煽るつもりでもなさそうな、ほんとうに「なんで？」という顔をしていて、わたしが「いや、お前、里奈ちゃんがもし浮気してたらどう思う？」と訊いても、「別にかまわないけど」と言うだけだった。「いや、おかしくないか？　好きだから結婚するわけだろ？　好きだったら、そんな、他の……」とわたしが口ごもると、島田は呆れたような顔で「お前はさ、狭いんだよ、愛が」と言った。

「おれはさ、人間が好きなんだよ。だから家族も作る。でも、色んな人間と仲良くもしたいし、セックスだってしたい。里奈もそうしたいって言うならおれはかまわないよ。だって短い人生でさ、ほんとうにやりたいことを我慢しないと家族が作れないなんて、そっちの方がおかしいんだよ。おれは自由にやるし、里奈を束縛したりもしない。一応、核になる家族は里奈になるけど、おれは人類みんなを家族だと思ってるから。人類。そうだろ？　お前は自分の小さな家族を守れれば他人なんかどうでもいいと思ってるんだろうけど、それは視野っていうか、愛が狭いんだよ。所有欲から抜け出せない、結婚したら嫁さんがお前のもので、お前が嫁さんのものになる、どうせそんなくだらない考えなんだろ？　お前は完全に時代遅れなんだよ、人間はもっとすごい生き物なんだ、そんなチンケな考えで生きるなんて、人生を棒に振ってるようなもんだよ」

「でもお前、愛人のこと言ってないんだろ？」

「聞かれてないからな」

「それは悪いと思ってるからじゃ……」

「いいか、物事には順序ってものがあるんだ。とりあえずいまは里奈と結婚したいと思ってる。だから結婚する。他のことはその後で考える。それがおれのやり方だし、いまのところ変えるつもりもない。お前に何を言われようが、自分の人生は自分で考える。お前はお前で、自分の正しいと思うやり方でやっていけよ」

　里奈ちゃんがトイレから戻ってくる。わたしは《わたしならこんなにひどいことはしないのに、里奈ちゃんはわたしよりも島田を愛しているのだ、もしまだ独身だったとしても、わたしなどには見向きもしないのだ》と考えて落ち込んだ。しかしわたしは社会人として長くやっているわけだから、あからさまな落ち込みや動揺を他人に見せたりはしない。わたしはそれまでどおり二人の話に耳を傾け、二人の今後を祝福するような言葉を投げかけた。二人と別れ、一人で帰る道のりをゆっくりと歩くうち、わたしはかつて見たアダルトビデオの内容を思い出していた。それは素人に声をかけて撮影許可を取るというコンセプトのビデオで、そのなかに出てきた可愛い女の子の一人が、「部屋に彼氏いますけど、別にいいですよ」と言ってＡＶ監督兼男優を連れ込み、その部屋で彼氏とともに３Ｐを行うという内容だった。女の子はそのなかで、こうした行為のおかげで彼氏の愛がより強く感じられるのだと言った。

「知らない男の人に犯されるのは、それはそれで気持ち良いんだけど、そのあとに彼氏にされるともう桁違いで、やっぱりこれが愛なんだって、すごい思います」

女の子は３Ｐだけでなく何Ｐでもするようだった。過去のその「乱交」は無数の写真におさめられ、律儀なことに紙のアルバムまで作られていた。プレイのあとに監督はそれをめくりながら、「なんか、あたらしい愛の形を見た気がするねえ」とつぶやく。しかし、じつのところそれが――島田のいうような「愛」も含めて――あたらしい形などではないことをわたしは知っていた（と言うより、知っていたということを思い出した）。こんな「あたらしさ」は少なくとも百年以上前から言われていることで、たとえば十九世紀のユートピア思想においては多数の人間が同じ場所に暮らして子育ても共に行う共同体が想定されていたし、現代においても一人の人間が複数の恋人を持つ恋愛スタイルは「ポリアモリー」と呼ばれ、一定数の実例がある。そういう人間はきっとずっと存在するのだ。それこそが真にあたらしい人間、広く愛を持てる先進的な人間ということで、旧態依然とした家族観の持ち主が淘汰されていく未来もありうるのかもしれないが、いまのところその「あたらしさ」が全面的に称揚される気配はない。わたしの予想では「あたらしい人びと」はつねに少数派であり続け、広く受け入れられることはないだろう。里奈ちゃんが別の愛人を作ったとき、島田がほんとうに「かまわないよ」と顔色ひとつ変えずに言い切ることができるのか、それは甚だ疑問である。島田は里奈ちゃんが別の愛人を作る可能性をまったく考えていない。わたしが短い時間触れ合っただけでも、里奈ちゃんが島田と過ごす時間を心からよろこび、島田だけを愛しているということがわかるのだから。島田は自分が愛人を作りたいだけの、「あたらしい」どころかもっとも古いタイプの快楽主義者、女遊びの経験を男の甲斐性のバロメーターとする、不徳の事実が明るみに出たとしても「それでも一番愛しているのはお前だよ」と相手にひと言つぶやけばすべてを許してもらえると考える、ほとんど古典的とすら言える愚かな存在なのだ。人は女遊び女遊びと簡単に言うが、遊ばれた女はどうなる？　金を対価として与えているわけでもない、純粋に島田を愛している若い女の子を、島田は最後どのように切り捨てるのだろう。わたしは若い女の子が島田に復讐することを願った。それも生半可でない、島田からすべてを根こそぎ奪い取るような致命的な一撃を与えることを願った。しかし、虐げられた人びとというのはなぜだか反撃しない。会社でもそうだ。セクハラやパワハラが世の中でこれだけ公然と批判されるようになっても、それをやめない人間、まるでそこに強い信念、あるいは存在の根拠を持っているかのように執拗なハラスメント行為を繰り返す人間は相変わらず蔓延っており、その被害者は日々量産されている。その様子を目の当たりにすると、わたしなら、わたしなら……といつも考える。録音の準備をして、できるだけひどい言葉を吐くように誘導して、然るべきところに訴えて必ず失脚させてやる、お前が泣いて謝るまで徹底的に抗戦してやる、と胸の内が燃え上がるのを感じる。だが実際にやられた当人はやられっぱなしか、抵抗したとしても反動で心を病んで休んでしまうか、結局辞めてしまうか、そのいずれかだ。もしかするとわたしもまた、当事者になればすっかり参ってへたりこんでしまうのかもしれない。なぜ声を上げない、どうして抵抗しない？　ＳＮＳをはじめとする様々な場所で、無関係な匿名者が弱り切った被害者を焚きつけるのを見かけるが、匿名者は被害者が声を上げ、抵抗した結果に責任を負わない。その現場にいるのはあくまでも被害者当人であり、匿名者がその後の被害者の生活への支援、誇りをもって戦い抜いたことにより負うこととなる、おそらく少なくはない負債に見合うほどの支援を行うことはない。被害者は実際にかかわりのある周囲の人間に救いを求めるしかなく、そしてその人間たちもまた、個々の生活を背負う、あるいは家族の生活を守る義務を負った弱い羊たちなのである。わたしもやはり、その被害が自らに及ぶものでなければ、義憤に駆られて告発を手伝うことはしないだろう。わたしはそういう人間なのだ。結局のところ、被害者は一人で名ばかりの「相談委員」に相談を持ちかけ、名ばかりの「ハラスメント審査」の結果、「ハラスメントの事実があったとは認められない」「業務上必要な範囲の指導であった」というふざけた答えを受け取り、もとよりもひどい無力感に苛まれることになるのだ。わたしの勤める小さな会社でさえ権力を求める人間がおり、実際に権力を手にした人間がいる。こんな箱庭みたいな狭苦しい場所で、箱庭の中でしか通用しない権力に、社員たちはおびえている。ばかばかしいことだ。わたしは権力者に敬意を抱かない。この会社で権力を手にするためにどういう手法が有効なのか知っているからだ。それはとにかく上の言うことを聞き、上の望むとおりの結果を出し、ときには上の不祥事をもみ消し、黒を白と言い、白を黒と言うことである。非正規社員たちの必死の訴え——それは有給休暇が正社員に比べてあまりにも少ないとか、任される仕事の責任の重さと給料が釣り合っていないとか、親族が亡くなった際の忌引きを正社員同様に認めてほしいとか、心ない正社員がまるで雑用係のように非正規社員をこき使うので仕事が進まないとか、大体はそういったいびつな現状に対する改善の訴えだ——に寄り添うふりをして反発を防ぎながらうまく切り捨てるとか、勇気あるハラスメントの告発を無力化するための根回しに暗躍するとか、そういうことのできた人間ばかりが上にいるから、結局自分もやりたい放題暴れまわって、将来の幹部候補たちに様々なもみ消しを依頼し、そのもみ消し競争に勝ったものがまた次の幹部となるのだ。わたしはもうこんな会社は辞めてしまいたいと常々考えてきた。それはわたしがその程度の会社にしか入れなかったのが悪いのかもしれないが、大企業に入った知人や官僚になった知人の噂を聞いていても、組織の構造自体に大きな違いは感じられない。だが、とにかく内部のことを熟知してしまったこの会社に対して「我慢ならない」という思いは、間違いなく通奏低音としてわたしのなかに流れている。それならば、わたしはいま転勤のある会社に焦がれているのだから、いまこそ形式上の「依願退職」に追い込まれる覚悟で、この会社にはびこる悪と捨て身で戦うべきなのではないか？　そう考えると、これまでに討ち死にしてきた心根の優しい社員たちの顔が次々に浮かんできて、やってやるぞ、わたしは首をかけてこの会社の上層部を一網打尽にしてやる、これは弔い合戦だ！　という気分が盛り上がってきて、しかしわたし自身が大した事件の起こる部署におらず、また血で血を洗う出世争いからも遠く離れていることから、なんというか、自分自身に直接理不尽な打撃が与えられるということが少なく、この大きな怒りを永続させることも難しかった。わたしはひどい事件や事故のニュースなどを見て怒りに震えることもあるが、やはりそれはどこまでも他人の身に起こったことにすぎないので、あまり持続力がない。他の人がどうなのかは知らない、これがわたしに特有の共感力の低さのためなのか想像力の欠如のためなのかわからないが、結局わたしの怒りがほんとうに持続することはなく、ふとした拍子に再燃することがあってもそれもまた一時的で、これはおそらく「愛」に似ている。

　里奈ちゃんは「カラオケ行かない？」と提案し、島田も「いいねえ」と応じたが、わたしはとてもカラオケという気分ではなく、経験上、気乗りしないときのカラオケというのは声が出ない。声が出ないときのカラオケというのはただただつらいばかりだから断ろうとしたのだが、この会には二人の結婚祝いの意味も含まれているような気がして、カラオケで何か祝意を表す歌でも歌うのがいっぱしの社会人というものではないか、という気にもなってきて、わたしは目の前のビールを飲み干し、かすかな酔いに頼ってカラオケを快諾した。着くとすぐにみんなで追加のアルコールを頼み、島田は米津玄師の歌を歌い、里奈ちゃんはあいみょんの歌を歌った。わたしはヨネヅヨネヅ、あいみょんあいみょん、と人びとが言っているのはよく耳にしていたものの、たまにテレビから聴こえてくる何かの曲のサビぐらいしか知らず、これが「いまどき」というものなのか、と感動すら覚え、わたしはそれに対しＧＬＡＹを歌った。「春を愛する人」という曲で、かつて職場の先輩が誰かの結婚を祝う意味で歌っていたはずで、わたしはそのメロディを気に入って覚えていたのだ。だが実際に歌ってみると、その歌詞は思っていたほど友人の幸せを祝福するような感じではなかったし、大して結婚という感じでもなかった。この場にはあまりそぐわなかったな、と反省し、だからと言って他に何が……と少ないレパートリーを頭のなかで列挙していると、里奈ちゃんがわたしの時代感に合わせてか、九十年代の浜崎あゆみを入れた。浜崎あゆみ！　わたしは戦慄した。わたしが高校時代、唯一まともに「聴いていた」と言えるＪＰＯＰが浜崎あゆみだったからである。特に「Loveppears」というセカンドアルバムを擦り切れるほど聴き、わたしは浜崎あゆみはヤバイ、天才だと思っていたが、わたしの通っていた男子校でそれを理解してくれそうな人間は見当たらず、わたしはその思いを胸に秘めたまま、ＣＤを持っていることすら隠し通した。その頃アダルトチルドレンという言葉が流行り、浜崎あゆみの歌詞を聴いて「これは私だ」と感じ自己の代弁ツールとして用いる「ギャル」が多かったとか、流動化する社会のなかで温もりやつながりを求めることよりも、その砂漠に耐えられるよう自身を「サイボーグ化」しようとする、そのようないわば絶望のなかの希望として受け止める人間が多かったとか、その種の論をいくつも読んだ記憶がある。だが、わたしが浜崎あゆみを天才だと思った最大の要因はその歌詞ではなく、他に類を見ない声質である。そしてその声質にあまりにもハマりの良かった楽曲群は、一つひとつが奇跡としか言いようがなかった。わたしは（少なくとも当時は）親との関係に大きな屈折を感じてもいなければ恋愛経験の一つすらも持たなかったので、歌詞のなかに現れる「浜崎あゆみ的」な苦悩よりもその声と楽曲のほうに神がかったものを感じ、さらに大衆からの心無い攻撃を物ともせず突き進んでいく彼女のメンタリティもその聖性をさらに強化した。

いまは変わっていると思うが、当時インターネットには「2ちゃんねる」という掲示板があり、そこに「あみ&あゆ板」という板があった。そこでは鈴木あみと浜崎あゆみのファンだったりアンチだったりが集まって日夜侃侃諤諤の議論を交わしていたのだったが、わたしは固定ハンドルネーム（当時競馬にはまっていたこともあり、無敗で世界最高峰の「凱旋門賞」を制した馬から借用して『ラムタラ』という名前にしていた）を付け、浜崎あゆみを叩いている人間を粉みじんに論破することに熱中していた。現実の男子校の校舎では言えずに黙っていることも、匿名の掲示板でならすべて吐き出すことができた。「アンチあゆ」として有名な論客たちを逆にロジカルに追い詰め、感情的なレスポンスを引き出すことには麻薬的な楽しみがあった。まったく論が論として形をなしていない罵詈雑言のみのアンチは数こそ多かったが（一人何役していたかは知らない）、それらは相手にする必要がないと考え、またそのように宣言した。それによって、わたしに相手にされることを目指したと思われる言説が目に見えて増えていったが、わたしは実際に向かい合って話すのは苦手なくせに、こうした手合いの書くテキストの論理構成の弱点を見抜くことに長けていて、大体の人間を簡単にやっつけてしまうことができた。そのころ我が家のインターネットには時間制限があり、月当たり二十時間の活動に限られていたため、そのせいで逃した勝機というのはあったかもしれないが、その板でわたしを知らぬ者はないというくらいには有名になった。そのうちに浜崎あゆみのファン側のコテハン（「大統領佐々木」「足軽二等兵」「美由紀」というのがよく見かける名前だった）がわたしを慕い始め、一緒になって浜崎あゆみを応援したり、アンチと戦ったりということが始まり、やがてわたしたちは一つのサークルみたいなものになっていき、美由紀が「オフ会」をやりませんか、と提案してきた。みんなで集まって、酒を飲める人は酒を飲み、カラオケで思う存分浜崎あゆみを歌って盛り上がろうというのだ。提示された場所も、わたしが絶対に行けないほどの遠方ではなかった。だがわたしはまだ高校生で、しかもその男子校の校則により刈り上げ頭だった。快活でさわやかな理想的高校生とはほど遠い冴えないメガネの帰宅部で、しかも実際には論客どころかまともな会話も危うい「コミュ障」で、普段は聞き役に徹することしかできない情けない人間なのだ。大統領佐々木や足軽二等兵だけならば、まだ会うことに抵抗は少なかった。かれらは年上で立派に働いているようだったが、しょせんは「あゆタソのふとももハァハァ」などと書き込んで盛り上がる馬鹿な男たちだったからである。だが美由紀はきっと女性で、書き込みの端々にも「イケている」女性の生活らしきものが感じられたから、わたしのなかで美由紀は相当な美人OLとしてイメージされており、彼女にわたしのこの刈り上げ頭をふくめた冴えない容姿、掲示板でバッタバッタと論敵を斬り捨てるイメージからはほど遠い話し下手の卑小な実物を見られ、幻滅されてしまうことは恐怖であった。それはおそらく、掲示板におけるその後の浜崎あゆみ擁護活動にも支障をきたすに違いなかった。《ラムタラは掲示板ではイキッてるけど、会ったら超ショボかったよー。典型的なネット論客（笑）って感じ。》そういう印象を美由紀に与えることは避けたかった。わたしはオフ会に参加しなかった。当時はSNSもまだ発展しておらず、そのオフ会の様子が逐一報告されるようなこともなかったため、わたしは実際の美由紀がどのような女性だったのか想像を膨らませて悶々としていた。しかしオフ会が行われたはずの日を境に、あみ・あゆ板には大統領佐々木も足軽二等兵も美由紀もやってこなくなった。わたしは挑みかかってくる論客と戦いながら、かつての仲間たちの名前を何度も何度も探したが、ついに見つかることはなく、あのオフ会の日に一体何が起きたのか不安になった。まさか集団自殺？　みんなそれぞれに小さくはない悩みを抱えているようだったし、大人ばかりで酒を飲んで陶酔的な雰囲気になっているところで、美由紀あたりが「ねえ、みんなで死なない？」とでも言い始めたとしたら……わたしはその可能性は十分にあると考えた。それから一か月経っても誰一人姿を見せないので、わたしは掲示板に行く理由の多くを失った。新たに付いてきたわたしの、いまで言えば「フォロワー」のような存在もいるにはいたが、最初期の大統領佐々木や足軽二等兵や美由紀のように仲間だという感覚を得ることはできず、やがて「あみ・あゆ板」に足を踏み入れることはなくなった。そうして『Loveppears』を聴く習慣だけが残り、その次に出たアルバム『Duty』も悪くはなかったが、ヘビーローテーションしたくなるほどのものとは感じられず、その後発売されたファン向けの『FREE &EASY 別冊浜崎共和国』という本も買ったが、わたしはその時点ですでに浜崎あゆみとある程度距離を置いている自分を感じていた。わたしの浜崎あゆみに対する熱狂は『Loveppears』に端を発しており、そしてその熱を支え続けたのは「あみ・あゆ板」の仲間たちと、逆説的な意味においてはアンチたちで、初期衝動とも言うべきその勢いは悲しくも消え失せていた。一度消えた火を再び灯すことは、何においてであれ容易なことではない。『浜崎共和国』には百年戦争の頃のフランスの世相を表す言葉――「この国に生まれたことになんの自信も持つことができない」「まさに我国は舵を失った船だ」といったような――が仰々しく引用され、浜崎あゆみをジャンヌ・ダルクに重ね合わせたような演出が基調となっていたように記憶しているが、この本自体はもう処分してしまったため、いま内容をはっきりと確認することはできない。だが、とにかくその本が浜崎あゆみに金を払った最後の機会となった。

　わたしは大学に入ると浜崎あゆみを好きだった自分を恥じるようになり、好きな音楽を訊かれれば「レディオヘッド」とか「ピンクフロイド」とか言うようになったし、好きな作家を訊かれれば「大江健三郎」とか「ガルシア＝マルケス」とか言うようになった。嘘をついていたわけではないのだが、その世界にはほとんどはっきりと、何が好きならばセンスが良く何が好きならばセンスが悪い、といったような線引きがあり、わたしはそのラインのまず間違いなく「良い」側に入るだろうものを即席で自分に取り入れ、ある程度の知識を身に付けたわけである。活発なタイプではないわたしが付き合う相手には音楽や本に興味の薄い、典型的なスポーツマンのような人間が少なかったから、わたしが身を置く暗がりの住人とそれなりのコミュニケーションを取ろうとするならば、教養によって醸成される何らかの武器が必要なのだった。いまわたしが浜崎あゆみを好きだったと知っているのは、おそらくわたしの部屋に勝手に出入りしていた母親だけだろう。将来母親が死ぬとき、浜崎あゆみを好きだったわたしは完全に消え失せる。同じように、数少ない友人や知人に記憶されているあらゆるわたしはだんだん薄れゆき、ついには完全に失われ、わたしの生の痕跡はすっかり消滅するだろう。そのことに寂しさを感じないと言えば嘘になるが、そもそもわたしの用意しているすべての――「職場用」であったり「家庭用」であったり「友人用」であったりする――側面を統合したところで、それはほとんど何のおもしろみもない、のっぺらぼうのような像にしかなるまい。それはわたしの作る「わたし」の大半が、ひととまともな関わりを持って疲弊したくないという動機によって作られているからだ。たとえばわたしは、職場の人間が明らかによろしいとは言えない差別的な思想を持っていることを知っても、説得して改心させようとは思わない。「正義面するな」とかなんとか言われるのがオチだし、そいつが偏った思想を持っているからと言ってわたしの人生には何の影響もないし、仕事に支障も生じない。社会で働いているような年齢の人間の思想を変えようなどというのは、もはや洗脳された人間を脱洗脳するほどの専門的知識を要する難題である。わたしはそうしたあきらめを、長く付き合ってきた友人にも、妻にさえも持っているので、誰かがわたしに大きな影響を受けたという印象を持つことはまずないだろう。わたしがわたしの考える倫理や正しさを伝える義務を負っていると考えるのは、ただ娘一人のみである。とは言え、わたしはわたしの正しさに自信を持っているわけではないし、おそらくは「世間的に正しいとされていること」を伝えることにしかならないだろう。だが、世間的に正しいとされていること、たとえば「職業に貴賤なし」といったこと、これは当然の考え方とされて広く民衆の支持を得ているはずで、わたしもそう考えるべきだと考えているし、子供にもそう伝えるだろうが、仮に子供が「風俗嬢になりたい」と言ったならば、わたしは「風俗嬢にはなるな」と言うだろうし、「それはなぜ？」と訊かれれば、そこに貴賤の観点を持ち込まないことは難しいだろう。身体を売ることは恥ずべきことである、という考えは、わたしに常時あるわけではない。もし風俗で働く女性と友人関係を結ぶなりゆきになったとしても、わたしは彼女にどこまでもフラットに接することができるだろう。それは人のためになる素晴らしい職業だ、わたしは決して悪い仕事だとは思わない——そう本心から言い切ることもできる。事実、わたしはそう思っているからだ。誇りを持って風俗嬢をやっている人間のほうが、わたしのように日々の食い扶持以上の意味を仕事に見出さない人間よりも、はるかに上等だと考えもする。だが、自分の娘のこととなれば話はまったく別だ。わたしはそんなことに耐えられない。絶対にいやだ。その感情は「職業に貴賤なし」の規範に照らし合わせれば誤りなのだが、わたしにそれを譲る気はない。「やめろ、絶対にやめろ、そんなことをしたら親子の縁を切るぞ！」わたしはそう叫ぶだろう。正しさの城は「他人事」の基礎の上に建設されている。ひとたび自分に深く影響が及ぼうものなら、わたしたちは一挙に理性を喪失し、感情のままに差別や偏見を露呈する。わたしに限らず大体がそんな輩ばかりで、優しいふりをした人間ほどあてにならない。自分が優しく接した相手から思い通りの感謝を得られなければ途端に態度を豹変させ、それまで狙わずにいた相手のむき出しの弱点に向けて多重攻撃を仕掛け始める。わたしはそんな人間を山ほど見てきたし、これからも見ることになるだろう。

　いつだったか、わたしは妻に内緒で午後休暇を取り、新自由主義の波に苦しむ貧困家庭を描いた洋画を観たことがある。舞台はイギリスで、両親はほとんど休みなしの長時間労働に追われ、思春期の息子はぐれて次々に問題行動を起こし、小学生の娘は崩壊していく家庭に心を痛めている。さまざまなトラブルが容赦なく襲いかかり、そのたびに家族は衝突と関係修復を繰り返す。わたしはそれを見て、あまりにも無慈悲な社会の在りようと家族の切迫した苦しみに涙さえ流したものだが、そのなかで人間と人間の心からの支え合いや、生身の自分をさらけ出してぶつかり合うことのできる真の信頼関係、そして何より、何があろうと決して失われることのない永遠の愛を感じた。しょせんはフィクションと言われるかもしれないが、そこには確かな愛の手ざわりがあったのだ。それに比べて、わたしの家族はどうだろう。わたしの労働環境はこの映画の家族を取り巻く状況よりもはるかにまし——とは言え前述の構造への疑念や、肉体的・

精神的な負荷の大きさと賃金が釣り合っていないという不満は長い間抱き続けており、もし条件の良い転職先があればすぐにも職場を移りたいという気持ちはある——なのだが、愛という観点から見るなら、わたしはかれらに羨望の眼差しを向けずにいられない。映画の最終段階において、物流会社とフランチャイズ契約を結び配送員を務める家族の父親は、業務中に強盗に遭い荷物を盗られ仕事用の機器を破壊され、自身も全身に大怪我を負う。妻は機器の弁償代のことしか頭にない雇い主に強く憤り、子供たちも父親の身体を心配する。しかし父親は稼ぎが減り借金が増える不安から、翌日も仕事に出かけようと車に乗り込む。それに気づいた子供や妻が家から飛び出して必死で止めるが、父親は「お前たちを路頭に迷わせないためだ！」と叫び、みなの制止を振り切って車を発進させ、涙を流しながら仕事に向かうのである。

　わたしは自分がこの状況に追い込まれたとして、これほど大きな家族の愛に包まれる自分を想像できなかった。妻は無表情で大怪我をしたわたしを送り出すのに違いない。安月給、安月給が口癖の妻だから、いまよりも稼ぎが減ることを許す絵は思い描けない。娘も言葉をもっとはっきりと操れるようになれば、間違いなく妻に追随するだろう。わたしは折れた鼻や腕、腫れて使い物にならない片目を酷使しながら職場に出かけ、時間に追い立てられ、小便をペットボトルに出しながら、長い労働を終えてほうほうのていで帰宅する。妻は「お疲れ様」のひと言もなく、テレビのバラエティ番組に向けられていた笑顔を一変させ、わたしの靴下がソファの下から出てきたとか、ネクタイが一つカーテンレールに引っ掛けられたままだったとか、風呂場の水垢が落ちきっていなかったとか、保育園から持ち帰ってきたコップを鞄に入れたまま洗い忘れていたとか、朝の食パンがなくなっているのに申告しなかったとか、ボディソープを補充していなかったとか、頼んでいたのと違うちくわを買っていたとか、消費期限の長いほうの牛乳が先に開いていたとか、洗濯物の干し方が悪くて衣服やタオルから変な臭いがしているとか、そうした文句を一気呵成に言い立てて、お前はさっさと風呂に入って今日じゅうに洗濯を終わらせてキッチリと風通し良く干しておけ、それが終わるまで絶対に寝るな、と言い残し、すでに寝かしつけられた子供の隣ですやすやと眠ることだろう。もちろん妻には妻の戦いがあり、正義があり、論理がある。わたしはわたしの捉えた状況やわたしの感情、あるいは想像をつまびらかにすることしかできず、それはわたしがいくら客観的であろうと努めても、わたしびいきのものとならざるをえない。妻に言わせてみればわたしは、稼ぎも少ない上に家のこともまともにこなせず、娘をうまく手懐けることもできない恐るべき無能の人というところだろうし、妻がわたしとの生活に失望し疲弊し切っていることはわかる。わたしは自分が精いっぱいやっていると考えているし、妻も自分が精いっぱいやっていると考えている。わたしは妻にわたしをもう少し尊重し、稼ぎや家事育児の点で至らないところを強く責めないでほしいと考えているし、妻はわたしにもっと稼げる役職まで出世するよう仕事で成果を上げ、家事育児に対する意識のレベルを高めてほしいと考えているだろう。二人の願いはおそらく叶わない。それぞれがすでに十分努力していると思っているからだ。《広い心を持ってお互いを受け入れましょう、あなたと配偶者は遺伝子の配列も違えば、育ってきた環境も違います。意見や感覚が一致するというほうが奇跡なのです。二人で一つ一つの問題について丁寧に話し合い、歩み寄ることが大切です。夫婦になること、そのほんとうの素晴らしさを理解し身体で感じることができるようになれば、そこには一人でいるよりも何倍も大きな幸せを生み出す力が生まれ、何倍も素晴らしい人生を体験できるのだということがわかるはずです……》そんな巷にあふれているありきたりな言葉も、何度か小さな効果を発揮した後で力なく腐り落ちる。「相手の歩み寄りが足りない」という感情に収斂していくからだ。大好きだよ、愛してるよ、わたしはかつて何度もそう言い、妻は一度も言わなかった。そのことにわたしは不満を持たなかった。むしろ、いちいち甘ったるい言葉を返してこられるより、態度で愛を示してくれるほうが好ましいと思っていたし、妻はそういうタイプだった。しかしいまでは、妻の態度から耳かき一かきぶんすら愛を読み取ることはできない。さらに言葉も与えられないとなれば、愛は「ない」と結論付ける他ない。そして娘はわたしをこのままどんどん嫌い続け、まともな会話もないまま二十年か三十年が経ち、結婚相手を面倒そうにわたしに紹介し、わたしは何の興味も持てないその娘の夫に対し、社会のしきたりに敗北する屈辱に耐えながら笑顔で酒を注ぐ。きっとわたしの気に入らない筋肉質の、学校の教室では自然と人気者になっていたようなさわやかな好青年を連れてきて、かれはわたしに気に入られようと一生懸命にわたしを持ち上げようとし、その見え透いた狙いに鼻白みながらも、わたしはかれを気に入っているふりをするのだ。孫の顔なんて別に見たくない。しかし孫が生まれ、わたしたちはお宮参りに、保育園だか幼稚園だかの運動会に、七五三に呼ばれ、笑顔を強要される。孫はかわいいでしょう、目に入れても痛くないでしょう、私はね、何だかまだ孫を見ても自分の子供だという気がしますよ、孫という感じじゃないですよ、私もまだ若いということでしょうかね、まだもう一人ぐらいいけるということかな？　はっはっは！　六十だか七十の仲良くもない顔だけ知っているような近所の老人連中とそんな「孫トーク」を繰り広げ、わたしは子供もかわいくない、孫もかわいくない、妻と一緒にいるのもいやなのだというほんとうのことを言える相手を見つけることもできないまま、そうですね、孫の写真を見ているときが一番幸せですね、などと心にもないことを言うのだ。臨終のとき、やはりわたしはいけすかない親族どもに囲まれて、最期の最期に思うのだ、「愛はどこにもなかった」と……死ぬまでの間、もはや一度たりとも愛に触れることのない自分のこれからの道のりを想像すると、わたしはひどい徒労感と無力感に襲われる。わたしは一体何をしてきたのだろう？　そして一体、何をしていこうというのだろう？　心休まる場所の一つもなく、ぼろ雑巾のように酷使され、誰からもまともに存在を認められずに。

　里奈ちゃんは浜崎あゆみの「Boys&Girls」を歌い、それがあまりにもうまかったので、わたしは「すご」と思わずつぶやいた。そして、これだけ素晴らしい「Boys&Girls」を歌う綺麗な女の子を騙し、汚れた秘密を抱えたまま結婚しようとしている島田がますます許せなくなった。いや、それは嘘だ。それはあまりにも正義漢ぶっている。わたしは島田が何かを得ようと主体的に動いたわけでもないくせに、自然にかなりの成功――仕事はうまくいっていないようだがそれに対する葛藤も持たず、年収が同世代平均に比べて低いというわけでもない――を手中におさめており、しかもそのことに無自覚な様子であるのに我慢ならなかったのだ。お前ばかりが良い目を見るのはなぜだ？　わたしがこれほどまでに苦しんで苦しんで、何一つ手にできないというのに？　島田がフラつきながらトイレに立ち、里奈ちゃんとわたしが二人きりになったとき、わたしは自分の入れていたスピッツの「チェリー」を歌わず里奈ちゃんに話しかけた。

「あの、島田のことなんだけど」

「え？　うん」

「あの、島田、ああいうやつで、悪いやつじゃないっていうか、悪いやつじゃないし、それは里奈ちゃんもわかってると思うんだけど」

「うん」

「あいつ、ちょっと、だらしないとこあって」

「知ってる知ってる、たぶん私のほうが知ってるよ。あいつ部屋とかほんとにひどいから」

「うん、生活もそうなんだけど、あの、実はさ、あいつの、あれなんだけど、その……」

「大丈夫、知ってるよ、全部」

そう言った里奈ちゃんは、わたしの目をまっすぐに見つめた。

「全部知ってるから」

島田が帰ってきて、誰も歌っていない「チェリー」に気づいて歌い始め、わたしにもマイクを渡してきて、わたしたちは二人で声を合わせて歌った。わたしはついさっき裏切ろうとしていた男と、最高の仲間みたいな顔をして肩を組んだ。その感覚は不思議だった。島田からは香水のいい匂いがして、同じ香水をつけてみたいと思ったが、妻の睨みつける顔が浮かんだ。わたしはしかしこの顔を無視することもできるのだ、と思った。こんなものはどうでもいい、もはやわたしにとって「愛する家族」として成立していないような組織の平穏を守ることに、つまり妻の機嫌を取ることに、一体何の意味があるというのか？

その日、わたしは島田たちと別れてから、十時までには家に帰るようにという妻の言葉を無視して、風俗店に行くことに決めた。わたしはそれまでにも何度かその手の店の世話になったことがあったが、妻と付き合い始めてからは一度も行ったことがなかった。それは妻に対する背信行為であるという、わたしなりの倫理意識があったからだ。妻が金を払って別の男と行為に及んでいたら嫌なのだから、こちらもそのような行為をするべきではない、それが当然の理だと思っていた。しかし、いまとなってはどうでもいいことだ。わたしはしっかり時間をかけて店を選び、相手を選んだ。そうして入口の前まで行き、威勢よく入ろうとする頭とは裏腹に身体が避けてしまう、そうしたことを何度も繰り返した。それはわたしがやはり妻に悪いと考えたのではなく、入った後にうまく相手とコミュニケーションが取れなかったり、満足のいく時間を過ごせなかったりしたら、この少ない小遣いからひねり出す一万五千円はパアだぞ、というせせこましい考えのためで、そういうせせこましさを抱えて店に入れば、それは十中八九失敗に終わるのではないかとも思った。しかし今日を逃せばこのような機会は一年、下手をすれば数年以上訪れないと自分に言い聞かせ、葛藤そのものを表すようなぎくしゃくした動きで店のなかに入った。するとすぐに立派な赤じゅうたんの敷かれた階段があり、上からスーツ姿の男が「いらっしゃいませ。ご予約は？」と声をかけてくる。わたしは階段を上りながら「いえ、してないです」と答え、カウンターでアルバムを確認させてもらった。すでに指名する相手は決まっているのだが、せっかくなので出勤している他の女の子にも目を通してみようと思ったのだ。しかし、そのなかに目当ての子の写真が入っておらず、わたしは何度も何度もアルバムをめくりなおして、店員に向かって「あの、ひまりさんは……」と訊いた。すると店員は「申し訳ございません」とまったく申し訳なくなさそうに言った。「今日は体調不良で早く帰ってしまいまして」わたしはそれを聞いて、少し安心したような、やはりこういうことをすべきではないと誰かに言ってもらえたような気がして、「うーん、じゃあ……」としばらく悩むふりをした後、「今日はいいです」と言って階段をゆっくりと降りて、駅の自動販売機でコーヒーを買って電車に乗り、すでに真っ暗な窓の外を眺めながら、今日の里奈ちゃんのすばらしかった「Boys&Girls」の余韻を反芻した。「輝きだした僕達を誰が止めることなど出来るだろう」という歌詞で始まるこの歌は、アッパーな楽曲の雰囲気も相まってまだ将来のある若者の高揚感を表した明るい曲だと捉えられることが多く、実際にそれは誤りというわけではないが、もう少し丁寧に歌詞を見ていくと、「一体何が欲しくて／一体何が不満で／一体どこへ向かうのとかって／聞かれても答えなんて／持ち合わせてないけどね」とあるように、輝きだした若者はなにをすべきかわからないまま、いましかそこにない若さを燃焼させて輝いているのであり、その後に「輝きだした私達ならいつか明日をつかむだろう／はばたきだした彼女達なら光る明日を見つけるだろう」と続く。その「光る明日」とは一体何なのか具体的には言及されず、そこには進む方向よりもひたすらスピードを重視する、ある意味では虚無的とも言える世界が描き出されている。つまり、この歌はじつは何も言っていないのだ。だが、わたしはかつてこの歌が好きだったし、いまでも好きだ。もちろん、いまのわたしが高校時代と同じようにこの歌を聴くことはできない。若者だったわたしが「よくわからないけど、まあこの先何かいいことがあるだろう」という気分で聴いていたこの歌を、すでに輝きを失い羽をもがれ、曖昧に想像していた「光る明日」などどこにもないということを悟った三十過ぎの労働者が聴くとき、それは若さへのノスタルジーで聴くのであり、曲に同調して聴くのではない。しかしこれには反論が出るかもしれない。人は曲を聴くときにいちいち自分の年齢を意識するだろうか？　むしろほとんどのときを年齢なき存在として過ごしているのではないか？　そのような意見は理解できる。どちらが正しいのか、それはいま手元の音楽プレーヤーで「Boys&Girls」を聴いてみることで判断できると言いたいところだが、こんな風に身構えて聴いてしまっては意味がなく、何もかもをすっかり忘れたころに自然な形で聴かなければ検証できない。だが、そうした場合わたしの頭は歌に対する思考を具体化しないだろうから、この答えは結局のところ「持ち合わせていない」と言う他ない……

　わたしが自宅に帰り着き、鍵を開けてドアを開けようとするとU字ロックが掛けられており、「おーい」と声をかけると妻がリビングのドアを開けてゆっくり現れ「いま何時？」と訊くのでカラオケ上がりのわたしは「そうね大体ね〜」と歌いたくなるのを我慢し、「十一時半」と答えた。すると妻は何も言わずにリビングに戻ってしまい、わたしが「おーい」「なあ」「遅くなって悪かった」「開けてくれ」などと十分ほど声をかけても無視するので「いいから開けてくれ！」と怒鳴ったが、それでも無視され、そのうち向かい側の家の主人が酔った様子で帰ってきたので、わたしはとっさに庭に植えられたわたしの嫌いな植物たちを観察しているようなふりをして、「あ、こんばんは」と言い、向かいの主人も「こんばんはー」と応えてくれ、少しばかり会話を交わした（「飲み帰りですか」「そちらも？」「まあそんなところです」）のだが、向かいの主人の哀れみの滲んだ表情からして、わたしが家から締め出されていることは見抜かれていそうだった。わたしは燃えるような恥辱を感じながら、これはおれの家だ、おれの稼ぎと信用で建てたおれの家だ、文句があるならお前が出ていけ！　といまにも叫びそうになり、家の庭に植えられたゴールドクレストの鉢をつかんでリビングの窓に投げつけようと考えもしたが、いずれにしても「ご近所の目」や「今後の生活」を考えると、実行に移すところまではいかなかった（それはおそらく、あらかじめ実行不可能性を認めたうえでの感情の高まりにすぎなかったのだろう）。しかし、自分はほとんどの飲み会を断って品行方正に生き家事も育児も懸命にやっているのに、稼ぎにしてもわたしの制止を無視して正社員を辞め現在契約社員である妻の三倍近くあるのに、どうしてこんな仕打ちを受けねばならないのか？　という思いは根強く、こんなことならばあの風俗店で誰でもいいから入っておけばよかった、わたしが気をつかって妻のすべての買い物や友人付き合いや暴力的言動を許し、自分を犠牲にして家庭生活にすべてを注ぎ込んでいるのに、そんな思いが妻に伝わることもなく、「安月給の上何もやってくれない非協力的なダメ夫」の評価がいつまでも覆らず、好き放題痛めつけられるばかりなのであれば、ほんとうに何もやらない昔ながらのダメ夫というところまで自己の認識を落とさなければ心が保たない。たとえば風俗に通い詰めて後ろ暗い気持ちがあるとか、浮気してよそでたっぷり愉しんでいるとか、そういう悪を意識して作り出さなければならない。そうすれば、妻のあらゆる横暴を怒りなしに、受け入れるべき当然の罰として受け入れることができるだろう。だが、わたしには風俗に行く金もなければ愛人を作るような甲斐性もないわけで、その種の悪事を継続的に行うことは現実的ではなかった。その日は土曜日だったし、月曜も祝日だったのでまだ仕事への焦りはなかったが、来た道を引き返して駅からどこかに失踪してやろうにももう電車は走っておらず、わたしの行けるのは駅前のカラオケかネットカフェに限られていて、歌はもう十分だったのでネットカフェに入り、とりあえずＡＶを見た。しかしそれが何の興奮も引き起こさないので漫画でも読んでみようと思い立ち、最近流行しているらしい登場人物が恐ろしい勢いで死んでいく漫画に目を通したが、あまりその世界観にのめり込むことができなくて、次に真面目そうなサラリーマンがある奔放な女性に誘惑されて性の愉しみを知り、その後数珠つなぎ式に別の女性と関係を持っていくという漫画に移ってそちらを読みふけった。わたしはその真面目そうなサラリーマンに自らを重ね、わたしが独身だったなら、あのとき愚かにも結婚などという選択肢に惑わされなかったなら、今ごろこの主人公のように派手な遊び――とは言わないまでも、色んな女性と知り合って多くの心弾む時間を過ごすことができたのではないか、ただすれ違いざまに「かわいいな」と思う程度の会社のあの子やあの子にも、自ら声をかけて関係を結ぶことができたのではないかなどと思い、それを読んでいる間、夢中になる一方で胸苦しさを感じてもいた。ある程度一気に読んでしまうと、わたしはシャワー室でシャワーを浴びてから眠った。

翌朝遅い時間に起きたが、妻からの連絡はなかった。もともと「そろそろ戻ってきたら？」なんて甘い言葉を自ら発する妻ではないこともわかっているし、こちらから連絡したところで無視されることもわかっている。妻が家にいる間にあのU字ロックが外されることもありえず、わたしが帰宅するには妻と子供が一緒に公園だか買い物だかに出かける、その時間帯を狙う以外にない。そうしてコソ泥みたいに家に戻ったことは幾度となくあった。そうすれば昨日よりも怒りを鎮めている妻は、耳を疑うほどの罵詈雑言をわたしにぶつけてくるものの、もう一度締め出そうとまではしないのだ。わたしは無料のコーヒーを飲み無料のソフトクリームを食べながら、しかしそんな思いをしてまで家に帰らなければならないだろうか、と考えた。問題は仕事と、服と……と考えていくと、問題は仕事と服ぐらいのもので、仕事に持っていくものも、わたしはビジネスバッグを使っていた——周りはもうほとんどリュックサックで、みんな「この方が身体のバランスが歪まない」と言っていた——のだが、なかに入れているのは眼鏡ケースとどうでもいい書類のはさまったクリアファイルぐらいで、バッグそれ自体はノーブランドのぼろぼろのものだったし、家にある服にしても襟の黄ばみが取れなくなったワイシャツや、よれたり裾の黒ずんだりしたスラックスばかりだったので、これを機にすべて買い替えてしまえばいいじゃないかと思った。コツコツ貯めたわたし専用の貯金は十四万円ほどだったが、いざとなれば会社の人事課に頼んでわたしの口座に月々振り込まれる額を増やすこともできるし、住む場所に関しては、わたしは実家に帰ればいいと思っていた。わたしの実家はいまの家の最寄り駅から電車で一時間ほどのところにあり、職場までの距離は遠くなるものの、朝早めに起きて通うことは不可能ではない。わたしは母親に電話をかけ、実家に戻らせてほしいと告げた。母親は事情を聞くなり「お前が悪い」と怒鳴った。

「お前は最低だよ、お前は家事やってる育児やってるすごく我慢してるって言うけど、トモちゃんはそれよりもっと家事も育児もやってもっと我慢してるんだよ、なんでそれがわからないの？　自分だけが苦しい、自分だけがひどい目に遭ってる、お前は昔からそうだよ。なんでもかんでも自分が被害者、自分が正しくて相手が間違ってる、自分が正しいけど我慢して我慢して相手に合わせてやって、でもそれも限界だみたいな被害者面。私が甘やかしすぎたのかもしれないね、トモちゃんにお前みたいなハズレくじ引かせちゃって、もう合わせる顔もないよ。お前はすぐにトモちゃんに謝って土下座でもなんでもして家に帰りなさい、お前は自分が正しいと思い込むのをやめなさい、自分はつねに間違ってると思うようにしなさい、お前の場合はそれでちょうどいいんだから。それからトモちゃんの言うことをよく聞いて、しっかり父親としての責務を果たしなさい。そんなこともできないなら、お前は子供を作る資格がなかったんだよ。大体いま実家に帰ろうなんて発想になってる時点で、資格はまったくなかったと言ってもいいね、でももう産んじゃったんだから、ほんとに亜美ちゃんがかわいそうよ。お前はそうやって何でもすぐに投げ出す、途中でいやになってバーっと捨てちゃうんだよ、モノでも人でもなんでもかんでも。ほんとに申し訳ないよ、お前みたいな不良品作っちゃって、結婚までさせちゃって、お前が結婚なんかできる人間じゃないっていうのは私が一番わかってたのにね、こうなることはわかってたんだよ、お前は自分が一番大事って考えが絶対に抜けない人間なの、結婚するときはね、お前はトモちゃんを自分よりも大事だと思って、亜美ちゃんが生まれたときも、亜美ちゃんを自分よりも大事だと思ったんでしょ、でもいまは違うっていうのがおかしいんだよ。それはいまは違うみたいな、簡単に変えていいものじゃないんだよ、お前みたいなのと結婚してくれたトモちゃんに、お前は一生感謝し続けなきゃいけないんだよ、大変な思いしてお前との子供まで産んでくれて。お前お産がどれだけ苦しいかわからないんだろうけど、ほんとにあれは地獄なんだから、お前はどうせ近くでオロオロしてただけで何の役にも立たなかったんだろうけど、それでもお前はちゃんと協力したとか立ち会ったとか思ってるんだろうね、お前なんか何もしてないよ。女ってのはね、命がけで子供を産むんだよ、お前のことも私は命がけで産んだの、男なんか突っ立ってるだけ、気の向いたときに優しい言葉の一つ二つかけるだけでそれも全部自己満足。あのねえ、お前も子供ができて一人前になったとか、成長したみたいな気がしたかもしれないけどね、それ全部間違いだから。間違いっていうか勘違いだから。男はね、出産には一切関係ないよ、女が覚悟決めて女が産むんだよ、それだけ。それなのに、いまだに夫婦に子供ができないと女を責めるような馬鹿ばっかりで、女は損ばっかりさせられて。それでちょっと『おかしいんじゃないか』って言ったら、おれは稼いでるとかおれも一生懸命やってるとか言うんだよ。ほんと馬鹿だね男っていうのは、お前たちに脳みそってあるのかね？　自分が正しい、自分はがんばってる、そう言って、そう思い込んで、馬鹿なまま幸せに死んでいくんだね。うちのお父さんなんてその典型だからね、お前にもそういう病気が遺伝したのか、男がみんなそうなのか知らないけど、ほんとに泣けてくるね、泣けてくるよ、トモちゃんがどれだけ悲しい思いで毎日過ごしてるか。出産のときね、トモちゃんが入院しててお母さんがしばらくそっちに手伝いに行ったとき、ほんとにびっくりしたもんね、トモちゃんが三日いないだけで家めちゃくちゃになってたから。一瞬強盗にでも入られたのかと思ったからね、三日でできる芸当じゃないくらいすごかったから。結婚してお前ももう少しちゃんとしたかと思ってたけど、ほんとに何もできないままだったんだなってあのとき愕然としたよ、トモちゃんどれだけつらかったのかなって涙出た、だってお母さんもそうだったから。お父さんも何もしない人だったから、私と同じような苦労、トモちゃんもしてるんだろうなって涙が出たの。いや、昔ならお父さんみたいな人もいっぱいいたから、トモちゃんのほうがもっとつらかったかもね。お前が家事やってるっていうのもさ、どうせ簡単な目に見えることだけでしょ？　よく言うでしょ、目に見えない家事っていうのがすごくたくさんあるんだよ、どうせゴミ出ししてるなんて言っても、トモちゃんがしっかりまとめた玄関に置いてあるゴミ袋を出すだけだろ？　何曜日に何のゴミを出すか言ってごらん？　わからないんだろ？　それも全部トモちゃんが考えてやってくれてるんだよ、最後にゴミを出すところなんて、ゴミ出しって家事の一割にも満たないんだよ、つまりゴミを出してるのはトモちゃんなの。それにお前って絶対料理しないだろ、『おれは料理無理だから』とか言って、全部トモちゃんに押し付けてるんだろ？　お前は無理って言えば済むかもしれないけど、お前が無理だったらもうトモちゃんがやるしかないんだよ、トモちゃんはもう無理って言えないの、ほんとは料理なんかこれっぽっちも好きじゃなくても、トモちゃんがやらなきゃ終わりなんだよ。あのね、言っておくけど、家事全体の七割ぐらいが料理だよ、家事のなかで一番大変なのが料理なの、料理をやらないってことは、他の全部をピシーっと完璧にやってもお前は全体の三割の家事をやったことにしかならないの。その残りのうちの半分、いや三分の一もお前はやってないだろうから、お前が手伝ってる家事っていうのは一割以下なの、トモちゃんが九割やってるの、共働きで同じ時間だけ働いて、それなのにトモちゃんが家のこと九割やってるの、おかしいと思わない？　あんなにいい子がお前なんかに引っかかったのは悲劇だね、もし別れてみなさい、もう二度とあんないい子はお前なんか相手にしてくれないよ。いますぐに謝りの電話を入れなさい、それで心を入れ替えなさい、自分ばっかり我慢してるって考えを捨てなさい、それが大人になるってことなの、わかったね？　ほんと、いつまでもガキみたいなこと言ってるんじゃないよ！」

反論する間もなく電話を切られ、わたしは妻に連絡するかどうか迷ったが、母親の言うことに理はあるにしても、やはりわたしばかりが悪いのではないという気持ちは拭い切れず（まさにそれこそが母親の指摘するわたしの性質なのだろうが）、まがりなりにも一家の一員として汗みずくでがんばってきたわたしをこんな形で締め出したことへの怒りは鎮まらなかった。とりあえず妻に連絡することは保留とし、いま使える預金残高十四万円と、緊急時以外には使用禁止と言い渡されているメインバンクと繋がったクレジットカードを勝手に使えば、しばらくは外で暮らすことができるだろうと考えた。わたしはカードで新たに白のワイシャツを三着、寝巻用の黒のジャージを一着、アンダーシャツとトランクスと靴下を二セット、レジメンタルのネクタイと小紋柄のネクタイを一本ずつ、安売りされていたリュックサックを一つ買い、現金でワックスとスプレー、髭剃りと歯磨きセットとデンタルフロスを買った。これで当面はやっていけるだろう。わたしはもう自分が限界を感じるまでネットカフェで暮らそうと思った。そう決めてしまうと気分は晴れた。わたしは自由の身だと思った。

　まずネットカフェの「一か月プラン」を六万円弱で契約し、手始めに映画鑑賞と洒落込んだ。少し前に流行った青春とか純愛系の映画を三つ飛ばし飛ばしに見てしまうと、その勢いに乗って普段なら絶対に見ないヤンキーたちの抗争を主題とした映画を見た。最初のシーンでハヤトという男が不良二人組に襲われた女を助け、ハヤトは不良たちに詰め寄られてもなお不敵な笑みを浮かべ続け、それにキレた不良の片方が「ハァ？　ナメてっといわすぞ！」と凄むのだが、もう片方が「おい待て、ヤベェって、コイツ《クロウズ》のハヤトだぞ！」と青ざめて結局二人して逃げていき、ハヤトが「あれ？《クロウズ》なんてもうとっくに抜けてんのになぁ」と言って笑うみたいな描写があって、こういう「強い男」はフィクションでよく見かけるものの、ほんとうにどこかに実在しているのか、そもそも実在可能なのかということがふと気になった。まず一対二でケンカに勝つことは相当難しいはずなのだ。やりもしないで逃げやがって、あいつらはそれでもほんとうに不良なのか？　わたしは半ばハヤトへの反発も感じながらそう思った。ハヤトは助けた女と少しずつ距離を縮めていき、やがて巨悪を打ち倒す目的を共有することとなり、あらゆる面においてパートナーとしての関係を結ぶことになっていく。そのうちにハヤトが《クロウズ》に入らざるをえなかった過去や、不良の溜まり場でしかなかった《クロウズ》を正義の集団へと改革していった過程も手際よく説明され、わたしは視聴開始から三十分もするころにはふつうに「ハヤトすげー」と思っていた。臆病さと無能さのせいでどんどん縮んでいく自分の人生に比べて、ハヤトの人生のなんと輝いて見えることか！　わたしは妻から家を追われ母親から叱責され、ついには穴蔵みたいなネットカフェに追い込まれた自分が悲しくなり、街へ出てヤンキーみたいなやつにケンカでも売ってボコボコにされてみるのもいいかもしれないと思った。かつて映画の『ファイト・クラブ』でエドワード・ノートンとブラッド・ピットが殴り合うシーンに痺れたことがあるが、大学時代周りには同じようなやつがたくさんいた。それである男が「俺らもやってみるか？」と言い出して何人かは実際に殴り合いをやったのだが、わたしは「映画ごときに影響されすぎだろ」と冷笑して断った。しかしほんとうは怖くて怖くて仕方がなかったから断ったのだ。わたしはあのとき即席ファイトクラブに参加していたら、もしかするともっと豊かな生を送ることができていたのではないか？　誘いから逃げ出したあの日から、わたしはずっと逃げてはいけないものから逃げ続けてここまでやってきて、何とか社会人として、家庭人としてふつうに見えるような体裁は取り繕えたものの、結局内実はすかすかのままで、存在としての重みをほとんど持たないままなのではないか？　もう夜中だったが眠くもなく、腰が痛くなってきたわたしはネットカフェから黒のジャージで外に出て、ひと通りのほとんどない道をボクサーのロードワークのようなつもりで走った。そのとき、わたしは革靴以外に靴がないことに気づいたが、もう仕方がないと思い、明日にでもスニーカーを買うことに決めた。暗い夜道を一人で走っていると、聞こえるのは自分の足音と呼吸、そしてたまに通る車のエンジン音ぐらいのもので、やがて大きな川沿いの道に差しかかると、わたしは誰も見ていないのをいいことに、たまに立ち止まってシャドー・ボクシングの真似ごとをした。もちろんパンチの打ち方なんて知らない。そもそも走り方だってなっていないだろう。しかしシュッシュッと下手なパンチを出してみると、何か少しだけ現実を切り裂いているような気がして爽快だった。わたしは空想の相手からのパンチをよけるような動きをしながら、何発も、何十発ものパンチを虚空に打ち込んだ。わたしはだんだん自分に笑顔が戻ってくるのを感じた。生の実感が少しずつ戻ってくるのを感じた。そのままずっと走りながら、道の途中に吸い殻が落ちているのを見つけて、そうだ、わたしは煙草もやめたんだと思った。妻が嫌がったために、わたしはずっと吸っていた煙草もずいぶん苦労してやめた、「お金もかからなくなるし健康にもいいんだから、やめて正解でしょ？」と言われてそのとおりだと思っていた、あるいは思い込もうとしていた。だが正解なことがあるものか、わたしは煙草を吸う人間だったのだ、煙草を吸うことを選んだ人間だった、しかし吸わないことを選んだのはわたしではない、それは選ばされたのだ。明日は絶対に煙草を買おうと決めた。あとスニーカー。

*

シャワーを浴びた後も眠くならずテレビをザッピングしていると、互いに本業の他にアルバイトもしながら子育てしている、世帯年収三百万円の売れない芸人とその妻（構成作家とのことだった）が、いまの状態でも買える家を探す番組をやっていた。わたしは世帯年収七百五十万円で、三十五年ローンを組んで三千六百八十万円の新築一戸建てをある程度の都会に買った、というよりも買わされたわけだが、少し田舎に外して中古の物件を探せば掘り出し物はたくさんあるようで、番組で一軒目に紹介された築四十一年の２ＬＤＫの家は三人で住むのに十分な広さを持っていて、中も綺麗にリフォームされて四百二十万円。わたしはこの家でも十分に満足できると感じ、あらゆる面を妻が仕切って建てたいまの三千六百八十万円の家よりすばらしくさえ見えた。妻は不動産屋に次々に希望を主張し、当初の予定になかったコンセントや採光のための半吹き抜けの追加、設計的に難のあったシューズインクローゼットの設置など後から思いついたいくつもの無理を通し、執拗に値下げ交渉までして実際に二百万円は下がった。わたしの悲願であった壁面を本棚にした書斎や掘りごたつ等についてはすべて却下されたものの、その妻の手腕にわたしは脱帽というか感動さえおぼえて、こいつと一緒ならわたしは世界と互角に打ち合えるだろう、それどころか、これまでわたしをさんざん痛ぶってきたこのいけすかない世界をマットに沈めることさえできるかもしれないぞ、とゾクゾクしたものだ。不動産屋は打ち合わせのたびに困惑して、話を持ち帰っては何とか断ろうとし、また妻に返り討ちに遭って、結局ほとんどすべての要求を呑んだのだった。あのときわたしは妻の応援団員として妻の攻撃に便乗し、わたしはわたしの信用によって建てる家がぜんぜんわたしの住みたい家ではなくなろうとしていくのに加担したのだ。それはもう、どうでもいいから相手を打ち負かしたい、世界のほんの一部でもいいから自分に屈服させたいという思いによったという他はない。そうして出来上がった家はもちろんわたしのための家ではなく妻のための家で、わたしは金を搾り取られるだけの農奴のような身分に堕してしまい、ついにはこうして締め出されるにいたったというわけだ。わたしはこうなることを最初から予測しておくべきだったし、それは十分に可能だった。あのとき、妻が不動産屋をやっつける姿を見てそれをまるで自分の勝利のように錯覚して思考停止するのではなく、家についての自分のささやかな希望を、ほんのわずかでもいいから妻に取り入れさせるべきだったのだ。わたしはその家が建って以降、多少の不具合の修正に二、三度呼びつけたとき以外ほとんど会わなくなる、きっとかれ自身も世界とぎりぎりのところで戦っていたのに違いない不動産屋の目のなかに不安の色を見るために、そしておそらくはあまりにも強靱な精神を持つ妻を敵に回して不動産屋ともども回復不能のダメージを負うことを避けるために、すっかり自分自身を放棄してしまったのだ。わたしのいまの状況は、やはりわたし自身の浅慮の招いた当然の結果なのだろう。

　芸人と構成作家は次にやや山間部と言える土地へと移動して——前の土地でジャンプして次の土地で着地する、テレビでよく使われるテレポーテーションの演出がなされたが、その間に二時間半が経っていたらしい——、年季の入った巨大な木造建築の中を散策し始めた。客人をたくさん呼んでパーティができるような、お酒を出すカウンターまで設置された広大なリビングがあり、浪漫を感じずにいられない囲炉裏やわたしの望んでいた掘りごたつ、そして洗濯物を干すのにもバーベキューにも使えそうな広々とした屋根付きのテラスがあり、こんな規模の家に住むことができるのは大富豪だけだろうと思った。しかし７ＳＬＤＫ５４６平米２階建のこの物件は、不動産屋からなんと五百八十万円であると告げられ、演者たちもいかにもテレビらしい驚きを見せたが、わたしはほとんど純粋に、誇張して驚いているのだろうかれら以上に驚いていた。しかも不動産屋は「さらに今回は特別割引！」と言い出し、最終的な価格は三百八十万円にまで下がったのである。芸人と構成作家は狂喜乱舞したが、芸人の主戦場である劇場まで電車で三時間、バスでも二時間強かかること、またバスの本数が少なく劇場からの終バスが二十時四十五分であることなどから、涙を飲んで断念していた。「やっぱり先輩からのお誘いがあったりすると、どうしても夜は遅くなるんで」そんな話を、子持ちで構成作家とウーバーイーツのアルバイトを掛け持ちしている妻はにこやかに聞いていて、わたしはこの家族もまた、世帯年収が三百万円であろうとくたくたになるまで馬車馬のように働いていようと、わたしたちよりもよほど優れた、と言うより、わたしたちよりもはるかに幸福な家族なのだと感じた。結局家の購入を保留した（そしておそらくはまだしばらくは手狭な賃貸で我慢しようと決めた）二人はロケの最後、それが深夜番組であるのをいいことに、進行役の制止も聞かず——という台本なのだろうが——熱い口づけを交わした。わたしは妻と結婚して以来、子供を作るための、排卵日周辺を狙ったセックスのときでさえ口づけは許されなかったことを思い出して愕然とした。そして妻の顔色をうかがってあらゆる「先輩のお誘い」を断り同期の誘いも断り、家族以外の深い人間関係をほとんど失った挙句、家族との関係すらまるでだめになってしまい、生きたまま無縁仏と化したような自分を一体どう捉えるべきなのか、じっくり考えてみる時間が必要だろうと思った。振り返ってみれば、もともと好んでいたわけではないにせよ、このような深夜番組を観る余裕を持ったのは結婚以来はじめてのことで、さらに言うならば、わたしが自分の意志で観る番組を選んでテレビを観たのもおそらく数年ぶりのことだった。わたしはテレビのチャンネル権を完全に妻に奪い取られてしまい（もっともいまはそれもほとんど子供に移行しているが）、その権利を取り戻す勇気もなく、もともと強く観たいと思える番組はなかったのだからそのぐらいは些細なことだ、と言い聞かせていたわけだ。わたしは独身だったころによく観ていた格闘技や競馬の番組、世界で奮闘する人間のドキュメンタリーや成功者同士の対談番組などをすっかり観なくなった。そうして興味の湧かない、名探偵の前で殺人事件が起こり続ける推理ドラマや、後に何も残らない騒音のようなバラエティ番組ばかりが映し出されていた日々を、あらためて思い出した。それまでに三十年ほどもかけて作り上げてきた、取るに足りないとは言えその年数分だけの内実を持っていたはずのわたしは、結婚してからものの一か月で壊滅状態に追い込まれ、子供が生まれることによって完全に抹殺された。妻ももしかしたら同じ思いかもしれない。身体面も精神面もふくめて、子供によって生活がもっとも大きく変わったのは間違いなく妻だろう。妻は子供を愛しているように見える。しかしそれは母親は子供を愛するものだという社会の圧力によって演じさせられている姿なのかもしれない。実際のところはよくわからない。わたしは妻に本音をぶつけたことがほとんどないし、妻がわたしにひどい仕打ちをするとき、それは妻の深層部からの怒りではなく、表層部の怒りでほとんど反射的に行っている——そこに深層部のわずかな反映があったにしろ、それは外部から読み取れるほどに明確なものではない——ように見える。お前は、子供を愛しているか？　いまの生活が、つらいか？　わたしはそんな核心をつくような質問が可能な場所のはるか手前にいるのだ。そんなことを訊いて「愛していない」とか「つらい」と言われたとき、わたしは一体どのような言葉を妻にかけられるというのか？　自分の始末すらまともにつけられないでいるのに……

　寝て起きると昼になっていて、わたしは担々麺を頼み、ドリンクバーでウーロン茶をもらおうと思った。

そのときウーロン茶のすぐ隣に「ピンクレモネード」の文字を認め、あの美容室の主人の言葉を思い出して試してみる気になった。担々麺もピンクレモネードもおいしく、わたしは至福を感じたが、ふたつの取り合わせが良くないということが途中で気になってきて、担々麺をさっさと食べ終わって食器置き場に戻し、ピンクレモネードだけを飲みながらテレビをザッピングした。いまの大きな稼ぎの期待できない仕事なんて辞めてしまって、「レモネードが来る」と言っていたらしい飲食の事業家に合流し、巨万の富を得ることはできないだろうか？　このうっとりするような上品な甘みは、きっとタピオカよりもはるかに広く――いや、いっそタピオカレモネードなんていうのはどうだろう、インスタ映えするボトルと店の内装にこだわって、その一種類のみを扱うようにして、職人的な頑固さと味への自信を演出する。しかし事業家が言っていたらしいビールをレモネードで割った商品も捨てがたい、確かにそちらもヒットの匂いがする、だが別のブームと融合させようとする浅はかな魂胆は高校生にも容易に見抜かれるかもしれない、ならばいっそ、まったく切り離してしまったほうがいいのだろうか？　とにかくぜひその事業家に会いたいものだ、事業家は事務が苦手だったらしいが、わたしは事務ならば得意だ、表計算ソフトも何不自由なく操れるし、何時間でもパソコンの前に座っていられる、もしもわたしを戦力になると感じて雇ってくれるなら、わたしはいまの安定なんて捨てて、個人の力でどうすることもできない腐敗し切った組織から飛び出し、果てなき夢を追う道を選び取るのだが……

　ろくな番組がないなと思いながらそんなことをとりとめなく考えていると、あるチャンネルで仏教の教えを全四回にわたって解説する番組の第何回目だかが始まり、その静かで厳かな雰囲気に一気に惹き込まれた。いかにも賢そうな教授の講義をぼうっと聞いていると、仏教に大きな影響を与えたものの　つとしてヒンドゥー教が取り上げられていて、たとえば仏教の護摩行の「護摩」というのはサンスクリットで「火中に捧げる」という意味の「ホーマ」が漢訳されたものであり、インドでは三千年以上も前から行われている儀礼であるとか、たとえば大黒天というのはヒンドゥー教のシヴァ神の別名「マハーカーラ」を訳したもので、それは破壊と恩恵の二側面を持つシヴァ神の破壊の面を表しており、日本到来初期にはいまのにこやかなイメージとは異なる元来の憤怒の表情を保っていたのだとか、他にも大日如来、梵天、帝釈天、閻魔など、ヒンドゥー教に由来する神がたくさん存在するという話が随所に差しはさまれた。それらがわたしには非常に興味深く、ここが家なら絶対録画していたのにと悔やんだが、そもそも家にいれば見ることさえ許されなかった番組だったことを思い出した。やがて教授はシヴァ神の話に絡めて、シヴァ神の妻について語り始めた。妻はパールヴァティーという優しく献身的なヒマラヤの娘だが、アスラ（魔神）の軍団に敗れた神々が助けを求めた際、金色に輝く戦いの女神ドゥルガーとなって、十本の腕すべてに武器を持ってアスラの王マヒシャを打倒した。さらに神々の依頼によってシュムバとニシュムバという魔神と戦うことになったとき、怒りで黒く変色した顔からもう一人の凶暴な女神が現れて敵を次々に打倒した。それがカーリーと呼ばれる恐ろしい女神で、わたしはその代表的な絵を見たとき、ネックレスのように首に巻かれている魔神たちの生首や、切り取られた魔神たちの腕を連ねて作られた腰飾りの示す残虐ぶりに驚くとともに、その下に踏みつけられている一人の男に注目した。教授によればそれこそは夫のシヴァ神であり、魔神たちに勝利して狂喜乱舞するカーリーに破壊されないよう地球を守っているのだという。わたしは別に何かを守っているわけではないが、この踏みつけられたシヴァ神に自分を重ね合わせ、思わずスマートフォンで検索し、何パターンも存在しているその種の画像のなかで、踏みつけられたシヴァ神の表情がもっとも情けなく見えるものを選んでダウンロードした。わたしはそれで少し気分がよくなり、スニーカーを買いに出かけた。しかし格好をつけてワイシャツとスラックスの仕事スタイルで決めていたため、スニーカーを試し履きしてみても似合っているのかどうかよくわからなかった。それならジャージを着ればよかったじゃないかと言われそうだが、わたしとしては昼間にジャージでぶらぶらしているところを、買い物に来ているかもしれない近所の人たちに見られてしまうことのほうが嫌だった。わたしは一応この新築の家を建ててから、近所の同じ年ごろの子供を持つ人たちと、生来の引っ込み思案をなんとか抑えつつ、出会えば快活な調子で話すということに努めていた。向かいの家の主人はおとなしい性格だが、看護師として忙しく働く妻よりも時間の融通の利く職に就いているようで（何の仕事かは訊けていない。妻の方の仕事はわたしの妻づたいで知った）、子供の保育園への送り迎えは必ず主人がやっており、よくわたしの帰る時間に保育園から帰ってくる親子に出くわす。人と会わずに済むなら会いたくないわたしはその邂逅を避けるため、少し道を変えてみたり若干歩くスピードを変えてみたりするのだが、やはり向こうも機械のように規則的に動いているわけではないから、戦略が裏目に出ることもしょっちゅうで、出会ったときには懸命にその女の子に「保育園どうだった？」とか「歩くの速いね〜」とか愚にもつかぬことを話しかけるのだが、その子がわたしのことを気に入らないためか、あまり会話は弾まない。それはその子がそういう性格だからというわけではなくて、わたしの隣の家の主人とは仲良く話すので、問題はわたしの方にあるのだ。やはりわたしは他人の子供を安心させ、楽しい時間を提供できるほどには成熟していないということなのだろう。そうなるともう主人のほうと話すしかないわけだが、最近ではその話題も尽きてきていて、近くの道路に少し空いた穴が気になるとか、側溝のグレーチングがないところが危ないとか、ここにはカーブミラーがあったほうがいいとか、そこの柿の木から落ちた柿を狙ってカラスが来るとか、べつに市役所に本気で連絡するつもりもなくそんな話を繰り返すばかりで、子供はやはり退屈そうにするし、それでもわたしは出会った限りは主人と仲良く話そうとする姿勢を崩さず、気まずさも感じていない風を装った。主人もわたしを避けている様子はまったくないし、いつも穏やかに相手をしてくれて、だが話題を提供してくれるタイプではなく、別に話すことがない場合は無理に話さなくてもよいではないですか、という感じの落ち着きを持っていて、大抵わたしだけが空回りするわけだが、たぶん主人はそれを空回りとすら思っていなくて、わたしがそういう性格の、そういう話し方の人間なのだと認識しているように見えた。休日にわたしが外に子供を連れて出かけようとするときには、主人は不思議なほど高い確率で子供の靴を洗っていて、「あ、おはようございます」とにっこり笑ってくれる。その姿からは自分の人生の目標を達成しようとする我欲のようなものは微塵も読み取れず、それは人としての矜持を失った情けなさというよりは、妻や子供のために生涯を捧げる覚悟を決めた強靭さを示しているとわたしは感じていた。わたしが妻との共存の道を選ぶなら、かれこそは手本とすべき人物の筆頭であろう。かれはよく細かいことで妻から注意を受けたり強く叱責されたりしているが、反論しているところは一度も見たことがないし、顔を引きつらせるような場面も見たことがない。いかなるときも柔和な笑顔を絶やさないのだ。一度かれらの家の庭先で集まって談笑しながら子供たちをシャボン玉で遊ばせたことがあったが、そのときもわたしが座るためのバーベキュー用の椅子だとか、子供たちが座るためのビニールシートだとかをかれがすばやく準備してくれた。だが、かれの妻は椅子の位置がおかしいとかビニールシートにしわが寄っているとか、公衆の面前でかわいそうになるほどかれを怒鳴っていた。わたしなら我慢ならないところだが、かれは何の抵抗も見せず「ごめんごめん」といつものように笑っているのだ。もちろん、わたしもこれに類する仕打ちを受けたことは数えきれないほどある。一つすぐに思い出せるのは、妻の親戚たちと集まって店で回らない寿司を食べていたときのことだ。わたしは子供に納豆巻きを食べさせるのに失敗し、納豆を衣服につけてしまった。そのとき妻は思い切りわたしの腕を殴りつけ、わたしの失敗を狂ったような大声で責め立てた。それは店の他の客にも迷惑がかかるような叫び声だったが、親族たちは昔からすっかり慣れてしまっているのか、誰一人妻を注意する者はなかった。その場に妻の両親もいたために直接の反論は避けたが、せめてもの抵抗としてわたしはその場で言葉を発することをやめ、食事会の雰囲気を保つ努力を放棄した。あれがもしもひと目のないところであれば、「お前は一度も食べ物を落としたことがないのか」ぐらいのことは言ったはずだ。そう言ったところで妻はわたしのさらに昔の些細な失敗、たとえばホットミルクを飲んだコップの側面に膜がこびりついていたとか、積み木を入れるはずのボックスのなかにおままごとセットの野菜が紛れ込んでいたとかいう話を持ち出し、一を十にして返してくるのは目に見えているわけだが、あの主人のようにつねに笑って流すというような真似はとてもできない。だが、もし子供のために離婚を避けようと思うならば、わたしはあの主人を目指す他ないのだ。妻が自己変革の必要を認めない以上、わたしが変わるしか方法はないのだから。しかし主人の様子を思い起こせば思い起こすほど、あのような滅私への階梯を上り切ることは何にも増して困難をきわめると思われた。あれこそはまさに、「解脱」にいたった人間の一形態なのではないか？

　かれに比べると隣の家の主人は確固たる自我を持っているが、どことなく人を安心させる大きな余裕があって、わたしより歳も上なのだろうが、それでもわたしと同じ年のころにはすでにいまの余裕を備えていたに違いない。なんの仕事をしているのかはこれまたわからないが、土曜日にも車で仕事に出ていくし、平日に代休を取っているようでもないし、帰りも大抵は二十二時を過ぎているから、それほど楽な仕事をしているわけではなさそうだ。それでも日曜日には疲れた顔ひとつ見せずに子供と道路で遊んでいたり、公園に遊びに出かけたりする。その妻は周辺ではもっともひょうきんな一面を見せてくれる人物であり――周りに人がいるなかでも、子供に向けて「おならブー！」と叫んで笑わせたり、鼻の穴に指を入れてすさまじい変顔を見せたりしている――、どこでもムードメーカー的な役割を果たしていることは間違いなさそうだし、自転車のペダルを軽快に踏み込んで仕事場に向かっていく姿には他人ながら心強さを感じる。妻の情報によればホテル勤めということだ。この二人は気の良い夫婦で、子供もやはりのびのび育っており、わたしはこの夫婦と話すとき、自分たちのうまくいっていなさを強く感じて不安に駆られる。家族としての完成度においてあきらかに負けていると感じる。そんな勝ち負けの基準を家族関係に持ち込むこと自体おかしなことだが、わたしがこの夫婦に敗北感を抱いてしまうことはごまかせない事実である。そして何より、商社勤めの夫を持つ斜め向かいの主婦に、わたしはこの落伍した姿を見られたくなかった。かつてわたしと楽しく会話してくれたあの主婦が、ジャージ姿で孤独にスニーカーを履き比べている姿を見ればどう思うだろう？　わたしはあの主婦のなかに、立派に社会の一員として機能し、問題のない家庭を築いている自分の像を永久にとどめておきたかった。リーボックの紺色のスニーカーを選んで買い（結局煙草は買わなかった。もうどうしても吸いたいと思えない身体に改造されてしまったのだ）、その足で図書館に向かった。はっきりした目的があるわけではなかったが、お金をかけずに時間をつぶす方法として真っ先に思いついたのがそれだった。一番近い場所にある図書館は市の中央図書館の分館で、正直に言って大した規模ではない。それでも分館のなかに入ると、その蔵書をすべて読み切ることは到底不可能だろうと思った。この限られた生のなかで読める本などはごくわずかで、経験できることも理解できることも知れているのだ。図書館の本を選んで手に取っていると、そんな身もふたもない事実が強く感じられてきた。一生なんてあっという間だ。わたしはきっと、このままネットカフェの民として短い生をまっとうすることもできるだろう。いくら放っておいても妻のほうからの連絡はなく、おそらく死ぬまでないだろう。わたしの頭にある妻の姿、かつてわたしが夢中になった妻の純粋な笑顔や白く透き通る乳房や独特の切れ味を持つ世界観、そうしたすべてがほとんど曖昧な輪郭を摑むのがやっとというほどに風化していき、思い起こすものといえばもっぱら無垢な笑い声を上げる亜美の小さな手指やふっくらした頬のみとなり、その記憶に対する抑えきれない愛情に苦しめられ続け、だが亜美のほうでは父を覚えていないという未来が、頭のなかで一瞬のうちに展開した。わたしはしかし、家に戻って父として懸命に立ち働いたところで、亜美もまたわたしを裏切るということを知っている。いつまでも親のことを愛してくれる子供はいない、その愛は恋人あるいは配偶者に向けられ、親はだんだんと下位に沈んでいく。かつて世話になったことを永遠に覚えておくのは不可能であり、端的に重荷である。子供が親への恩を忘れるのは普通のことだ。わたしはふと父親のことが気になった。子供を一応は食い扶持を稼げる人間へと育て上げることに成功し、すでに定年を間近に控えている人生の先輩が、一体どのように現実と折り合いをつけているのかが気になった。その夜、母の眠った後で父だけが起きて、酒を飲みながら長い間夢中になっている戦争ゲームをしているのに違いない時間を見計らって電話をかけると、父は心底面倒そうな声で「何か用か？」と言った。わたしはもうすぐ定年を迎える父との会話の糸口として、体調を気づかうふりをしながら、そう言えば定年したらどうするのか、再雇用で働くのか辞めるのか、と訊いてみたら「辞める」と即答した。「もう会社のやつらなんて顔も見たくない」

父は部長職まで出世して部下からの信頼も厚いようだった――それは家に届いていた年賀状の文面からわたしが読み取った印象に過ぎないのではあるが――からその回答は意外だった、それでは家で何をやるのかと訊くと、なんとYouTuberになる準備をしていると言う。配信するのは熱心に取り組んでいる戦争ゲームの「実況動画」と、愛車であるマツダＣＸ-５の内装のこだわりを語ったり日本各地をドライブして乗り心地や景色を紹介したりする「車動画」の二本柱で、別に人気の出る出ないはどうでもよく、単に暇つぶしとしてやるらしい。「もういいか？　殺したいやつがいるんだよ」父はわたしとの久々の会話よりも戦争ゲームを優先させようとしていた。わたしはこれだけは訊いておきたいと思い、家長としての役割を果たした――と言えるのかどうかわからないが、母に家事育児を任せきりにしながらも、仕事のほうでは大きな成果を何度も上げて相当な出世を遂げ、一家が暮らすのに十分すぎるほどの金銭を稼ぎ出し、子供が社会に出て一応自立するところまではどうにか育て上げた――父に対して、自分には家族というものがよくわからないのだが父はどう捉えているのか、というようなことを婉曲に訊いた。父はその瞬間、それまでの面倒そうな口調から、おそらくはっきりとわたしに内容を伝えるための明瞭な口調に切り替えてこう言った。

「世間は親は子供を愛するものだと言うが、それは子供を愛すべきだと考える人間、そうすっかり洗脳されてしまった人間が多いだけだ。家族という単位が国家の安定に有用だから利用されるんだ。だが俺は国家のことなんかどうでもいいし、真希子のこともお前のこともちっとも大事じゃない。なんとなく結婚してなんとなく子供を作った、それだけのことだ。おれの人生なんかよりも真希子やお前の人生のほうが大事だ、おれは愛する家族のためなら命を捨ててもいい、そう思っていた時期も確かにあった。いまでもそう思う瞬間というのはある。真希子が寝ぼけまなこで窓から射し込む朝日に照らされながらコーヒーを飲んでいるときや、お前が正月に帰ってきてコタツでみかんを食べながら背中を丸めているとき、そんなふとした瞬間に強烈な愛情を感じることがある。だがそれは決して長く続かない。次の瞬間にはもう音もなく崩れ去っている、そんなことが繰り返されるばかりで、愛がほんとうに固定されたものとして姿を表すのは、対象が死んだあとなんだ。おれは自分の母親に対して、生前に愛を感じたことはなかった。母親の浮気で父親と離婚して貧乏暮らしを余儀なくされた恨み、高校時代からバイトばかりさせられ大学にも行けなかった憎しみ、そうした感情ばかりが先立って、おれがほとんど実家に帰ろうとしなかったのは、お前も知っているとおりだ。しまいには認知症になってうちで預かることになって、お前は知らないだろうが、そこかしこで煙草を吸っては吸い殻を投げ捨てて、そこかしこで糞便を漏らしてまわって、死ぬ前はほんとうに大変だった。認知症でも預かってもらえる老人ホームを探してやっと入れたかと思えば、部屋で煙草を吸っているのがばれて追い出され、二軒目を探してやっと入れたかと思えば、脱走してスーパーの食品を万引きした。おれたちはさんざんな目に遭わされて、やっとその後肺炎をこじらせて死んでくれた。ほっとしたもんだ、葬式でおれは悲しいふりをしていたが、実際には悲しくもなんともなかった。たぶん親族の誰も悲しんでいなかっただろう。正直に言えば、おれは笑い出しそうになるのを必死で我慢していた。年齢も八十六だったし、昔からの悪いくせで愛人も途切れなかったようだし、十分に楽しく生きただろう。しかしな、死んでから半年ぐらい経って、おれは母親との思い出を夢に見るようになったんだよ。おれが小さい頃母親は優しかった、おれをほんとうに可愛がってくれた、そういうことを五十年以上もたってはじめて思い出して、おれはいまでは母親を愛しているんだ。しかしこのおれの愛というのは母親にはもう何の意味もないんだ、母親は死んだのだし、坊主が言うことなんて全部嘘っぱちだから、おれの思いなんて母親にはぜんぜん届かない。愛というのは、相手が生きているあいだに伝わらなければ意味がない。相手が死んでから自覚される愛は、自分のための愛だ。だが、おれは後悔してはいない。おれは絶対に、生きている母親に対して、いま感じているような愛を抱くことはなかった。何百回、何千回この人生をやり直したとしても、それは変わらないと断言できる。母親はおれから愛された記憶もないまま、ぼけてわけがわからなくなって死んだ。それだけのことだ。おれはあんな死は恐ろしいよ、誰だってあんな死は望まないだろう。もちろんおれはお前に、おれや真希子を生きているうちから大事にしろなんて言いたいわけじゃない、そのぐらいはわかるだろう？　おれは愛なんてそういうものだということが言いたいんだ、だからお前がいま、家族を愛せないというのならそれは自然なことだ、少なくともおれはそう思うしお前の気持ちがわかる。これだけはもう一度はっきり言っておくが、おれは真希子のこともお前のことも愛していない。少なくともいまは愛していない。おれがいま一番好きなのは、戦争モノのオンラインゲームでチームを組んでる顔も知らない三人だ。一人はカナダ人、二人が日本人だ。カナダ人は日本語を喋れる、日本に住んだことはないそうだ、まったく立派なことだ。おれは仕事をしているとき、英語が話せればもっと上に行けたのに、という場面に何度も出くわした、仕事はさっぱりのくせに英語だけはできる腑抜けどもに、それでよく辛酸を舐めさせられたものだ。おれは悔しくてまず英検を取ろうと思った、三級から地道にやっていこうと思った、いずれ英語でビジネスシーンに飛び込んでいける日を夢見て……

だが実際には仕事が忙しくて、とてもじゃないが英語の勉強なんてしている暇はなかった、高校生だったお前はいつまでも三級の問題集をやり遂げられないおれを見てこう言ったんだ、『いつまでやってるんだよ、中学生でもすぐ受かるぞ』。おれはそのときもうお前のことは愛せないと思った。この先どれだけお前がいい方向に成長していって、おれや真希子への感謝の気持ちをあらん限りの方法で表したとしても、おれはお前を愛することはないし、どんな困難にも耐えうる強固な愛をお前に抱こうと努力することもない。お前にももうわかるだろう、働くということ、妻子を持つということの恐ろしさが。真希子はいまでもおれが何もしなかったと言う、仕事にかまけて子供の世話なんかまったくしなかったと言う、お前も真希子にそう吹き込まれてそのとおりに思っているだろう、だがおれは仕事なんか辞められるものならいつでも辞めたかった、辞めるわけにいかないから辞めなかっただけだ、家族を路頭に迷わせるわけにはいかなかった、それは正直に言うならば、お前たちへの愛のためではなく、社会人としての自分のプライドのためだ。お前の面倒だって見られる限り見たつもりだ、おれはその頃仕事も家事も育児も一生懸命やってボロボロだった、間違いなくあの頃が一番つらい時代だった、過労やストレスで倒れそうになったことは一度や二度じゃない、真希子がそれをどう思っていようが、おれは精いっぱいやったと誇りに思っている。おれの子育てが一般的にどんなレベルにあるか、そんなことは知らない、あそこの旦那はあれもするこれもする、そんな話おれには関係ない、結局それぞれの家庭の実態なんかなかに入らなければわからない、だからおれは自分が精いっぱいやったと言い張る。お前とはほんとうにいろんなところへ出かけたし、家のなかでもお前に付き合ってずいぶん遊んだ、告白するが、幼いお前と過ごした時間はおれにとって奇跡みたいな時間だった、仕事に嫌気がさして帰ってきたとき、玄関までお前がよちよち迎えに来てくれた姿はいまでも鮮明に覚えている、おれはあのとき幸福だった。もちろんおれはお前がいなければできたはずのことをいくらでも列挙することができる、おれは三十代前半の、まだ若さの残滓でいくらでも新たな希望を見つけ出す体力のある時期をまるっきり棒に振ったんだ、しかしおれはお前を憎んでなんかいない、産まなければよかったとも思わないし、結婚しなければよかったとも思わない、おれはお前や真希子のおかげでずいぶん幸福な瞬間というものを味わったから、それをまるごと否定しようなんていうのは馬鹿げている。おれはな、人生というのは一つでも、一瞬でも幸福を体験できればそれで成功だと思っている、一瞬の幸福以外のすべてが苦痛と不幸に塗りつぶされたような人生だったとしても、たった一つの幸福でその人生はあったほうがよかったものになると考えているんだ。だからお前がもしもこれから悩み苦しんで『生まれなければよかった』とか『産んでくれなんて頼んだつもりはない』とか、そんなことをおれに言ってきたとしても、一切取り合うつもりはない。お前がおれに《高い高い》をされてゲラゲラ笑っていたあのとき、ほんとうは楽しくなかったなんて絶対に言わせない」

わたしに口を挟む隙すら与えない、おそらく会社で部下に厳しく話すときにはこんな調子なのだろうと思わせる調子で父はそこまで話しきった。わたしはいまの自分の具体的な状況を伝えようと思ったが、父はそれを見透かしたようにこう続けた。

「一つ言っておくが、お前の相談に真剣に乗ってくれる人間がいるなんて、絶対に考えるな。それは馬鹿の発想だ。友達はもちろん、親も嫁も子供も、お前のことなんか知りゃしない。みんなお前のことなんかどうでもいいんだ、これはお前だけじゃない、誰だってそうだ、誰だって誰の世話にもなれないんだ。ほんとうの意味で自分を世話できるのは自分だけなんだ。それだけは絶対に忘れるな」

わたしは思わず「はい」と言った。言ってしまってから、「はい」だなんて父を自分よりも上位の存在だとはっきり認めてしまったみたいじゃないかと思い、顔が紅潮するのを感じた。

「もういいか？　仲間を待たせてるんだ」

わたしが「カナダ人？」と訊くと、父は「カナダ人と日本人だ」と言った。電話は唐突に切れた。意外だと思われるか自然だと思われるかわからないが、わたしはこの電話によって、失っていた活力のかなりの部分を取り戻した。子供であるわたしや自分の妻を信頼せず尊重もしていない、そしてそのことに何の迷いもないという父の決然とした態度は――わたしの優柔で曖昧な気分に輪郭を与えたというだけでなく――逆にわたしにとって愛だった。

以降、わたしはその「自称」と言うべき隠遁生活を、それまでよりも穏やかな気持ちで続けた。仕事のほうは基幹システムの一斉更新や他社への業務委託の計画が次々に舞い込んできてやにわに忙しくなったが、せわしなさもまた精神の穏やかさを補強する方向に作用した。目の前にすべきことがあり、その完遂の方法と手順が見えているとき、その業務はあたかも宗教者が祈りとともに繰り返す日々の勤行のようなものなのだ。

ある金曜日の夜、ふと図書館に置いていないような目新しい本を探してみたくなり、残業の後で駅に隣接したショッピングモール内の書店を訪れた。そうして店内をぐるぐる歩き回り、なんとなしに普段は気にも留めないような自己啓発本を手に取ってみると、「勝った人間はよくて現状維持、負けた経験こそが真の財産だ！」とか「すべての『想定外』を『想定内』に変えろ！」とかいう見出しがげんなりするような力強いフォントで印刷されていて、その後に煽るような檄文の羅列や、著者の説を補強する心理学の研究データなどが続いている。もちろん「癒し系」の自己啓発本もあって、そちらは口調も優しく「きっと大丈夫だよ」「あなたならできるよ」という空気感なのだが、要約してみると内容は大体同じであることがわかる。確かにこうした本を読んで元気が出ることもあるかもしれないが、わたしの場合は落ちこむことのほうがはるかに多そうで、こういうものをほんとうに取り入れて自分を「レベルアップ」させている人がいるのだと考えると暗い気分になった。そうして数冊の自己啓発本の中身をざっと読み通していると、平均よりは低めの背丈と思われるスーツ姿の男がすばやくわたしの横を歩き去って、背負っていたリュックサックを床にどさりと置き、上着を脱いでリュックサックの上にかけ、旅行ガイドの本が揃っている棚の本をひたすら並べ替え始めた。わたしはその常軌を逸した手早さに驚いてかれの後ろ姿を見つめた。男は何らかの「正しい」順番へと本を迷いなく並べ替え続け、それはほとんど神業のように見えた——のだが、わたしがしばらく観察を続けたところ、並べ替えに明確な規則性は感じられず、一度替えた順番を元に戻したり、また替えたりといったことを繰り返している。その行為自体を見ていると、ものすごい熱意とやる気に満ちた、書店の理想像をはっきりと自己のうちに育て上げている辣腕書店員といった趣なのだが、レジの店員の様子を見ると、男を指差して首を傾げたりくすくす笑ったりしており、どうやらこの書店に関係のある人物ではなさそうなのである。しかも旅行ガイド以外にはまったく興味を示さず、一心不乱にその棚だけを触り続けている。そのうちにわたしは、ある時間内に定められた順序で棚の旅行ガイドを動かす、それだけが世界の崩壊を食い止める唯一の方法だと知った男が一人きりで全人類の運命を背負って戦っているのではないか、という馬鹿げた考えを抱き始め、レジの店員のように笑い出しそうになったが、男の真剣さを見ているとその荒唐無稽な冗談ですら真実味を帯びてくるほどだった。ある瞬間、男は一冊の旅行ガイドを抜き取る際に指を切ったのか「ツッ」と小さく叫び、傷をペロリと舐めて「ちきしょう……」と呟いた。それは小さな声だったがわたしにははっきりと聞こえた。そして強大な悪魔に抗うかのような意志の強いまなざしを持ち、不敵とも見える表情を浮かべて、またふたたび勇者の仕事に戻っていく。わたしはもう少し本棚を眺めていたかったが、男がなんとなくわたしの立ち読みを咎めているようにも感じられてきて、もしかするとわたしのような立ち読み客を排除すべく、わたしの居心地を悪くするためにこのような茶番を演じているのではないかとさえ思えてきて、とりあえず少し尿意を催したことを理由に書店を離れて近くのトイレに入った。わたしは小便器の前でスラックスのチャックを下ろして放尿し、滴を念入りに振り落とし、チャックを上げ、洗剤をつけて手を入念に洗い、備え付けのペーパータオルで手を拭き、鏡で髪型をそれなりに整え、眼鏡のわずかな傾きを直した。わたしのかけている眼鏡はこのショッピングモールに入っている眼鏡屋で買ったものだが、眼鏡の位置を調整するとき、まだあどけなさの残る女性の店員がわたしの耳に少し触れながら瞳をのぞきこむようにして合わせてくれて、ひどくどぎまぎしてしまったことをしばしば思い出す。数回の調整の後に「これでどうですか？　締め付けられる感じとか、大丈夫ですか？」と訊かれ、わたしは一生眼鏡を調整していたいと思ったものだが、締め付けられる感じはまったくなかったので、「あ、大丈夫です」と言った。すると女性はニコッと優しく、恥じらいと励ましの入り混じったような顔で笑い――そのときわたしは「どこかで見たような顔だな」と思ったのだが、それはアイドルグループ欅坂46の平手友梨奈、不動のセンターかつ若者の代弁者としてのある種のカリスマ性を帯びる前の、まだ少女性の強く残っていた可憐な頃の平手友梨奈の表情に似ていたと後でわかって、わたしは別にアイドル好きでもなく、欅坂46の何を知っているわけでもないのだが、それ以降しばらくのあいだ（と言っても三日ほどだが）YouTubeで欅坂46のミュージックビデオをむさぼるように観たものだった――、わたしから眼鏡を取り外してケースに入れてくれた。わたしはその乱視用薄型レンズの眼鏡に一万六千二百円を払い込んだわけだが、ほんとうは彼女の笑顔のほうに一万六千二百円を払ったのであり、眼鏡は事実上タダであったような気がして、その日はすこぶる気分が良かった。もうあの平手友梨奈は眼鏡屋を脱退してしまっただろうか？　トイレからゆっくり戻ると、あの男は背中に汗をかきながらも（ワイシャツがところどころ水分でぺったりと張り付いていた）いまだスピードを落とすことなく旅行ガイドを必死で差し替え続けていた。ここまでくると大したものだと思い、もはやその近くで本を立ち読みすることをあきらめ、他に特に興味を惹くような本が置かれていないことをざっと確認して書店を去ろうとしたとき、当初は男を笑っていたレジの店員が今度は男を睨みつけているのが見えた。これはひと悶着ありそうだと思ったが、あの勇者が縮こまって謝罪するような場面は見たくないような気がして、わたしは足早に書店を去りショッピングモールを後にした。

　すると駅前の広場に、顔の部分だけ穴の空いた黄色い全身タイツを着て「私と鬼ごっこしませんか！」と叫んでいる女性がおり、駅から出てくる人びとに声をかけ続けていて、これは一体どういうことなのか、芸人か何かのパフォーマンスだろうか、と思ってほほえましく見ていると、そのグラマーな身体が非常にいやらしく思えてきて、少しばかり反応してしまった。しかし人びとは女をけむたがり、まるで興味のないチラシや応援していない政党のビラを避けるかのような冷たさをもって避けていく。だが女は決してめげることなくどんどん声をかける。わたしは「ナンパ塾」に通ったことがあるという男が何日間か連続でナンパに挑戦するブログを読んだことがあるが、そこでナンパ師が恐ろしい数の女性に声をかけていたのを思い出した。かれはその連続チャレンジを「ナンパノック」と呼んでいて、その日のうちに悪行に持ち込むことを指す「即」を目指し、仕事が終わってから終電までの約五時間をその目的のためだけにつぎ込み、その結果如何にかかわらずブログを更新するという、果たしていかがわしい煩悩にまみれた悪行なのか、あるいは人生の真理を探求する苦行なのかわからないことに全力を尽くしていた。やっていることは一般常識に照らせばきわめて愚劣であるはずなのに、その最終日のブログはまるで感動巨編のクライマックスのような盛り上がりを見せていて、コメント欄にも偉人を称えるかのような言葉がずらりと並び、まさかその対象が連続「即」記録を達成した男であるとは思えないような荘厳な空気が醸成されていた。確かに、人生の価値を「経験した異性の数」という単純明快な指標によって測るならば、これはひたすら人生を高めていくための「正しい」道となるのだろう。しかし、このナンパ師のなめらかなトークテクニックによって、または酩酊時や自暴自棄の瞬間を狙われたことによって、平時の判断能力を有していれば行為を拒否していたはずの人間までもが肉体を蹂躙され、その後女性を「数」としかとらえていないこの男には想像もつかない絶望の底をのたうっているのではないかとも思え、わたしはその種の遊びを好意的に見ることはできなかった。あまり数は多くなかったが、コメント欄にはこの「ナンパノック」を馬鹿にする勢力もいて、それはしかし大抵わたしのような考えからではなく、「ナンパは数ではない」「相手と二人でどれだけ素晴らしい体験を作り上げられるかが大事だ」というような発想からで、つまりはすでに数を稼ぐ段階を超越した人間が「マウント」を取るような内容でしかなく、わたしはすっかり失望させられたのだった。その点、黄色いタイツの女が単に「鬼ごっこ」を提案していることは、わたしの見たようなナンパ修行から性の色味を抜き、また被害者を作らずに済む方法として優れていると感じ、職場以外の人間と接していない自分の世界を少しばかり広げてみようかと思ったこともあり、わたしは黄色いタイツの女が声をかけやすいように近くを何度か往復した。しかし黄色いタイツの女はわたしになかなか気づいてくれず、他の男女に声をかけては無視され続けている。二十分以上が経ってようやく、酔っぱらったＯＬらしき二人組が「ギャハハハハ」と笑いながら快諾し、黄色いタイツの女が鬼となって二人を追い回し始めた。わたしはそのとき目を剝いた。黄色いタイツの女は足が異様に速いのだ。ＯＬたちは逆方向に逃げたのだが、黄色いタイツの女は一人をほとんど秒殺に近いような形で捕まえ、逆サイドに逃げていた――つまり相当程度の距離が開いていた――もう片方の女性にもまるでチーターのように素早く迫り、「え、え、ウソ？」と戸惑う彼女はあっけなく捕食されてしまった。わたしはその黄色いタイツの女のグラマラスな肢体と、あの脚力を秘めた足の張りのある筋肉に魅了され、ぜひとも手合わせ願いたいと思ったのだが、その日わたしが相手に選ばれることはなかった。以降、黄色いタイツの女は頻繁に駅前に出没するようになったので、わたしは黄色いタイツの女を観察しつつ、なんとか声をかけてもらえるように近くをしつこく往復したのだが、なぜかつねに別の者が選ばれていく。もう自分から声をかけてしまおうかと何度も思ったが、その勇気はなかなか出なかった。あの「ナンパノック」の軽佻浮薄な男たちがこなしていたことよりもはるかに容易なはずの課題すらクリアできない自分が歯がゆく、わたしがかれらに軽蔑的な態度をとるのは、もしかすると自分には不可能なことをさらりとやってのけてしまう者への、内なる憧れをおし隠すためなのではないかという疑念も生じた。わたしはかれらがネット上に残した玉石混交の文章を真面目に読み始め、話しかけたい相手に前から行くのか横から行くのかなどの些細な戦略から、相手が断りにくくなるトークの組み立て方、相手の身なりや表情から想像力を膨らませて相手の生活のなかへと侵入していく意識の持ち方などを取り出し、知識としてそれらを身につけていった。これはそれほど大変な作業ではなかったが、実践に移すとなるともちろん別の話で、わたしはわたしという身体・精神・容姿と向き合いながらそれらをわたし向けにアレンジし、しかも同じく世界に一つだけの身体・精神・容姿を持つ相手に対して臨機応変に出力を調整しなければならない。そしてそんなことができる人間はもはやわたしではないのだ。そういうことができなかったから重ねる羽目になった多くの苦労があり、またそういうことができなかったからこそ付き合うことのできた何人かの大切な人間がいるのだ。だが、わたしのほとんどの「付き合い」はすでに終焉を迎えている。残るのは今後も死ぬまで続くであろう「苦労」のみではないのか?「自分の殻を破れ! 殻なんてはじめからないと知れ!」自己啓発本の勢いある文言が頭をよぎる。わたしはまず、あるナンパ師の言葉のなかから実践に困難のない「声かけをする前、自分を興奮させるために五十メートルを全力で走る」という部分を採用することにした。わたしは黄色いタイツの女を発見すると、駅の裏側の人通りの少ない道を息を切らせて走り、ふたたび駅前に戻って黄色いタイツの女の周りをうろうろするようになった。毎回こちらから声をかけようともするのだがどうしても一歩が踏み出せず、黄色いタイツの女はわたしを怪しんで無視している風でもなくほんとうに見えていないかのようで、声をかける相手を選り好みしているとは思えないのに、わたしだけは絶対に選ばれないのだった。しびれを切らしたわたしは、ついには「お勤め」を終えた黄色いタイツの女の後を尾けるような行為を始めた。黄色いタイツの女はどこかのトイレで着替えたりすることなく、ほんとうに自分のアパートまで全身そのままの格好で歩いていくので、すれ違う人びとの注目の的となる。しかし黄色いタイツの女はそれが快感なのか何とも思わないのか、とにかく周囲の反応によって自らの歩くペースを変えたりすることはない。そして駅前ではあれだけ愛想よく人びとに声をかけているのに道ではまったく様子が異なり、とにかく「歩いて家に帰る」とプログラムされたマシンのようなのである。わたしははじめのうち、タイツで強調された豊満な尻を見つめることによろこびを感じていたが、やがてその歩行の、駅前でのそれとは対照的な無表情さに惹かれるようになった。そうするとだんだん駅前における黄色いタイツの女の行為さえもルーティンワークの一環に見えてきて、しかもその目的があまりにも不透明で、帰り道の様子からしてその行為を心から楽しんでいるわけでもなさそうだし、広く認知されようとYouTubeか何かで流すための動画を撮影している様子もないし、鬼ごっこをした相手との交流を深めようとしているようでもない。もう一つ妙な感じがするのは、住んでいる二階建の木造アパートが非常に老朽化していて、黄色いタイツの女が住むには似つかわしくないというか、率直に言えば若い女性の住処として最悪の物件だということである。あたりにはいつも嫌な臭気が立ち込めているし、何度か目の焦点の合っていない老人が出てきて側溝に小便をまき散らしたり、ワンカップの瓶を片手に持った老婆が敷地内に吐瀉物をぶちまけたりするのを見たこともあるし、黄色いタイツの女が一体何を考えてここに住んでいるのか皆目見当がつかない。もしかするとほんとうに仕事がなく、ここしか住める家賃の物件が見つからなかったという可能性もあるが、あの駅前での様子を見るに就職の面接などでも明るくハキハキと受け答えできそうだし、わたしのような陰気な人間よりもよほど歓迎されやすい人材だろう。わたしは黄色いタイツの女と鬼ごっこをした後で連絡先を交換などして少しずつ親密になり、いずれ二人で力を合わせて妻に実効支配されてしまったわたしの家を取り戻し（それは彼女の住環境の改善のためにも必要なことだ）、もう一度新たな「愛」を構築し始める想像に浸った。わたしはこれまで多くの失敗を重ねてきた、しかしまだやり直せる年齢だ。永遠の愛の不在を確信したこの不幸な状態から、愛を信仰するまぬけで幸福な状態にまで自分を押し上げることを夢見てみたい。愛はない、永遠はない、死後の生はない、神はいない、そんな誰に格好をつけているのかわからない、意地を張った無信仰の徒として無様に死んでいくよりも、馬鹿だ愚かだと笑われながら、神や愛に殉じて死んでいくほうがましではないか？　そんな考えが泡のように浮かんでは消えた。わたしは黄色いタイツの女を尾行し続けた。いつの間にか五十メートル走はやらなくなっていた。毎日毎日、わたしは彼女の尻を追い続けた。それは途中から、やはり祈りのようなものへと変化していった。

　ある日、わたしはいつも黄色いタイツの女のいる場所からメインストリートを挟んだ反対側の広場で、一人の男が歌を歌っているのを見つけた。小さい黒板のような看板が立てられ、そこには「平尾翔太セカンドシングル『爆弾発言』発売！」と書かれていて、男が「あ、あー、マイク調子わりいな……聞こえてますか？」とこなれた調子で話しているのだが、観客は一人か二人、それも固定されているわけではない。そんななかで、「ぼくはこの街の出身で、ほんとうにこの街が好きで、これまでやってきて、ぼくの作る音楽っていうのも、絶対にこの街で育ったからできたっていうものだと思っていて」と、わたしの印象ではもうミリオン連発の歌手のような雰囲気で話し続けるものだから、一体どんな歌を歌うのだろうと楽しみになって「爆弾発言」の前奏を聴くと、そのギターはもう素人にもわかるほどのすさまじい練習不足であって、さらに歌を歌い出すと、カラオケでもこれほどの人に出会ったことがないというほどの音痴で、しかも舌足らずな歌い方であるために歌詞もよくわからない。サビで「ぶちかまそうぜ爆弾発言！」と叫んでいることだけは辛うじて把握できたが、それ以外の部分はまったく聴こえず、したがってどのような爆弾発言がなされているのかも不明で、しかし優れた作家は言いたいことを直接には言わず、その周縁を執拗に描くことで浮かび上がらせようとするものだと聞いたこともあるので、もしかするとこの歌手も「爆弾発言」の内容には直接言及していないのかもしれない。そういう何もかもがわからないまま、次にファーストシングルであるらしい「高速シアターランド」が歌われ始めた。これもまたひどい演奏と歌で、Aメロで「ようこそ高速シアターランドへ」と言っていることはわかったのだが、サビで何を言っているのかは聴き取れなかった。その間も観客は一人か二人でかつ流動的であり、おそらくわたしがもっとも熱心な平尾翔太の聴き手だっただろう。平尾翔太はこれでオリジナル曲を消化してしまうと、「ここからは、ぼくの音楽を形づくってくれた、すごい先輩たちって言うのかな、そういう人たちの歌を、心から敬意をこめて、歌っていきたいと思います、まずはこの歌を、この街に捧げます」と言ってスピッツの「桃」という歌を歌った。おいおい、お前がスピッツなんて歌えるのか？　そんな嘲笑に近い感情を抱いたのも束の間、平尾翔太はすばらしい演奏で、歌詞もはっきりと聴き取れるかたちで、本家スピッツとは大きく毛色が異なるが、それもオリジナルを理解し尽くしてから平尾翔太流に再解釈したものを提示したのだということのわかる、高い熱のこもったパフォーマンスを披露した。わたしは「爆弾発言」と「高速シアターランド」が、自分が下手であることにすら気づけない無才の人間の排泄物のような代物だったのではなくて、もともとそのように作られた楽曲だったのだということを遅れて理解した。そこに現れていたのだろう実験性や新奇性を、わたしはあらかじめ侮蔑の態度を取るという愚行によって取り逃がしていたに違いない。しかしもう、平尾翔太が今日ふたたびオリジナル曲を披露することは期待できない。かれが歌った「桃」の歌詞は以下のようである。

　切れた電球を今　取り替えれば明るく

桃の唇　初めて色になる
つかまえたその手を　離すことはない
永遠という戯言に溺れて

何も無かったよ　巡り合えた理由など
やっと始まる　窓辺から飛び立つ
ありがちなドラマを　なぞっていただけ
あの日々にはもう二度と戻れない
他人が見ればきっと　笑いとばすような
よれよれの幸せを追いかけて

柔らかな気持ちになった
甘い香りにつつまれ

つかまえたその手を　離すことはない
永遠という戯言に溺れて
他人が見ればきっと　笑いとばすような
よれよれの幸せを追いかけて

この歌詞世界において、「つかまえたその手を　離すことはない」という特に変わったところのない平凡な歌詞は、続く「永遠という戯言に溺れて」という言葉によって後から意味を深められる構造を取っている。「離すことはない」とはつまり「永遠」の愛の換言であり、直後にそれが「戯言」であるとはわかりながら「溺れて」いるのだと明言される。「他人が見ればきっと　笑い飛ばすような／よれよれの幸せを追いかけて」の部分における「よれよれの幸せ」はおそらく「永遠という戯言」（あるいはそれを信じた上に築かれる黄金の日常生活）を指しているのであり、そのようなありえないものを「追いかけ」る人間を「他人」は「笑いとばす」。ここで言う「他人」とは現代人の代表的な一類型とも言える、人生に虚無的な思いを抱きながら生きる現実主義者の全体を指すだろう。この歌の主体は「つかまえたその手」を幻の「永遠」につながる細い糸のようなかすかな希望として捉え、もう「離すことはない」のである。その頼りなく見えるひとすじの糸が黄金色に輝き、数多の苦難をはねつけて「永遠」への導き手としての役割をまっとうしないとは、一体誰に言い切れるだろうか？――わたしはそうしたメッセージを平尾翔太の歌声によって、平尾翔太の解釈として心の内に受け取った。そして平尾翔太のほんとうに作りたい曲だったはずの「爆弾発言」と「高速シアターランド」にも何か深遠なメッセージがこめられているのだろうと推測し、わたしはどうせどこかで無料公開されているだろうその楽曲を、いまこの場でお金を払って買ってもいいと思った。いや、買うべきだと思った。このような経験はわたしには非常にめずらしいことで、わたしは「桃」を歌い終えた平尾翔太に話しかけようと歩み寄った。

　そのときである。

「私と鬼ごっこしませんか？」

肩に優しく置かれた手。振り返ると、そこには黄色いタイツの女の白く美しい歯が輝いていた。これほど近くで女の顔を見るのははじめてだった。タイツをかぶっているおかげでコミカルな印象は拭えなかったものの、露出している顔の部分だけで相当な美人だとわかった。心の準備の整っていなかったわたしは面食らって、「あ、えー、お、鬼ごっこですか？」と、目を臆病な金魚のように泳がせながら、震えを抑制しようとすればするほど震える声で言った。

「鬼ごっこです！　私と一緒に童心に還ってみませんか？　すっごく楽しいですよ！」

わたしはこのずっと待ち望んでいたはずのシチュエーションにおいて、よろこびの気持ちというよりは、なぜか不本意な勧誘を受けているような不快感のほうを強くもよおしてきて、あれほどまでに求め憧れ、尻をも見つめ続けた黄色いタイツの女が、その顔貌の美しさを近くで明確に認識したにもかかわらず、一挙に輝きを失っていくのを感じた。

「どうですか？　やりましょうよー！」

黄色いタイツの女は両手でわたしの右手を握った。体温がじんわりと伝わってきて、わたしは自分がキャバ嬢の誘いを受けて鼻の下を伸ばしているオジサン的存在に堕してしまうような気もしたのだが、ここで誘いを断ってしまっては、わたしが間違いなく人生の一部を費やして強く求めた「黄色いタイツの女との鬼ごっこ」がもう二度と果たされないということになり、その欠落は今後、折に触れて後悔の念を呼び起こすのではないかと思った。わたしは女と目を合わせられないまま弱々しく了承した。

「ほんとですか!?　やったあ！」

黄色いタイツの女はわたしを強く抱擁し、「それじゃあわたしが逃げるんで、鬼やってもらっていいですか?」と言った。

「いいですよ」

わたしがそう言った瞬間、黄色いタイツの女はものすごいスピードで走り始め、わたしは慌てて追いかけたのだが、とても追いつける速さではなく、黄色いタイツの女はわたしを引き離してはこちらを振り返って両手を振ってきたり、「お尻ペンペン」をしてきたりするので、なんとか視界から消えることなく鬼ごっこは継続された。しかしわたしの息切れはほどなく限界を越え、まるで脱水症状を起こしたまま繰り上げスタートを回避すべく走る駅伝ランナーのようなよろめいた足取りとなり、黄色いタイツの女もここらがやめ時と思ったのだろう、すっかり足を止めてわたしを待つ様子を見せた。わたしは黄色いタイツの女を目指して、一応自分では走っているつもりだが、ほとんど歩行と変わらないスピードで進んでいった。そのとき信じられないことだが、すれちがった別の女からとつぜんラリアットを食らわされ――柔道の大外刈りの要素も加わっていたから、それはおそらくかつて小川直也という柔道出身のプロレスラーが得意としたＳＴＯ(スペース・トルネード・オガワ)という技にもっとも近いようなものだった――、わたしは背中から思い切りアスファルトに叩きつけられた。女の体重がそこまで重くなかったためか、幸い後頭部を強打するということはなかったが、わたしは力なく天を仰ぎながら、かつて流行った「オヤジ狩り」という言葉を思い出した。最近ではあまり聞かないが、それは人びとが言葉に飽きたというだけで、実際にその行為自体が終息したわけではなかったのかもしれない。あるいはすっかり普通のこととして定着してしまって、取り立てて報道されなくなっただけなのかもしれない……アスファルトに寝そべりながら、わたしはあの黄色いタイツの女にはめられたのだと思い、リュックサックのなかの財布などをむしり取られるのだと考えた。もし女の二人がかりということなら、全力で抵抗すれば勝機はあるかもしれない。だが疲弊した身体にはまったく力が入らず、もはや起き上がることすら困難で、「もうなんでも取って行ってくれ」という気になった。安物のリュックサックには個人情報も機密情報も記載されていない無味乾燥な仕事の資料と、会社からの帰りの電車で口にふくむのを楽しみにしている歯応えのあるグミと、現金約六千円の入った十五年モノのノーブランドの財布ぐらいしか入っていない。もしも半殺しの目に遭って仕事をしばらく休むことになったとしても、会社にしてみれば蚊の一刺しほどの影響もないだろう。わたしはいくらでも替えのきく、上司の覚えがめでたいわけでもなければ後輩から慕われているわけでもない、むしろ活力に溢れた新卒でも雇った方が安く成果を上げられるのに違いない、ややもすれば「お荷物」に片足を突っ込んでいるつまらない社員にすぎない。場を明るくする力もなければ中堅らしい安定感もない、団塊の世代が抜けた直後の大量採用の世代でなければ入り口で弾かれていたような、吹けば飛ぶようなぺらぺらの人材だ。家庭もぜんぜんうまくいかなかったし、友達付き合いもうまくいかなかった。それはつまり、人とのつながりの何たるかをわたしがうまく理解できなかったということなのだろう。わたしは何一つうまくやれた試しがない。それなりの努力はしてきたつもりだが、わたしの生来の資質の貧しさから考えれば、それはまったく不足していたということなのだろう。それでもわたしはいつもへとへとで、もっとこうすればよかったとかああすればよかったとか、思うところは色々あるが、結局のところへとへとなのだから、もとの時点にタイムスリップできたとしてもその反省が活かされることはないだろう。わたしはこの失敗と敗北のミルフィーユみたいな生活のために破裂寸前なのだ。もうどうでもいい、この持ち重りのする自我を横たえて眠りたい。欲しいなら何でも持っていけ、しょせんわたしの人生なんてこんなものだ。もう何もいらない、何もしたくない、全部持っていってくれ。このワイシャツもネクタイもスラックスもベルトも、リュックも財布もつま先がカパカパ開いたクソみたいな革靴もいらない、全部まとめて持っていきやがれ！

　そうして天を見上げたまま、情けなくも涙が滲んでくるのを感じたとき、ラリアット女はわたしの胸ぐらを摑んで無理やり引き起こし、

「お前何してんの？」と言った。

　妻だった。

「おとうちゃん！」

　隣にいたらしい亜美がわたしに気づいて、「だいじょうぶ？　ばんどえいどはっとく？」と声をかけてくれた。わたしは「うん、ばんどえいどはっとく」と言った。すると亜美は虚空からばんどえいどを創り出し、わたしのほっぺたに――もちろんほっぺたは無傷だったが、それはいつもの亜美の「ばんどえいどごっこ」のくせだった――ぺたぺたと貼りつけてくれた。

「もういたくない？」

　わたしは「うん、もういたくないよ」と言って、小さな亜美をぎゅっと抱きしめた。向こうから黄色いタイツの女がおそるおそる寄ってきて、タイツの頭を覆っている部分を外し、「あの、どういう……」と言った。妻は「私はこのひとの妻です」と言った。長く豊かな髪を現した黄色いタイツの女はやはり美しかった。黄色いタイツの女の顔は完全にわたしのタイプの顔だった。はっきりとは思い出せないが、韓流

アイドルの誰かに似ているような気がした。たぶんＴＷＩＣＥの誰かだ。しかしタイツをかぶっているときにはよくわからなかった。タイツをかぶっているくらいで顔もまともにわからなくなるなんて、結局わたしには何も見えていないのだ。黄色いタイツの女と妻はそれから何か話をしていて、「大学院」とか「研究」とかいう言葉が聞こえたが、亜美が「きょうはね、ほいくえんで、みかせんせいとぱずるした！」とか「はるまくんはしるのはやかった。あみちゃんおそかった！」とか一生懸命話しかけてくるので、詳しい内容はよく聞き取れなかった。もしこの「黄色いタイツ運動」が何らかの画期的な論文を生み出すことになったなら、わたしにも一報もらいたいところだが……二人が笑顔で別れの挨拶をかわし、黄色いタイツの女が見えなくなると、妻はわたしの首根っこを引っつかんで立たせ、家のほうへ向けて尻を蹴飛ばした。「戻れ」ということなのだろう。しかし、家にたどり着けば妻から悪罵の機関銃で原型もとどめないほどにやられるのが目に見えている。もとの生活、あの自由のない、夜にジョギングなんて決してできるはずのない、好きな映画を視聴したり図書館で生活に関係のない本を読み耽ったり、路上ライブに聴き入ったり黄色いタイツの女を追い回したりすることの決してできない、収監者としての砂を噛むような生活に戻ることになるだけだ。わたしは妻のほうに向き直り、覚悟を決めて腹の底から叫んだ。

「おれに指図するな！　おれはもうお前のことなんか好きでもなんでもない、お前なんかどうでもいい、家族なんか知ったことじゃない、おれはおれが大事だ、おれが一番大事だ！」

　わたしは泣いていた。しかし妻の表情は特に変わらず「はいはい」と呆れたように呟くのみで、わたしは自分の魂の叫びが空振りに終わったことを知った。妻は「おら」と言ってもう一度わたしの尻を蹴り、その衝撃を動力源として、わたしは家に向かって物理学の教科書に出てきた等速直線運動を行う無個性の球のように進み、その間亜美はわたしの背後で妻に向かって「おとうちゃん、いたね！」とはしゃいでいた。家に着くと駐車場に見慣れない車が停まっているのに気づき、同時にそれまで乗っていた日産ノートがなくなっていることにも気づき、思わず妻に「これは……？」と訊いた。

「シエンタ」と妻は言った。

「シエンタ？」

「シエンタ」

「いや、なんか、代車？」

「新車」

「新車!?」

「うん」

「なんで？」

「二人目できてたから」

　妻は自分のお腹をポンポンと優しく叩いた。わたしは唖然とした。正直なところ、よろこびよりもなにか真っ黒な濁流に飲み込まれていくような不安の感情がうずまいて、次に発する言葉の候補が洪水のように頭にあふれ、しかしそのどれもが確実に誤答であることがわかった。わたしの沈黙を気に留める様子もなく、妻は「だからノートじゃ狭くなると思って。スライドドアの三列シートでちょうどいいの、シエンタかフリードしかなかったんだよね。でも隣も向かいもフリードだし、値段もちょっと安かったから」と言った。

「なるほど」とわたしは言った。

「いいから入れよ」

わたしはおとなしく家に上がった。亜美は靴と靴下を脱いで、わたしの嫌いな北欧製のミニチュアキッチンでおままごとを始め、わたしの嫌いな北欧製のステンレス鍋に食材を放り込み、おもちゃのへらで全体をまぜこみながら火を通すような仕草をして、「できたよ！」と言った。わたしが「うわあ、ありがとね」と言って食べようとすると、亜美は「だめ！　いただきますするの！」と言った。そして「てんのかみさま、いつも、おいしいごはんを、ありがとうございます」と、キリスト教系の保育園で教えられた作法で祈りの言葉を捧げ、手を合わせて「いただきます」と言った。わたしも同じようにして、おもちゃの料理を二人でパクパク食べて「おいしい！」「これ誰がつくったの？」「あみちゃんがつくった！」「すごいね、じょうず〜！」「もっとたべていいよ」「いいの？」「いい」「おいしいね〜」などとやっていると、この久々の幸福に目が眩むような感覚に陥って、危うく愛が芽生えそうになるのを、それが永遠の信仰へとわたしを誘おうとするのを、とにかく必死で拒絶した。愛は裏切る、必ず裏切る、永続しない、死だけがそれを固定する、わたしはわたしが一番大事だ……そうして亜美が木製の包丁を握り次の料理に取りかかったとき、リンゴジュースを飲みながらわたしたちの様子を眺めていた妻がぽつりと言った。

「私はさあ、壮ちゃんを好きじゃなくなったことなんて、一回もないよ」

わたしは雷に打たれたように顔を上げた。妻はいつもどおりだった。愛の告白をした直後のような顔ではなく、単なる日常の会話の一部として、「洗濯機回しといて」とか「靴下穴空いてるよ」とか、そういう何でもない日常の言葉を単に発しただけという顔だった。妻は素直で嘘をつかない。それはこれまでの長い付き合いでよくわかっていた。妻の愛はわたしの想像の及ぶ範囲をはるかに超えたものとして、世界のあらゆる時空間に溶け込んで偏在しているのかもしれない。「うん」とわたしは言った。それから妻の純粋と向き合うのを避けるかのように、そして亜美と離れていた時間を取り戻すかのようにおままごとに熱中した。亜美が無垢の笑顔を花のように咲かせるたび、そこに光と安らぎの奇跡的な調和が、そのなかにしか存在を垣間見ることのできないうららかな生命の本来が、あらゆる夾雑物を貫きとおす純白のまなざしがきらめく。これらはいずれ汚されることの約束された、儚いこわれものなのかもしれない。しかしいまここには確かに存在していて、それをほんとうに間近で体感し、長く鮮やかに記憶し続けることのできる人間は、わたしと妻をおいて他にないのだ。わたしは父の言葉を思い出していた。

「お前がおれに《高い高い》をされてゲラゲラ笑っていたあのとき、ほんとうは楽しくなかったなんて絶対に言わせない」

*

わたしは家に戻り、以前と同じ生活を再開した。最初の休みの日、亜美と自転車で公園に出かけてブランコやすべり台で遊んだり、少し周りよりも劣っているらしい足腰を鍛えるために広場でかけっこをしてみたりして、帰り道で「たのしかった？」「たのしかった！　びゅーんはしったね～」「うん、亜美びゅーんはしってた。すごくはやかったよ」などと話しているうちに家に着いた。すると向かいの家の主人が子供の靴を洗ってシューズハンガーに干し終えたところだったようで、そのすぐ横には楽しげにシャボン玉を飛ばすかれの妻と娘が立っていて、妻がその洗われたばかりの靴を手にとってあらゆる角度から「精密検査」を行い、やがて「はい、やりなおーし！」と言って、干されていた靴を庭先の灰白色のコンクリートに強く叩きつけた。わたしは戦慄した。しかし主人は何の反発も見せず、「だめかー」と笑ってふたたび靴を洗いはじめた。その表情にさっと陰りをもたらすような、不満のわずかな萌芽すらも浮かべずにである。それはわたしに、荘厳な神話の一場面を切り取った宗教画のような鮮烈な印象を与えた。そしてほどなく、徹底的な自己の放棄と幽閉によってかれの求めている真のものとは、じつは「自由」なのだという逆説がわたしにひらめいた。自由の問題とは倫理の問題である。癒えることのない渇きと手を切るための、宗教的ではなく経験的な、あまりにも個人的であるがゆえに普遍的な、新たな倫理の柱をかれは打ち立てようとしているのではないか？

　シャボン玉がこちらに飛んできて、一家がわたしたちに気づく。かれの妻と娘が「こんにちは」と言う。わたしたちもまた「こんにちは」と返す。主人は少し遅れて顔を上げ、「公園ですか？」と言う。「ええ、公園です。ねー。いっぱいあそんだね」とわたしは言う。「うん、いっぱいあそんだ！」と亜美は言う。「びゅーんはしった！」一家はニコニコと笑う。この主人を二人きりの食事に誘ってみたところで、きっとかれはあまりにも空疎であるがゆえにあまりにも強固な自己を守り抜き、わたしごときにその核を晒すことはないだろう。もしかするとかれ自身、その求めるほんとうのところを摑まえてはいないのかもしれない。おそらく二軒目の家を建てるほどの資金を稼ぎ出すことのないわたしたちは、この先何十年ものあいだ庭先で互いの歴史に触れ合い、やがて一つの「結果」を得たあと、かつてそれぞれの子供たちをよく連れて行った公園の、春の木漏れ日に輝くエメラルドの芝生の上で、その道のりについてゆっくりと語り合う朝を持つだろう。それはまだしばらくは残されているはずの生涯の果てにある老境の一つの理想として、静かな希望と幸福の園の確かな手ざわりを持つイメージとして、わたしのなかにゆっくりと広がっていく。

＊『ランボー全詩集』（宇佐美斉訳、ちくま文庫）より

冷たい丘

　ぼくは「永遠」という言葉を聞くととてもおそろしくて身震いしてしまう。良いことも永遠に続けば普通になるし、悪いことも永遠に続けば普通になる。何もかもを台無しにしてしまうのが永遠というもののはたらきだ。それの前では何事も大きな意味を持たない。ぼくの一生懸命にこなした漢字の宿題も、ぼくがとてもいいなと思って教室の隅から眺めている同じクラスの島本さんの笑顔も、毎日ぼくたちに命を吹き込んでくれる赫奕たる太陽も、その光を柔らかに反射し春の訪れを知らせてくれる青い芝生も、ひどく薄ぼけた一瞬の墓標となる。

　ぼくは感動的なドラマを見ればすぐに泣いてしまうし、お笑いの番組を見ればどんなに人気のない芸人を見てもおかしくて笑ってしまう。感情表現が豊かだと学校の先生にもよく言われる。でもその根底には永遠への恐れが常にある。永遠がぼくの命をとても稀薄なものにつくりかえ、ぼくの感情を平均化する。このぼくの意識がもし本当に死後も残り続けるのだとしたら、とても耐えられない。クラスメイトの中には死ぬのが恐いと言って発狂してしまった子もいる。道徳の教科書に、難病にかかった優しい子供が助からなかった話が出てきて、彼が幸せだったかどうか話し合ったことがあった。次々にお見舞いに来てくれる友達がいたから幸せだったとか、野球選手になりたかったのに大人になる前に死んでしまってかわいそうだとか、そんな話をしたのだけれど、そのとき伊藤くんという目立たない生徒が大きな声で突然叫び出したのだ。彼はしばらくの間、自分の机に両手で強くしがみついて、顔を横に向けながら、涎をたらして叫び続けた。ぼくはちょうど伊藤くんの顔の見える方向にいたから、その様子をじっと観察した。彼の目はどこも見ていなくて、たぶん現実ではない暗い空想の世界をさまよっているのだろうと思った。彼にとって死がどれほどおぞましく感じられたのか、ぼくにはわからない。あんな風に恐がる人もいるんだな、ということは表面的には理解できるけれど、全く共感することはできない。ぼくには死という終わりが与えられていることが、涙が出るほど温かな救いと感じられるのに。

　ぼくにとって問題は死んでしまうことではなくて、その後に永遠が襲いかかってくるのかそうでないのか、ということだった。お母さんは死後も人間は幽霊になって世界にとどまっていると信じていて、亡くなったおじいちゃんの写真を見て今でも会話している。ねえ、大介もこんなに大きくなったよ、大介がうまくいくように見守っていてあげてね……ぼくはおじいちゃんともう一度話すことができたら嬉しい。でもぼくがおじいちゃんだったら、誰にも届かない声を発しながらただぼくたちをずっと見ているだけ、というような世界には二日といたくない。この世から去った人間と二度と話すことができないという事実はぼくを何度かうちのめしたけれど、ぼくは自分が死んだときには跡形もなく消え去りたい。まるですっかり眠り込んでいる時のような、心地よいとさえ形容できない全くの無意識、そういうところにぼくは落ち込んでいきたいし、皆もそうであってほしいと願っている。そうじゃないとかわいそうだと、ぼくは思う。

　ぼくにはとてもかわいがっている犬がいて、名前はリックという。これは残念ながらぼくの家で飼っている犬ではなくて、家の裏側の保田さんという一家が外で飼っている、柴犬と何かが混ざったような薄茶色の雑種犬だ。ぼくが裏庭からリックを呼び寄せると、尻尾を振りながら、銀色に鈍く光る鎖をジャラジャラ引きずってぼくの方にやってくる。錆びた鉄の柵が二つの家を隔てているのだけれど、その間からリックはしっとりと濡れた健康的な黒い鼻を突き出してくる。顔はまるで笑っているようになり、普段はぴんと立っている耳がぺしゃんこになる。とても素直な感情表現にぼくはいつも感心する。リックはぼくみたいに、嬉しいときや悲しいとき、何かその感情のでどころが腐臭のするどろどろとした沼地であるというようなことはなく、きっと綺麗に澄みわたった湖から純粋に感情を溢れさせているのに違いない。静謐な美しい光が湖の奥底までとどいているのだ。リックは永遠について考えない、そして死を恐れたりもしない。答えの出るはずもない永遠について考えるのは無駄なことだし、いつ来るのかさっぱりわからない死を恐れるのも無駄なことだ。リックは無駄をしっかりと省いて、ただ生きていることのすばらしさを感じているのだ。

　生きることに関して、動物は人間よりも優れている。

*

　ほとんどのクラスメイトたちは、死について特に何の感慨も抱いていないようである。道徳の時間だけ仕方なく考えていて、それが終わればもうドッジボールや鬼ごっこの方に興味がある、というのが大抵のところだ。一方で伊藤くんに対しては、死を感じさせる言葉を投げかけてはいけないという暗黙の了解が成立していた。あの問題の授業以降も、何度か叫び声を上げて先生の手に負えなくなったことがある。死に対する恐怖をある程度根本的なところから取り除いてあげないと、これからの生活に支障をきたすと思うのだけれど、先生はだましだましやっていこうとしている。確かに学校の先生が簡単に手を出せる領域ではないかもしれない。でも、義務的な授業の中とは言え、伊藤くんに死の恐怖を植え付けてしまった最初の人間として少しでも責任を取ろうとは思わないのだろうか。

「なにぼうっとしてんのよ」

　ぼくが外でドッジボールをしているクラスメイトを窓ごしに見つめていると、学級委員の北村さんが声をかけてきた。北村さんはとても活発な女の子でよく男勝りとからかわれている。クラスで、男子を含めても一番五十メートル走が速いし、力も強くてケンカも負けないし、頭も良くてみんなの前でも堂々と手を挙げて発表する。それに美人だ。美人であるということは北村さんに大きな自信を与えているように見える。鼻筋の通った大人びた顔と強い光を湛えた大きな目、そして健康そうに輝く筋肉をまとった形の良い脚――それらが彼女の傾向を決定しているのだ。揺るぎない自信に裏打ちされた優しさと正義感をも持ち合わせている彼女は先生を含め学校中の誰からも好かれているが、ぼくはあまり彼女を好きではない。こういう「理想」の体現に迷いのない人間をぼくは好きになれない。彼女の五十メートル走のタイムはいずれ多くの男子たちに破られ、腕力でも劣るようになり、何十年か後にはその美しい顔もしわくちゃになるだろう。それを彼女はわかっていないように見える。そして、わかっていないからこそ、まっすぐで力強い輝きを放っているのだ。ぼくは無知ゆえの輝きというものを憎んでいる。

「いや、楽しそうにしてるなって思って」

「あんたもやればいいじゃない、ドッジボール」

「ぼくはだめだよ、全然できないから」

「何言ってんの、やらないからできないんでしょ。やってるうちにコツがつかめるわよ、行きましょ」

三十分のお昼休みも半分ほど過ぎたところで、北村さんは強引にぼくの手を取ってグラウンドへと引っ張っていった。ぼくはとても嫌な気持ちになったが、ここで思い切り手を振り払い気まずい思いをする方がもっと嫌だと思った。それに、右手に感じる北村さんの肌の柔らかくて少ししっとりした感触は、ずっとこうしていたいと思うほど、ぼくに心地よい昂ぶりをもたらしもしたのだ。

下駄箱で手を放して靴を履いた後も、彼女はぼくの手をもう一度握ってくれた。そうして赤レンガ造りの緩やかな階段を駆け下り、ぼくたちは砂ぼこりを巻き上げながら、グラウンドの中央で行われているドッジボール会場に向かった。

「ねえ、芝原くんもドッジやるって」

北村さんが男子の中でもリーダー格の片山くんに声をかける。ぼくは片山くんとあまり話したことがなかったけれど、彼は快諾してくれた。ぼくと北村さんが片山くんのいない方のチームに配属され、ゲームが始まった。

北村さんは球が飛んできたらほとんど簡単にキャッチして、豪快に投げ返しどんどんアウトを取っていく。ぼくは恐くて飛んできた球をよけるのに精いっぱいで、たまに転がってきた球を拾って思い切り投げてもそれはふわりと放物線を描いてしまい、まるでパスみたいに相手にキャッチされる。みんなのように直線的な球を投げることができない。ぼくに全く実力がないことがわかると、みんなぼくを狙ってくるようになった。それでも必死でジャンプしたりしゃがんだりしてよけていると、なかなか当たらないのでみんな苛立ってきたのか、鋭い球を次々に投げてきて、ついに片山くんの剛速球がぼくをとらえようとした。

その時、北村さんが慌ててぼくの前に駆け寄って、顔面でその球を弾き飛ばした。みんなが驚きで一瞬動きを止めた。わあわあ騒いでいたのが、しんと静まりかえった。北村さんは右手で顔を軽くなでながら言った。

「いったぁーい、でも顔面セーフでしょ?」

すげえなお前、よくやるよ、と片山くんが呆れて笑った。そうしてまたゲームが始まり、お昼休みのチャイムが鳴る直前まで続けられた。

*

ね、楽しいでしょドッジボールって。

教室に戻る途中、北村さんはそう言ってぼくに笑いかける。ぼくは弱々しく笑顔を作って、うん、やってみると面白かった、と答える。でもぼくは彼女に烈しく腹を立てていた。彼女はぼくを男子たちの仲間に入れてくれようとし、またぼくが久々にやってみたドッジボールで嫌な思いをしないように守ってくれた。後半の「顔面セーフ」、あれは彼女の運動神経なら、キャッチするのは間に合わなくても腕で顔を守ることはできたはずだ。でも、鈍くさいぼくをコートの中で守り続けるにはアウトになってはいけない、それであんな行動に出たのだ……

北村さんはやはり完璧な人間で、ぼくのような「弱者」を切り捨てない立派な精神も持ち合わせている。でもそれがぼくの誇りを汚していることに気が付いていない。北村さんに庇護され、半ば安全にドッジボールをするような恥をさらすぐらいなら、片山くんの剛速球に思い切り当たって怪我でもした方がましだった。ぼくが腹を立てるのは、そういう完璧な人間、自分が強者であると信じて疑わない人間の、想像力の欠如に対してである。

＊

その日の授業が終わって、「帰りの会」の時間になった。ぼくたちのクラスでは今日一日で善いことをした生徒を発表する決まりになっている。平井くんが当番じゃないのに掃除を手伝ってくれました、河野くんがみんなに算数を教えてくれました、安田くんが休んでいた中林さんのノートを取ってあげていました……この時に名前を呼ばれると赤色の丸いシールをもらうことができ、それが十枚貯まると小さな賞状が、三十枚貯まると先生の手作りのトロフィーがもらえる。クラス担任の沢田先生は工作が好きで、ペットボトルを切って金色や銀色のスプレーを吹きつけ、オリジナルのトロフィーをいくつも作っている。生徒たちはあの色がいい、こっちのデザインの方がよかった、などとわいわいやっている。

この「沢田賞」制度が始まってから「善いこと」をするための争いが生まれていることを、先生はどう思っているのだろうか。積極的に親切な行為をする生徒は確かに増えたけれど、それは賞状やトロフィー目当ての「善いこと」でしかない。先生の見えないところでは、今日の帰りの会で俺のことを発表しろとか、前に私が発表してあげたから今度お返ししてねとか、そんな裏工作も行われている。ぼくにでもこの制度の欠点はわかるのに、先生が裏工作に気付いていないはずがないと思う。先生は一体何を目指しているのだろう。本心からでなくても「善いこと」をしたという事実が重要だということなのだろうか、それともこれから大人になったときのために、「政治」のやり方を学ばせようとしているのだろうか。

北村さんは全く裏工作をしないから、それほどシールが貯まっていなくて、まだ賞状すらもらっていなかったはずだ。ああいう本物が埋もれて偽物がはびこるこの仕組みが正しいとは思えない。

ぼくがそんなことを考えながら、いつものように窓の外を見て数人の発表が終わるのをぼんやり待っていると、北村さんが手を挙げて言った。

「今日、芝原くんが苦手なドッジボールに挑戦していました。苦手なことはみんなやりたくないと思うから、それに挑戦することは立派だと思いました」

パチ、パチ、パチ、パチ。

みんないつも通りに拍手して、最後に先生が、名前を呼ばれた人は台紙を持って前に出てきてください、と言った。こうして順にシールを貼ってもらうのだ。ぼくはしかし、シールをもらいにいかなかった。北村さんは不思議そうな顔でぼくの方を見ている。だんだんクラス中の視線がぼくの方に集まってきて、先生が「あとは芝原くんかな」とぼくを呼んだ。

「いりません」

ぼくが言うと、教室中がざわめいた。先生が驚いたような顔をし、次の瞬間には、面倒なことになりそうだぞ、という顔になった。さっきまでとても晴れていたのに、窓には雨粒が叩きつけられ始め、不規則なリズムを静かに刻んでいる。

「どういうことかな」

「あの、みんなは他の人に対して善いことをしているのに、ぼくがドッジボールをしただけでシールをもらうのはおかしいと思うからです」

「そんなことはないですよ、苦手なことをするのには勇気がいります。芝原くんのように、みんなも苦手なことにどんどんチャレンジしていきましょう、そうすれば、みんなの世界はもっと広がっていきますから。もう一度、芝原くんに拍手」

「あ、あと！」

ぼくは拍手が起こる前に大きな声を出して、話を続けた。もうみんな早く帰りたそうだったけれど、せっかくだからこれだけは言ってやろうと思ったのだ。

「シールのためにする善いことなんて、善いことじゃないと思います」

＊

長靴を履き「置き傘」を開いて、ぼくは学校から家まで早足で歩き始める。学校から家までの地図を授業で作らされたとき、大体の距離を調べたら二キロだった。みんなは大抵友達と帰るけれど、ぼくは友達とできるだけタイミングをずらして、人気のない道を選んで帰る。一人で考えたいことが多いから。

帰りの会での先生はかわいそうだった。みんなシールのためにやっているわけではないでしょう、今まで善いことをしてくれたみんなは、そんな気持ちでやっていたわけではないはずです。シール、賞状やトロフィーがもらえなくなったからといって、もう善いことをしなくなるなんて、そんな人はこのクラスに一人もいません。芝原くんは、どうしてそんな風に思うのかな？

先生は明らかに不機嫌になり、ぼくの意見を、ぼくの悪い考え方から出たひねくれた発想だと決めつけようとした。ぼくは先生が不機嫌になるさまを見ていると苛立ってきて、賞状やトロフィーがなくなってもみんなが同じように善いことをするのなら、賞状やトロフィーの必要性はないと言った。

先生はとても悲しそうな顔になり、芝原くんの意見については一度考えてみる必要がありますが、今日は時間がないのでこれで終わりますと言った。教室からはクラスメイトたちがやっと終わったという感じで勢いよく飛び出していき、その波がおさまるのを待ちながらぼくは先生をちらちらと観察した。ひどく疲れて、落ち込んでいるようだった。ぼくたちのために一生懸命考えた沢田賞のシステム、そしてみんなが喜ぶはずだと信じて作っている賞状やトロフィーを否定されたことは、先生にしてみればとてもショックだろう。でもぼくみたいな小学生に下手に気を遣われる方が、もっとショックに決まっている。それこそ先生の誇りを汚す行為だ。

傘の下から、アスファルトの地面に降り注ぐ雨を見上げる。まだ四時前なのにあたりはもう暗くなっていて、街灯がぽつぽつとつき始めている。その光に照らされたところには雨がはっきりと浮かび上がって、無数の針が地面を刺し貫こうとしているように見える。地面は全身から噴き出した透明な鮮血に塗れている。

長靴でわざと水たまりを踏みつけるとバシュ、とか、ピチン、とか、いろんな音がして水しぶきが飛び散る。その音によって水しぶきの色が様々に違って見える。緑だったり、紫だったり、ピンクだったりする。ピンクはなかなか出ないから、それが見えた日にはいいことがあるのだと、ぼくは勝手に考えている。

＊

家に着くとお母さんが心配そうに出迎えてくれた。大丈夫だった？　雨がひどいから、迎えに行こうか迷ってたのよ。ぼくは全然大丈夫だったよと答え、すぐにパジャマに着替える。もう外に出る予定はない。リビングの赤いソファに腰掛けてぼうっとテレビを観ていると、お母さんがおやつのスイートポテトとホットミルクを出してくれた。ぼくはこの時間が一番好きだ。学校から帰ってきておやつを食べながらぼうっとテレビを観る時間、これ以上の幸せはない。大きく心を揺さぶるような楽しみがぼくはそれほど好きではない。思い切り笑うと疲れてしまうし、そういうとき、「永遠」への恐れも一緒に顔を覗かせるからだ。ぼくは穏やかな心をできるだけ長く保っていたい。そこには疲労も恐怖も棲みつくことができない。お母さんは毎日、家の中で内職をしている。いろんなアクセサリーを作ったり、細かいチップを箱に詰めていったり。リビングでは集中できないらしく、お母さんはいつも和室で作業している。そこには小さなテレビがあり、聞こえるか聞こえないかぎりぎりの音に設定されていて、大抵は撮りためたひと昔前の流行ドラマが映し出されている。これがお母さんの仕事スタイルだ。

ぼくはスイートポテトの最後の一口を冷めてしまったミルクで流し込んで、仕事中のお母さんにちょっかいをかけに行った。

「スイートポテトおいしかったよ、ぼくはおやつ食べてるときが一番幸せだなあ」

「そう？　そう言ってもらえるとうれしいわね」

「お母さんは何してるときが幸せなの？」

「うーん、寝てる間が一番幸せかしらね」

「ふうん、ぼくは寝てるときなんて幸せじゃないな」

「大人になったらわかるわよ、布団にくるまって寝ていられるのがどれだけ幸せなことか」

「そんなものかなあ」

「そんなものなのよ」

　お母さんは少し忙しいみたいだ。忙しいとき、お母さんはぼくに目を合わせないからすぐにわかる。ぼくはリビングに戻り宿題を済ませ、「騎士戦隊ソードレンジャー」を観た。みんな重厚な鎧や盾を身につけていて、それぞれに特殊能力の秘められた剣を持っている。レッドの持つ炎の剣「フレイムブリンガー」が一番強くて、一振りでたくさんの火の玉を出すこともできるし、切りつけて相手を爆破することもできる。家にもお父さんが買ってきてくれたおもちゃのフレイムブリンガーがあって、ぼくはそれをとても気に入っている。ボタンを押すと火の玉が飛んでいく音が出たり、敵が爆発する音が出たりする。目を瞑って剣を振りながらボタンを押すと、本当に炎が出ているような気がしてくるのだ。でも、ソードレンジャーの話自体はあまり面白いものではない。世界征服を企む宇宙人から地球を守っているのだけれど、宇宙人の考えがしっかりと描かれておらず、何の主張も正義も持たない単なる悪党にしか見えないからだ。世界がそんなに単純じゃないということはぼくにでもわかる。ぼくがソードレンジャーを観るのはフレイムブリンガーが格好良いからというだけで、他にさしたる理由はない。

*

次の日、学校へ行くとみんなが少しぼくのことを避けているようだった。昨日沢田先生に楯突いたからだろう。あんなことを言うべきではなかったのかもしれない。今日のぼくならきっと言わないだろう。あのとき、多分ぼくは不機嫌だった。北村さんに恥をかかされて、そのまま素直に赤のシールをもらうのはあまりにも屈辱的だと思ったのだろう。過去のぼくの気持ちはわからない。過去のぼくはもう他人なのだ。

教室中によそよそしい空気が冷んやりと漂っている。朝の会が始まるまでやることもない。机の上に自由帳を広げて、遠くの席で控えめに笑っている島本さんの似顔絵を描く。ぼくにはしかし、その深く澄んだ黒い瞳をうまく再現することができない。あの瞳は動きの中にしか存在できないのだ。睫でさえぎられると顔がさっと影で覆われ、大きく開かれると不思議な光がぱっと全体に広がる。これはきっと絵でも写真でも表現することができないだろう。

諦めて自由帳を机に片付け頬杖をついていると、北村さんがぼくの左の二の腕をつんつんと触ってきた。

「おはよう」

「あ、おはよう」

「あのさ、昨日のことなんだけど、なんかごめんね。変な感じにさせちゃって」

「別に、北村さんのせいじゃないよ」

「ああいうの嫌いだった？　目立つのとか」

「そういうわけじゃないんだ、ちょっと思ってたことを言っただけで。ぼくの言い方が悪くてあんな風になっちゃったけど」

「でもさ、格好良かったよ。私、あんたの言うとおりだと思ったもん」

　ぼくが次の言葉を発する前に沢田先生が入ってきて朝の会が始まった。おはようございますという元気の良い挨拶の後に全員の出席が取られる。それから放送で音楽が流れ出しリコーダーで一曲演奏する。リコーダーの技術レベルにはかなりの個人差があり、演奏は全く揃わずほとんど雑音にしか聴こえない。それが終わってやっと一時間目が始まる。授業はどれも退屈で全く興味が湧いてこない。教室でくだらない話を聞いているぐらいなら校庭の水たまりで実験をしていたい。どういう踏みつけ方をすれば水しぶきが何色になるのか、そういうことを延々と調べていたい。

*

　帰りの会の時間になり、沢田先生は沢田賞について語り出した。昨日芝原くんの意見を聞いて一晩考えました。芝原くんの言うことはとても正しいことです。でも、賞状やトロフィーがなくなるのは寂しいという人もいるんじゃないかな。たとえばオリンピック選手ががんばるのは、金メダルというモノが欲しいからだと思いますか？　そうじゃなくて、まず一番になりたいと思ってがんばって、一番になった証として金メダルが与えられるんです。あくまでもおまけみたいなものです。でも、そういうおまけってみんなの心を弾ませてくれるとも思うんですね。

沢田先生は長々と演説を続け、最終的には多数決で沢田賞の存続の可否を決めようと言った。結果ははじめからわかっていたが、賛成多数で沢田賞は今後も続けられることになった。しかしぼくだけでなく、北村さんも反対に手を挙げたのは意外だった。彼女がぼくに同意を示したのは口先だけだと思っていたからだ。しかし、ぼくはそんなことで彼女に仲間意識を抱いたりはしない。

沢田先生は、自分の意見を持つのは立派なことです、とぼくたちを、いや、明らかに北村さんを賞賛した。ぼくがやれば問題児のように見えるのに、彼女がやるとまるで愚民の中にまぎれこんだ聖人のように見える。

*

その日、「風邪」で病院へ行っていた伊藤くんが三時間目からやってきた。彼はこうしてたまに病院へ行って遅刻してくる。多分、精神科でカウンセリングというやつを受けているのだ。死ぬのが恐いなんて、なんて馬鹿馬鹿しい悩みだろう。死ぬのが嫌だということは、伊藤くんは自らの個性に満足していて、それが永遠に続いて欲しいと考えているのだ。これは自分に価値があると信じる人間の考え方だと思う。北村さんがそう願うならまだわかる。でも、ぼくに言わせれば、伊藤くんと個性が入れ替わってしまうぐらいなら犬になった方がましだ。リックの方がよほど立派な生き物に見える。伊藤くんは勉強もスポーツも芸術もできなくて、鼻が低くて目が離れていて歯が出ていて性格も暗い。ぼくは自分があんな風だったら、今よりももっと死を歓迎するだろう。

輪廻転生という考え方は――涅槃を目指す本物の僧侶を別にして――、ああいうキチガイを救うためのセーフティネットだ。本気でそんな宗教を信じることができれば、彼も救われるだろう。そうするといかに根拠のない荒唐無稽な宗教であっても、本気で信じられ人々のよすがとなるのなら、存在意義はあるのかもしれない。

それにしても本当に、人間は死んだ後どうなってしまうのだろう？

*

家に帰って宿題をしてテレビを観てご飯を食べてお風呂に入る。ぼくは習い事もしていなくて、その後の時間にはいつも本を読む。ぼくは本を読むのがとても好きだ。昔お父さんが速読のトレーニングに通わせてくれたので、その方法は大体マスターしている。小学校や、地元の図書館にある本を片っ端から借りてきて頭に入れていくのはとても楽しい。ぼくの場合、速読では本の内容を単に情報として読み取るので、たとえば感動的な話を読んでも、ぼくの中に作者の意図するような感情の動きは起こらない。それがぼくには心地よい。

そうしていろんな思想書や哲学書を読んでみたけれど、結局死後の世界について答えを与えてくれるものは一冊もなかった。意見は分かれに分かれ、どれを採択しようが自由という風なのである。死んだ人間が本を書けないのは仕方ないにしても、これまでに一千億人以上の人が死んでいるのだから、少しぐらい明確な情報があっても良いのにという気にもなる。幽霊の存在や輪廻転生が完全に否定されているわけではないけれど、もしそれらがあるとするなら、幽霊が「冥界」のことをぼくたちに伝えてくれたり、前世の記憶を持つ人が死について詳しく語ってくれたりということが頻繁に起きてもいいはずじゃないか？　これだけ多くの人が死んだのに確かなことが何もわからないのだから、やはり人間は生まれる前の、無の状態に戻ると考えるのが妥当だとぼくは思う。それは醒めることのない眠りの世界だ。

*

次の日も、伊藤くんは一時間目にいなかった。

朝の会の前の時間、北村さんがぼくに話しかけてくる。

「ねえねえ、今日のお昼休みドッジやろうよ」

「やめとくよ。面白かったけど、やっぱり向いてないし」

「何言ってんの、前すごいよけてたじゃない、あれでいいのよ」

「いや……」

「ね、お昼になったら校庭に行くの、はい約束」

北村さんは小指を立ててぼくに差し出した。ぼくは自分の拒絶の意志とは裏腹に、右手の小指をそっと絡める。北村さんの体温はぼくを冷静でなくさせる。彼女がぎゅうっとぼくの小指を締め付けると、ぼくは肘の内側がぴりぴりとむず痒くなるのを感じた。そこから全体に快感が広がり、身体がぶるっと震えそうになるのを歯を食いしばって耐える。じわりと額から、そして手のひらから汗が滲み出てきて、ぼくは慌てて指を離し、何か別のことを話そうと思った。

「そういえばさ、伊藤くんってよく遅れてくるよね」

「伊藤くん？」

「うん、昨日も三時間目くらいから来たじゃない」

北村さんは首を傾げ、ぼくの瞳をまっすぐに見つめて言った。

「伊藤くんなんて、このクラスにいないよ？」

伊藤くんなんて
伊藤くんなんて

このクラスに
このクラスに

いないよ？

いないよ？

いないよ？

いないよ？

頭が割れそうに痛くなり世界が回転を始める。叫び声をあげて廊下に飛び出したぼくはわずかに濡れていた部分を思い切り踏みつけて転んだ。深い赤色をしたリノリウムには細かな傷がいくつもついていて、白く細く光っている。窓から侵入し燦々と降り注ぐ陽の光は、ぼく以外のすべてを照らしている。ベージュ色の壁面に貼り付けてある愛鳥週間の下手くそなポスター、その中の雛鳥がぼくを見つめ嘲笑っている。大丈夫かと声をかけてくる男の顔は逆光で見えない。
ぼくはそいつから差し出された手を振り払い立ち上がって走り、男子トイレの個室に入った。

伊伊藤藤くくんんななんんてて、ここののククララススににいいなないいよよ？
伊伊藤藤くくんんななんんてて、ここののククララススににいいなないいよよ？

伊伊藤藤くくんん
　　　　　　ラススににいい
なないいよよ？
　　　　　　　　なんんてて

北村さんの声が頭の中を駆け巡り、さらに強い眩暈を引き起こす。立っていられなくなり、便器にもたれかかると同時に嘔吐した。朝に食べた卵がけご飯がそのまま吐き出される。黄色っぽい液体と無数の米粒が便器を満たし、もう出るものもなくなったかというところでもう一度胃が引き攣り、今度は口から透明な水が溢れ出した。それはキラキラと蛍光灯の弱い光を反射して、まるで小川を流れる清水のように見える。やっと眩暈が軽くなって、ぼくはトイレットペーパーで口の周りを拭いて個室から出た。

水道水で口をゆすいで手を洗い、ハンカチを取り出しながら鏡を見る。

そこには鼻が低くて目が離れていて歯の出た、醜い男の子が映し出されていた。

*

その後のことはよく覚えていない。気が付いたら保健室のベッドの上にいて、しばらくするとお母さんが迎えに来てくれた。翌日には大きな市民病院の精神科へ連れて行かれた。そこに行くのは初めてのはずだったけれど、医者の先生はぼくのことをよく知っているみたいだった。数種類の薬を処方され、お母さんが先生から何やら紙を受け取った。そうしてぼくはしばらくの間学校を休むことになった。

家にいてもあまりやることがなくて退屈だった。自転車で地元の図書館へ行って本を読んだり、テレビを観たり、おやつを食べたり、そういう単調な時間がひたすらに積み重なってゆく。

休んでいる間のノートは北村さんが毎日届けてくれた。その度に学校で起きた出来事をいくつか話してくれて、ぼくに笑いかけてくれる。その多少無理をした笑顔を見るたび、ああ、ぼくはもうだめなのだ、と強く思う。他者から哀れみを受ける側の人間へと、完全に落ちぶれてしまったのだ。

図書館で読みたい本もだんだんなくなっていき、ぼくはこれまでに手を出していない詩集を読むようになった。速読の仕方をやめ、文を味わい尽くすように丹念に読んだ。ぼくの心にいくつもの詩が残っては流れ去り、最後まで留まり続けたのは誰の詩とも知れないこの一節だった。

He whose face gives no light, shall never become a star.

《光を放たぬ顔をした者は、決して星になることはない。》

*

二カ月ほど学校を休んだある冬の日の朝、ぼくは自室のベッドで目を開くと同時に強い眩暈に襲われた。学校で倒れたときの眩暈よりもひどく、じっとしていても天井がぐるぐる回って、楽になる体勢を懸命に探したけれど見つからなかった。激しい嘔吐感が襲ってきて、酸っぱい唾液がみるみる口の中を満たしていく。トイレに行かなきゃまずいと思ったとき、ぐにゃぐにゃに曲がって見える部屋の隅の全身鏡から、「おはよう」と声がした。

鏡の中には伊藤くんがいて、それを見るとなぜか眩暈も嘔吐感もおさまった。ぼくは口いっぱいの唾液をそのまま呑み込んで彼に返事をした。

「おはよう、伊藤くんは学校に行かなくてもいいの？」

「いいよ、君だって行ってないじゃないか」

「それはそうだけど」

「君は死ぬのが恐くないらしいね」

「うん。でも、その後にどうなるのかがわからないから不安だな。ちゃんと、ぼくの全部が消えてくれるのならいいんだけど」

「きっと君の望むとおり、人間は消えてしまうんだと思う。でもぼくは消えたくなんてない」

「へえ、伊藤くんがねえ」

「きみはぼくが何の取り柄もない人間だから、つまらない人生を送っていると思い込んでいるんだろう。でも、ぼくにしてみればぼくの人生がすべてなんだよ。出来の悪い頭と身体、そしてこの醜い顔を背負って、ぼくはぼくだけの人生を紡いでいくしかないんだよ。そしてそれはぼくだけの素晴らしいストーリーなんだ」

「それは違うと思うな」

ぼくは伊藤くんを蔑む気持ちを抑えられずに言った。

「本人の気持ちはどうあれ、君のストーリーなんてゴミみたいなものだよ。人間の命の重さは平等じゃない。ゴミみたいな命は確実に存在するんだ」

*

その日の夕方、いつものように北村さんがノートを届けてくれた。自分で作ったノートとは別に、ぼくのためにルーズリーフにまとめ直したものだ。そこにはいつも、女の子らしくかわいいキャラクターが描き込まれてある。先生の似顔絵と吹き出しで授業を再現してくれていることもある。彼女は休み時間をこのノート作成にあてているのだ。そしてやはり、今日あったことを多少ぎこちない笑顔で報告してくれる。

ぼくは伊藤くんと話した後に北村さんを見たものだから、暗い部屋のカーテンを真昼に開けたときのような不快な眩しさを感じた。また胃から食べたものがせり上がってきそうになる。ぼくは思わず「もうノートは持ってこなくていい」と言った。

「どうして？　また学校に来たときに、ついていけなくなるでしょ」

「もう行かないからいらない」

「何言ってんの、大丈夫だよ。きっとまた元気になるから」

「……お前に何がわかるんだよ」

「え？」

「お前みたいななんでもできるやつに、ぼくのことなんて絶対にわからない」

「いや、そんな……」

「お前ドッジボールのときだって、わざと顔面で当たりに行ったんだろ。あんなことされても逆に辛いだけだってわからないのかよ」

北村さんは引き攣った悲しそうな顔で、そして怯えたような目でこちらを見ている。

「お前の書いたノートなんて全部捨ててるよ。だから意味ないんだ、二度と持ってくるな！」

ぼくが目の前で北村さんの持ってきたノートをびりびりに破いて捨てると、彼女は泣きながら「ごめんなさい」と言って帰っていった。ああいうやつにはしっかり言った方がいいんだ。こうして少しずつ、自分の信じる「正しさ」が一面的でしかないことを知り、無知ゆえの輝きを減じられていくべきなのだ。

post card

恐れ入りますが、
切手をお貼り
ください

810-0041

福岡市中央区大名2-8-18
天神パークビル501

書肆侃侃房 行

□ご意見・ご感想などございましたらお願いします。

※書肆侃侃房のホームページやチラシ、帯などでご紹介させていただくことがあります。
不可の場合は、こちらにチェックをお願いします。→□　※実名は使用しません。

書肆侃侃房　http://www.kankanbou.com　info@kankanbou.com

■愛読者カード

このはがきを当社への通信あるいは当社発刊本のご注文にご利用ください。

□ご購入いただいた本のタイトルは？

□お買い上げ書店またはネット書店

□本書をどこでお知りになりましたか？

01書店で見て　02ネット書店で見て　03書肆侃侃房のホームページで
04著者のすすめ　05知人のすすめ　06新聞を見て（　　　　新聞）
07テレビを見て（　　　　）　08ラジオを聞いて（　　　　）
09雑誌を見て（　　　　）　10その他（　　　　　）

フリガナ
お名前
男・女

ご住所　〒

TEL（　　）　FAX（　　）

ご職業　年齢　歳

□注文申込書

このはがきでご注文いただいた方は、**送料をサービス**させていただきます。

※本の代金のお支払いは、郵便振替用紙を同封しますので、本の到着後1週間以内にお振込みください。
銀行振込みも可能です。

本のタイトル	冊
本のタイトル	冊
本のタイトル	冊

合計冊数　冊

ありがとうございました。ご記入いただいた情報は、ご注文本の発送に限り利用させていただきます。

*

その夜、ぼくがお風呂から上がり、二階にある自分の部屋で本を読んでいるとき、一階のリビングからお父さんとお母さんの喧嘩する声が聞こえてきた。お前が甘やかすからこうなったんだろう！　あんたなんか何も手伝ってくれないじゃない！　休みでも一人で遊びにばっかり出かけて、全然あの子と向き合ってくれないじゃない！　俺は毎日働いて疲れてるんだ、子育てはお前の仕事だろうが！

　二人が大声でののしりあっている。これはぼくのせいではあるけれど、ぼくだけが悪いというわけではない。子供を産むことを決めた時点で、どんな子供が出てこようと親は文句を言ってはいけない。だって、すべての子供が北村さんのような「素晴らしい人間」になるわけじゃないってことは、誰だってわかっているはずだから。お父さんもお母さんも、「外れ」を引いただけなのだ。逆に言えば、ぼくだって、お父さんとお母さんによって「外れ」を引かされたのだ。

　口論が終わりしばらくすると、お母さんがぼくの部屋の向かいにある寝室に入るため二階に上がってくる。お母さんはぼくの部屋のドアを少し開けて「大ちゃんおやすみー」と声をかけ、ぼくも「おやすみー」と返事をする。それから一時間後、お父さんが同じように二階に上がってきて、ぼくの部屋の少し開いたドアを思い切り蹴りつけて閉めた。バーンと凄い音が鳴る。

　三十分後、ぼくは二人が寝室ですっかり眠ってしまったのを確認し、フレイムブリンガーを手に取ってゆっくり一階へと降りた。

*

リビングの奥の裏口から裏庭へ出て、ガスファンヒーター用の灯油が入った青のポリタンクを一つ手に取った。犬小屋の中で眠っていたリックが目を覚まして、尻尾を振ってこっちに寄ってくる。かわいいなあリックは、そんな小屋じゃ寒いだろう、すぐに暖かくしてやるからな。

もう一度家の中に入り、一階のリビングや和室、洗面所までポリタンクの灯油を万遍なくまき散らす。バチャパ、ザシャパ、と灯油はピンク色になってはねた。こげ茶色のダイニングテーブルの上にはお父さんの吸っているキャスターマイルドと百円ライターが置いてある。そのライターを使ってフローリングにこぼした灯油に火を近づけるが全然引火する気配がない。白の絨毯に火を点けてみても少し焦げるだけだった。少し考えて玄関の脇に置いてあった新聞紙の束をばらして火を点け、灯油をまいたところに放ると、やっとまともに炎が上がってくれた。いくつかの炎の種をばらばらに配置して、ぼくは家の玄関からゆっくりと外へ出る。もちろんフレイムブリンガーも忘れない。家の正面の坂道を駆け上がるとその先には薄汚い公園がある。中には狭すぎる砂場とこぐたびに不快な音の鳴るブランコと今にも折れてしまいそうな貧弱な鉄棒があり、端の方に小高い丘がある。その頂上からぼくは自分の家を見下ろした。

しばらくぼうっと見ていると、家からやっと赤い炎があがりだした。やっぱりうまくいったんだ、なんといってもピンク色のしぶきが見えたんだから。ぼくは目を閉じてフレイムブリンガーを振る。ピュウ、ピュウ、ピュウ、ピュウ、ドカーン。それから目を開けて家を見るとまるで自分が火の玉を飛ばしたように感じる。お父さんは死ぬだろうか、そうしたら傑作だな、自分が買ってきたフレイムブリンガーにやられて死ぬんだから。お母さんは寝てるときが一番幸せだと言っていた。起きている間はお父さんと口論したり休みなく内職したり、あまり楽しそうじゃなかった。これでお母さんはずっと幸せだろう。

家が凄まじい勢いで燃えあがり始める。炎の色もピンクに見えて、ぼくはお父さんもお母さんも死んだのだと確信する。空からは白く細かい雪が降っている。何台かの車が公園の脇を凄いスピードで走り抜ける。そのヘッドライトの先に伊藤くんが浮かび上がっては消える。

伊藤くん、死ねば何もかも消えてしまう、そのことをゴミのような君は喜ぶべきなんだよ。伊藤くんは答える。いやだ、ぼくはゴミであっても永遠に世界に残り続けたい……彼とわかり合える日はきっとやってこないだろう。彼だけではない、自分以外の人間とわかり合える日なんて、絶対にやってこない。わかり合えないのなら、はじめから関わりを持つべきではないのだ。伊藤くんが何か言いかけたが、車が通り過ぎてしまって消えた。雪は烈しさを増し、煌々と輝く炎とのコントラストが美しかった。頬が濡れるのを感じて、雪が当たって溶けたのだと思った。

ぼくは明日で十歳になる。

舞踏会

のことは忘れた。小学校のクラスメイトたちによれば、一人ひとりにせりふが与えられて「楽しかった！」「修学旅行！」みたいなことをやったらしい。そう言われてみると自分に割り当てられた短いせりふを何度も家で練習して、本番では緊張のあまり間違えてしまった、というような気もしてくるのだが、それは確かではない。中学校でみんなが「俺んとこもそれやったわ」「私もやったー」。フローティング・スクールって言うたかな」などと言うので、ぼくもそれに話を合わせていた。しかしまったく思い出せなかった。フローティング・スクールというのは、滋賀県の小学校でいまもやっているのか知らないが、一泊で船に乗って琵琶湖をめぐりながら様々な体験学習を行う行事だ。何を学んだのかは忘れた。一人樫村という生徒が甲板でふざけて踊り出して派手に転び、足を骨折して強制送還されたことだけは覚えている。しかしその事実を覚えているというだけで、樫村がなぜそのように踊り出したのか、そしてどのように転んだのかに関して、かなり近くで見ていたはずなのに思い出せない。だが樫村の顔は思い出せる。そばかすがあって前髪がいつも長くて目が隠れていた。踊っているときに髪から目がのぞいて、その印象は鮮烈だった。激しくコミカルな動きからはかけ離れた、怯えの色に満ちた目だった。その目だけがいまでもぼくに残っている唯一のフローティング・スクールの成果だ。樫村はその後バンドを組んで、中学の文化祭では喝采を浴びていたが、ぼくはそのとき歌も演奏もどうでもよくて樫村の目だけが気になった。樫村は必要以上に陽気を装ったり、バンドなんていうわかりやすい充実の鎧をまとったりして、世界への恐れを懸命にごまかしているのではないか？　ほんとうは世界が恐くて恐くて仕方がないのではないか？　ぼくはそう期待した。しかし樫村の目は遠くて見えなかった。結局その文化祭については、樫村の目が見えなかったということ以外にほとんど印象がない。クラスの出し物もやったはずで、確かお化け屋敷だったと思うが、自分が何の役を務めたのか、どんなお化け屋敷を作ったのかもわからない。隣のクラスのことは少し覚えている。だまし絵を六つか七つ展示していて、それが生徒の誰かのオリジナルなのではなくて単なる有名なだまし絵の模写だったので、手抜きだと思った。こんなくだらない出し物をして恥ずかしくないのか？　文化祭は永遠にあるわけじゃない、中学、高校、大学の学園祭、それが終わってしまえばあとはむなしい歯車の人生だ。みんなそうだ。才気に溢れていた人間も大抵歯車になる。歯車にさえなれずに苦しむ人間だっている。文化祭なんて夢みたいなことを言っていられるのはいまだけだ。なめたことを言っていられるのは、青春のお膳立てがあるのは、仮初《かりそめ》でも居場所が与えられているのは、何の責任も負わなくていいのは、《いま》だけなのだ。それなのにお前らは、だまし絵の模写、それもへたくそな、気のないぶれた線の目障りな、園児の遊びみたいなふざけた模写を並べて、だるいとかつまらないとか、まるで誰かが楽しみを与えてくれないことを糾弾するような不満げな口調でぶつくさ呟いて、時間をドブに捨てている。人生は限られている。そんなこともわからずまるで無限の命があるかのように生きているやつらは、みんな死んでしまえばいい。真摯に生きていたのに、事故や病気や災害で世を去るしかなかった人たちの代わりに……

2. メーカーズマーク

の音は好きじゃない。ボーカルはいい。ハスキーな声で、他に似た声をたくさん聴いたことはあるが、同じ声を聴いたことはない。少なくともそういう気がする。しかし音が悪い。曲も良くない。作曲を見るとほとんど樫村だった。樫村には才能がない。音楽のことはわからないが、樫村に才能がないということは断言できる。素人が数小節聴いただけでこいつには才能がないと直観してしまう、そのぐらいの才能のなさだ。他のバンドメンバーたちはどう思っているのだろう。音楽のことを知っている人間なら、樫村に見込みがないことがもっとはっきりわかるはずだ。それなのに樫村はバンドの中心みたいな顔をしている。そしてバンド名と同じ名前のウイスキーを飲んでいる写真をＳＮＳに度々アップして、「ライブ打ち上げ！」「最高のメンツ！」などと騒がしくやっている。何か音楽以外の面でバンドに貢献しているのだろうか、たとえば人間関係の調整や集客といった面で？　しかし音楽がこれでは、たとえバンドメンバーの関係が良好だろうが小さなライブハウスを知人で埋められようが、この先大きな進歩は望めないだろう。進歩とは何か、ということには議論を要するかもしれない。それは周囲の評価を得る方向にのみあるのではない。しかしメジャーデビューを目標に掲げるかれらの考える進歩は、恐らく議論いらずの明確な「進歩」だ。ほんとうに「進歩」したいのなら、ボーカルは少なくともここより他の場所でやるべきだ。かれならばもう少し上に行けるように思う。ぼくはメーカーズマークに一円も払っていない。YouTube の音源を聴いたことがあるだけだ。これからも金は払わないだろう。その価値がないからだ。樫村はたまに小学校のクラスメイトを集めてバーベキューをしているようだが、ぼくは呼ばれたことがない。呼ばれても行くことはないが、アップされた写真は見ている。もう誰が誰だったか忘れてしまった。あの頃ぼくが好きだった女の子は遠野さんだった。しかし遠野さんは尾崎という男と中学から付き合ってそのまま結婚してしまった。どうして遠野さんが好きだったのかはよく覚えていない。小学三年生のときにはべつに好きではなかったはずだが、四年生のときには大好きで、ずっと遠野さんを見ていた。遠野さんがぼくに気付いていたかどうかは知らない。しゃべったこともそれなりにあったが、中学に入ってからはひと言もしゃべっていない。中学では一度も同じクラスにならなかった。それでもぼくはずっと遠野さんが好きだったと思う。遠野さんを超える女の子には出会えなくて、それはぼくがもう遠野さんを好きだと決めてしまったからそうなったのか、ほんとうに遠野さんがナンバーワンの女の子だったのか、よくわからない。そんなことは誰にもわからないだろう。尾崎は遠野さんをナンバーワンだと思い、思い続けて、結婚したのだろうか？　すでに子供もいるようだ。バーベキューに子連れの二人が映っていることもあった。参加者たちはみなメーカーズマークを聴いているのだろうか？　あの場にいればメーカーズマークを無視することは難しいだろう。樫村はきっとＣＤを手売りしているか、ただで渡したりしているだろう。聴いてな、また聴いてな、おれ、曲書いてんねん、聴いたってな……そうして樫村が音楽に微塵も愛されていないということをみなが知ってもなお、めっちゃ良かったわ、応援してるわ、夢があっていいよなあ！　などと無為の社交が続けられるに違いない。関係と呼べるのかどうかわからないほどの浅い関係でさえ、真実を完全に覆い隠す。みんなどうでもいいのだ、樫村の人生なんて。バーベキューに集まって、その場を楽しく過ごすための駒として二時間なり三時間なり機能してくれれば、それ以外の樫村なんて存在しないも同然なのだ。音楽活動に挫折し続けて何も為さずに老いてしまった樫村、ついに世界の恐怖に襟首を掴まれてしまった樫村のことなんて、誰も想像しようとしない。何の関係もないぼくがもっとも樫村のことを考えている。

もうやめたほうがいいと思いますよ

何のＳＮＳだったか忘れたが匿名で一度そう書き込んで、当然に無視された。しかしぼくはそれでメーカーズマークに対する、樫村に対する義務――誰に課されたものでもない（課す主体の見当たらない）、それでも確実にぼくが義務と感じていた義務――を果たしたという気になった。しばらく反応をチェックしたあと、もう樫村のことはすっかりどうでもよくなった。

3．犬を飼おうと母が言った

ので柴犬を選んだ。ぼくも妹も独り立ちしてしまったから母が寂しがり、とにかくあんたたちに選んでほしい、その犬をあんたたちだと思ってかわいがるから、と言うので、ぼくと妹は母に付き合ってペットショップへ行き、何十匹といる犬をすべて吟味した。そして一番かわいいと思う犬を選んで指さそうと言い、せーのでさしたのが同じ雄の柴犬だった。隣も柴犬だったが少し耳が大きくてバランスが悪い感じがし、逆の方を選んだ。妹は「いま鳥肌立ったわ」と言った。「やっぱ兄妹やな」ぼくは鳥肌は立たなかった。自分たちが血が繋がっているから、もしくは同じ環境で育ったから同じ嗜好になったということではなく、この中ならこの柴犬を選ぶ人間が大多数だと思った。他のウェルシュ・コーギーもチワワもパグもマルチーズもラブラドール・レトリバーもいまいち冴えない感じがした。ぼくは少し耳が大きくて選ばれなかった柴犬も含めて、他のすべての敗残者たちが妙に気になった。こうして脱落していくのだ、いまいち冴えないとか、少し耳が大きいとかいった理由で、いとも簡単に。ぼくはその脱落のイメージのせいで、その柴を家に連れ帰り宝物のように愛でている母を見てもあまり乗れなかった。それどころかこの選ばれし柴が他の選ばれなかったすべての犬を、そしてぼくという人間界での落ちこぼれを嗤っているとさえ思えて、どうも好きになれなかった。母が「名前どうする？」と訊き、妹が「うちそういうん苦手やから」とぼくに権利をトスしたので、少し考えて「ユウセイ」と答えた。母は「ええやん、ええやん」とよろこんでから理由を訊いてきたが、「顔の印象で、なんとなく」と言っておいた。

　ナチス・ドイツにおける悲劇はユダヤ人に対するホロコーストのみに留まらない。優生学思想に基づいて「生きられるに値しない生」であると判断された人々が、Ｔ４作戦の名の下に数万人から数十万人規模で安楽死させられている。精神病者や遺伝病者、就労不能者や同性愛者などが「処分者」として選ばれ、灰色に塗り込められたバスで安楽死施設へと移送され殺された。数カ月後に作戦が中止された後も様々な形で――「野生化された安楽死」と呼ばれる形で――このおぞましい殺戮は続いた。日本で優生保護法が施行されていた一九四八年から一九九六年までの間に実施された強制的な不妊手術は、一万五千件を優に超えている。「生きられるに値しない生」を生まれる前にあらかじめ排除する思想は今でも「出生前診断」等に擬態して少なくない支持を得ている。イギリスでは母体血清マーカー検査がすべての妊婦に対して無料で紹介されており、胎児の遺伝子異常を早期発見し福祉コストを削減することが国家戦略となっている。中絶は否定されない。「生きられるに値しない生」という概念は、この厳しい世界を生き抜く人間たちの中に強く根を張っている。恐らく根絶されることはないだろう。ぼくは自分が「処分者」と判定され、灰色のバスのなかで温かいコーヒーとサンドイッチをふるまわれた後、ガス室で無残にも殺されることを想像した。ぼくは色覚異常者かつ強い近視と乱視持ちで、身体はいかにも貧しく痩せており、精神科に通院していて自殺未遂の経験があり、仕事で強いストレスを感じるとめまいを起こしてインターバルをとる。国家にしてみれば確実に下から数えた方が早い、生産性の低いお荷物だ。その思想の下ではぼくは死ぬ。たぶん樫村も死ぬ。才能もないのに会社に勤めもせず売れないバンドをやっている男はまず殺される。ぼくが国家なら樫村は殺す。しかしぼくと樫村を並べたならぼくが先に死ぬだろう。

4. 希死念慮

が凄すぎて毎日死ぬことしか考えられなかったけど推しにハマってから死にたいって思わなくなったし推しに生かされてる感ほんとすごい、とつぶやいていた女の子とランチに行った。ランチは嫌いだ。少なくとも好きではない。酒が飲めないから。ぼくは酒なしで人とまともに話せない。ほんとうはいつも酒びたりになっていたい。この世界はしらふで生きていられる場所じゃない。しらふで生きていられるやつは狂っている。それには女の子も同意した。女の子にとっては推しが酒代わりらしかった。ぼくは推しでやっていけるならそれはしらふだと思った。推しでやっていけるならそれは狂っている。きみが狂っていて、ぼくがまともなんだ。でもそう言ったときのぼくはじつはしらふではなくて抗不安剤を飲んでいた。レキソタンの二ミリを二錠、ワイパックスの〇・五ミリを二錠。それなしで人に会うのは難しかった。職場の連中ならレキソタンだけでＯＫだ。でも女の子となるとワイパックスが要る。

「お酒、飲んじゃえばいいじゃん」

　女の子は言った。

「なんで飲まないの？」

　それはすでに抗不安剤を入れているから、ではなかった。ぼくはランチで酒を飲むことを敗北だと思っていた。抗不安剤を飲むことは敗北ではなかった。風邪薬みたいなものだった。この世界で精神を病んでいないものは、厳しい鍛錬によって鋼のように鍛え上げられた生産的かつ社会的な人間か、思考を停止した単なる馬鹿かどちらかだ。しかし後者もまた生産的かつ社会的な人間たりうる。ぼくはどこに線を引いても「処分者」の枠に入るだろう。そんな人間がランチに何の誇りをかけているのか、自分でもよくわからない。ほんとうはそんなこだわりこそが敗北なのかもしれない。おいしく食事をとり、洒落た会話を楽しみ、コーヒーをゆっくりと飲む。それがランチだと思っていた。もちろんそんなランチができた試しはない。これははるかな理想に過ぎない。ただ、これまで一度も酒だけは飲んでいない。夜ならいい。夜は酒の時間だ。昼は酒の時間ではない。あたたかな太陽の光とコーヒーの時間、アルコールに毒されない澄んだ頭の時間、丁寧な思考と健康な身体の時間だ。

「昼に飲んだら、負けた気がするから」

「何それ。誰に？」

　女の子は笑った。その笑顔はまるでラメを散りばめたようにキラキラ輝いていた。生まれながらにして、彼女は光の側の人間なのだと思った。敵わないと思った。コーヒーとミルクを混ぜる指が震えた。ぼくは何も答えなかった。ワイパックスを足したかった。財布の中に予備が入っている。しかし気づかれずに飲むことは難しそうだった。気づかれずに？　ということは、やはりぼくはそれを敗北だと考えているのかもしれない。身体じゅうを焦燥の震えが駆け巡り、それ以上そこに座っていることは困難だと感じた。しかし席を外すという選択肢はなかった。ぼくは女の子と二人でデートしていて、このデートを完遂しなければならないと思っていた。途中退場が許されるのは女の子だけだと思っていた。実際そうだ。何においても、男がギブアップすることは許されない。男はダウンしてもすぐに立ち上がることを要求される。社会というレフェリーが腕を引っ張り上げ、ファイティング・ポーズを取らせる。腕が折れていても、脳震《のうしん》盪《とう》が治まっていなくても、レフェリーは「大丈夫だね？」という顔で男を覗き込む。否定は死を意味する。この構造は誰がどれだけ優しい言葉を持ち出そうと変わらない。誰がどれだけ「泣いてもいい」「休んでもいい」「負けてもいい」と世間に訴えようと、それは決して変わらない。泣いて、休んで、負けた男に居場所はない。「居場所」を作り救済者づらをしているやつらは、ほとんど金を恵んでくれない。金が一番の問題だというときに金が一番の問題ではないと言い張り、大抵は一円の金も出そうとしない。ここで楽しい時を過ごして、よそで金を稼ぐ力を回復させなさい。結局身も蓋もないその言葉をオブラートに包んで繰り返すだけだ。どこでもそうだ。いまは何もしなくていい、君はそのままでいいんだよ、少し休みなさい……そう微笑むやつらの甘言を鵜呑みにすれば一巻の終わりだ。やつらは脱落者を増やそうとしているか、自分が善人だと思われたくて詐術を弄しているか、綺麗な世界だけを見ていられる特権階級に属しているか、そのいずれかだ。やつらの甘言は美しい女にかけられた場合にのみ真実を含む。美しい女は負けに負けを重ねても愛されうる。プライドが許すならば、勝者の庇護や寵愛を受けて形勢を逆転することもできる。男は勝てる場所まで転がり落ちる他に生き延びる方法がない。勝てる場所のない男に一切の価値は認められない。誰も助けてくれない。他の仕組みはどこにもない。負けた男は死ぬしかない。みんなそんなことはないと言う。しかし負けた男は死ぬしかない。みんな世界はあなたが考えるよりも優しいと言う。しかし負けた男は死ぬしかない。負けた男のことなんて誰も気に留めない。死体は蹴られ、踏まれ、忘れられ、土に還る。もしかすると誰かが少しだけ金と時間を使ってくれ、励ましの言葉を投げかけてくれるかもしれない。しかしその行為は必ず途中で投げ出される。ほんとうに最後まで回復を見守ってくれる人間なんていない。可能性があるのは家族だけだ。しかしそれも当然つねに期待できるものではない。ぼくの家族はまったくそうではない。競争に敗れたぼくを見た両親は失望し、ぼくにかけた膨大な時間を取り戻すかのように自分の人生に立ち返って道楽の人となり、姉はいつの間にかフランス人と結婚して、ぼくには何の報告もなくパリに旅立ってしまった。姉は恐らくぼくより多くの器質的問題を抱えていたが、美人で語学が堪能だった。美人で語学が堪能というと優秀に聞こえるかもしれないが、他の能力が著しく欠如していて、複雑な思考を要する業務の遂行は不可能だった。姉は最初の職場ですぐに適応障害を起こして辞め、その後は次々に男を替えながら男の金で語学を学び、その時期を支えたすべての男を断ち切ってフランスへ飛んだ。ぼくは姉を評価しない。美人なのは単なる生まれつきで、仕事もせず人の金で語学に全力を注ぎ込める環境が与えられたなら、大抵姉ぐらいにはなれるだろう。両親も姉も、いまではぼくに何の連絡も寄こさない。会おうとも帰ってこいとも言われない。別に自分の家族が成員に全的な承認を与える家族でないことに文句はない。もし家族の承認が愛の無限の光のように降り注いだとしても、そこにはつねに問題が残る。人は家族以外に認められることを本能的に欲する。家族以外による無償の救いに恋い焦がれる。無償の救いには愛が必要だ。そして男が愛されるには小さくてもいい、何らかの勝利が必要だ。異論はいくつも見たことがある。しかしそれらの前提とするような美しい現実をこの目で見たことはない。負けた男はみんな死んでしまった。

「人間は誰もが生きる権利を有し、愛される権利を有する」

　そんなことをことさら強調する人間に限って生きる価値のある人間を選別し、若さと能力と容貌で愛を限定する。自分と異なる意見の持ち主にあらゆる陰湿な攻撃を仕掛け、パートナーの選定に残酷な競争原理を適用する。ぼくはもうあまり若くはない。労働における能力も生活における能力も低く、年齢よりもさらに年老いて見える。ぼくは愛の側面においてもはや誰にも相手にされない。ぼくに話しかけてくる女は、職場のトイレに向かうときにたまに顔を合わせる同期だけだ。同期は器量が良くない。背も低く、胸も小さい。顔は汚れたみたいにまだらに浅黒く、目は小さく歯並びは絶望的で、笑顔は卑屈そのものだ。ぼくが彼女を愛することはないだろうし、彼女がぼくを愛することもないだろう。空虚な社交だけが宙を舞う。彼女の仕事の出来は知らない。しかし十年以上市役所に勤めてはいる。ぼくは小役人なのだ（これは両親にとっては失敗だったし、若いぼくの歩んだ道のりからしても失敗だった）。彼女は一度も昇進していないし、ぼくも一度も昇進していない。同期の中でも後方に位置している。しかしほんとうに使い物にならなかった人間はすでに淘汰されている。無能な男が潰されるスピードは恐ろしく速い。先輩や上司たちが目にもとまらぬ早技で叩きのめす。がん細胞を初期のうちに食い破るマクロファージのごとく徹底的にやる。同期の男のいくらかは抵抗むなしく敗れ去り、心を病み、辞めたり死んだりした。死んだ同期の死の前日に「愛ある叱責」を行っていた課長は、間接的に自分が一つの命を奪ったことにしばらくのあいだ心を痛めるだろう。そう思って観察していたが、課長は相変わらず快活な様子だった。そしてその日のうちから無能な男たちに次々と鉄鎚を下していた。結局のところ、仕事のできない男が死んだところで、誰も悲しまない。より優秀な人間が補充されるならその方が組織のためだからだ。組織をファミリーに例える人間は、組織に有益な人間だけをファミリーと呼んでいる。組織に有益な人間同士が互いを認め合い助け合い、相手を鏡として確認しうる優秀な自己に酔っていて、何も為しえなかった捨て駒は蚊帳の外だ。ぼくは同期の死に少なからぬ衝撃を受けたものだが、やはり悲しいという気持ちにはならなかった。そこにあったのは純粋な驚きと奇妙な納得だった。それからしばらくかれは職場の話題によく上った。何であれ、無能な男が死によって生前にはありえなかった脚光を浴びたことは間違いない。しかし、命の代償としてはあまりにも小さすぎる成果だ。

ぼくは女の子と会うのを恥ずかしいくらい楽しみにしていた。希死念慮なんて言うからだめな人間だと思って、油断していた。全然だめじゃなかった。少なくともぼくの思うだめではなかった。ぼくはぼくの思うだめな女の子と堕ちたかった。二度と会わなかった。

5.「本物の友達は十代の時に作った友達だけだ」

それは誰かの受け売りだったかもしれないが、父親が言うには自らの険しい人生のなかで導き出した「真理」の一つらしかった。十代。打算のない、夢にあふれた、人生の残りが永遠とも思える前向きな時代。しかし、ぼくが十代のうちに作った友達はみんな華ばなしい世界に羽ばたいていった。医者、弁護士、会計士、大多数がそんな専門職について、ぼくの三倍は稼いでいた。昔はぼくもそうなる可能性があったのだ。ぼくは途中までは競争に勝っていた。しかし一度負けたら上位層には戻れない。はるかなるアッパーミドル。決してやり直しはきかない。やり直しのきく社会にしよう、とみんなが言う。しかしやり直しはきかない。ほんとうは誰も人の再起を認めようとしないからだ。みんな口先だけだからだ。周囲に受けの良い、社会の求める穏やかなリベラルの像を学習し、それに沿って言動を形づくる。それが勝者のたしなみで、その程度のことができない者は糾弾され、踏みつけられ、廃棄される。《お前みたいなやつは、二度とこの門をくぐるな!》そうして際限なく脱落者は増えていく。勝者はその様を喜んでいる。自分の相対的な上昇に顔をほころばせている。

会計士は二十代のあいだ自分が童貞だったことにひどく悩んでいたが、三十になると見合いであっという間に結婚してしまった。今では二人の娘がいる。一人目は受験で私立の幼稚園に入れたらしい。ぼくがかつてその会計士に唯一優越していたのは童貞でないという点だった。それは大学のときにできた彼女のおかげだった。彼女はとても魅力的だったが気が狂っていた。みんなと一緒に過ごしているときはつねに明るく聡明で、求められる役割を正確に見抜いてこなすことに長けていたが、二人きりになるとすべての鎧を脱ぎ捨て、自らと同質の狂気をぼくにも求めた。「あなたも苦しいんでしょう、生きていることが」これははじめのうちたまらなく良かった。ぼくは夢中になって彼女を抱くことになった。

「めちゃくちゃにしてよ。殺して。生きてることなんて忘れさせて」

　しかし実際のところぼくは狂っていなかった。いや、正確に言えば狂っていたが、彼女のようには狂っていなかった。ぼくは当時すでに自分が大した力を持たないことを悟っていた。しかし彼女はまだエリート競争の最前線にいた。最前線で戦い続ける自分の理想像と現実の自分が剥離しないように必死だった。ぼくはそういう努力を放棄していた。別に就職できなくてもかまわないと思っていた。彼女は自分と同じ狂気のなかにぼくを引き入れようとし、ぼくにも抗鬱剤や抗不安剤が必要だと言って余った薬を大量に飲ませようとした。それは麻薬に誘われている気分だった。「気が狂ってなきゃ、こんな世界で戦えないよね？」彼女はそう言っていた。彼女は戦おうとしていた。「女が社会で勝ち抜くためには、男の十倍の努力が必要なの」彼女はそうも言っていた。それは大げさだと思っていた。しかし彼女は正しかった。それがいまではよくわかる。女は負けを許されるが勝つのは難しい。ぼくの市役所では女性管理職の登用がかなり進んでいる。父親のいる金融業界などに比べれば雲泥の差で「男女平等」に近い。それは確かに言えることだろう。管理職の四割は女性で、新規採用者の比率も五分だ。しかし管理職女性の七割は結婚していない。残りの二割には子供がいない。女の出世には家庭の放棄が暗に要求されている。産休、育休を取った人間はレースから外れる。最高で課長代理だ。もちろん精神を病んで長期休暇を取ったりしようものなら即ゴミ箱送りで、係長にもなれない。だが、この市役所は自らを先進的だと喧伝している。女性の働きやすい職場です、出世の機会も平等に与えられます、男性が家事育児に参加しやすい職場です、福利厚生も充実しています。しかし実態は剝離している。公務員の数は減らされ、給与が減らされ、一人当たりの仕事量は増え、働き方改革のおかげで残業申請は通らない。そんな中で産休・育休を取る人間が、働きづめの人間と同じ扱いを求めることは難しい。それは働きづめでやってきた、すべてをかなぐり捨ててやってきた上層部自らが許さない。いくら優れた制度があっても運用するのは人間だ。そこに人間の非合理的な精神が立ちはだかり、すべてを台無しにする。育休を取った時点で男のキャリアは終わる。逆転はない。育休を取らない男がつねに大量に存在するからだ。管理職に登用された上に家庭生活も充実している女はわずかに存在したが、彼女たちは神のように優秀だった。目指そうと思って目指せるような人間ではなかった。この小規模な市役所に留まっていることに怒りすら覚えるほどだった。彼女らは仕事で素晴らしい手腕を発揮し、誰からも信頼され、明るく優しい人柄で嫌味がなく妬み嫉みを受けることもなかった。休みの間の引き継ぎも残された者の負担を最低限に抑えるべく完璧にこなし、復帰後には休んでいた分を取り戻して余りあるほど働いた。彼女らは人生を完全に我がものとしていた。そういう女にのみ、両立の道が開かれていたのだ。かつての恋人が言っていたことは正しかった。彼女は心身ともにボロボロになりながら、ひたすらそこを目指していたのだ。彼女は狂った頭を元に戻すためでなく、まともな頭を狂わせるために薬を飲んでいた。そのときぼくは飲まなかった。薬は恐ろしかった。自分が自分でなくなるのだろうと思った。薬で強くなった自分は自分ではない。それは自分の強さではなくて薬の強さだから。そんなものを飲むくらいなら、別に戦えなくていい。ぼくはおおよそそんなことを言った。彼女は泣いていた。

「なんであきらめられるの？」

それが彼女の言葉だった。ぼくにはあまりあきらめたという感覚がなかった。当時のぼくはむき出しの全力でことに当たるよりは、肩の力を抜いて敗北を受け入れ、やれる世界でやれるようにやる、というスタイルを採用し、それをクールだとさえ考えていた。それは大間違いだった。いまのぼくは薬なしでは日常生活さえ送れない。それは力をセーブし続けて負け続けた結果だった。ぼくは敗北の連続によって日々自己の縮小再生産を行い、もはや二度と元の大きさには戻れない。エリート街道への参入を疑わなかった、勉学に明け暮れたあの青春時代には戻れない。夕陽に照らされる砂場やブランコが、明日も自分のためにそこで待っていてくれるのだと確信していたあの幼年時代には戻れない。ぼくはあのとき彼女に勧められた通り薬を大量に服用してでも、ぶっ壊れながらでも全力を尽くして戦うべきだったのだ。結局ろくに戦いもしないまま、こうしてぶっ壊れてしまったのだから……

6. 他国を完全に侵略する

にはどうすればいいか知ってるか？　とアメリカ人が訊いた。知らない、とぼくが答えると、アメリカ人は大声で言った。

「まず男を殺す。全員ブチコロス。次に妊娠中の女を殺す。そして妊娠していない女を全員犯す。自分たちの子供を産ませる。それであえなく滅亡というわけさ。日本はアメリカ人の慈悲で存続している。誰もそう言わないだけだ。みんなそう思っている。言ってはいけないという民主的なルールに従っているだけだ。だが、そんなルールはいざとなれば破棄される。非常事態においてはあらゆるルールが破棄される。

もう世界は終わりに向かっている。資本主義は手詰まりで、共産主義なんかゴミだ。またきっとお遊びの、暇つぶしの世界戦争が始まる。いずれ君たちの大切な皇族連中はアングロサクソンに一人残らず孕まされるよ。皇族のあそこに射精するのは、さぞ気持ちがいいだろうな！」

　それを聞いていた仲間が股を広げ、下手な日本語で「イクデゴザイマス！　イクデゴザイマス！」と叫び、息が続かなくなるほど大笑いした。腹は立たなかった。アメリカ人は酔っていた。他の観客も酔っていた。バーだった。品の良いバーではない。バカ騒ぎを目的とした人びとの集まるスポーツバーで、その日はワールド・ベースボール・クラシックの決勝戦だった。日韓戦で、日本が優勝した。アメリカ人は予選で日本がアメリカに負けていたことを持ち出してこんなルールは間違っていると怒鳴ったり、メジャーリーガーのいない世界大会には何の意味もないと笑ったりした。ぼくは一人だった。一人で部屋にいたくない夜だった。孤独に追い落とされるようにして部屋を出て、騒々しいイルミネーションに哀れな蛾のように引き寄せられてそのバーに入り、ひたすらビールを飲み続けた。日本の勝利は胸に響かなかった。それを自分の勝利と捉えることはできなかった。他の日本人は大抵友達同士で来ていて、圧倒的な多数派を形成していた。日本にあるこのバーでは、当然アメリカ人の分が悪かった。そこでかれらは仲間のいないぼくに目をつけ、ぼくに日本を代表させて叩きのめし、溜飲を下げようとしたのだろう。ぼくは何と言えばいいのかわからず、アメリカ人を指さして「ホワッツ・ユア・ネイム？」と訊いた。ぼくは二人と同じくらい酩酊していた。ぼくはほとんど目の前のアメリカ人ではなく、過去の想い出の光景を見ていた。記憶のスクリーンに虚実ないまぜの走馬灯が映し出され、まるで眼球が内側にぐるりと回り込んだかのようにそれを凝視していた。アメリカ人はひどくたじろいで、それから黙りこんでしまった。なぜかはわからなかった。ぼくはその夜死んでもいいと思った。このアメリカ人の愚かな侵略の第一歩として犠牲になってやってもよかった。しかしアメリカ人は何も言わないままどこかへ行ってしまい、仲間もソッポを向いて近くの韓国人と英語で談笑し始めた。英語はわからない。中高の六年間それなりに真剣に取り組んだのに、単語一つまともに聞き取れない。そう考えると、ぼくが仮に姉のような環境に恵まれたとしても、語学なんてマスターできなかったかもしれない。フランス語なんて夢のまた夢だったかもしれない。ぼくは姉は女だから助かったと思っていた。しかし姉は、うまく生き延びるたった一つの方法を見つけて徹底的にやり抜いたのかもしれなかった。ぼくには決してわかりえない女の地獄の底で。

7. 猫は麻袋に閉じ込めて

殺す。それがぼくの勤める市役所の、正確に言えばその属する上位自治体の暗黙のルールだった。犬はドリームボックスと名づけられたガス室で殺す。二酸化炭素を送りこんで窒息させる。犬がドリームボックスによって「画期的な最善の安楽死」を享受することができるのは、鳴き声がうるさく、力が強いからだ。猫は知れている。ドリームボックスを稼働させるまでもなく、麻袋に入れて口を結んでおけば静かに死んでいく。ドリームボックスで殺すためには七日間の保護期間が必要で、その期間を独断で短縮することは、ぼくの知る限り行われていない。それはあと一日待てば助かったかもしれない命を奪うことに、良心の呵責が生じるからということらしい。しかし麻袋に詰め込んだ動物が勝手に死ぬ分には、それは運命だ。中は糞尿まみれになるが、袋ごと焼却施設に放り込むだけだ。猫はそうして殺される。ドリームボックスよりもはるかに悪い方法で殺される。静かで力が弱いからだ。七日間、エサもない劣悪な環境で奇跡的に生き抜いた者だけがドリームボックスへの切符を手にする。そしてそんな者は今のところ存在しない。みんなクソにまみれて死んでしまった。

かわいそう、かわいそうと言う人々の声はむなしい。その言葉は生命をもつ者一般、存在一般という虚像に向けられた空疎な言葉だ。対象の実体を想像していない。できていない。対象はつねに善意に満たされた無害な存在ではない。酷い環境を生き抜いてきたために攻撃的で人間に懐かないどころか害をなす、ひどく嫌な臭いを垂れ流すばかりの金と手間のかかる獣が目の前に現実に現れる、そういうことを想定していない。存在一般にかわいそうと人が言うとき、その対象はつねに理想化されている。個別的実体の避けがたく孕む悪は去勢され、自分の善意を喜びをもって受け入れてくれる存在だけが思い浮かべられる。あなたは犬に手を差し伸べる。大丈夫だよ、怖くないから。こっちへおいで。あなたは慈愛に満ちた自分にうっとりとしている。しかし犬は唸り声を上げ、あなたの人差し指を噛みちぎる。あなたはその犬にまだ「愛」を感じることができるだろうか？　その犬が金属製の壁に囲まれて哀れにも窒息死しようとするとき、美しい涙を流すことができるだろうか？

かわいそう、誰か助けてあげて。残念ながら、私のマンションはペット禁止で飼えません。悔しいです。誰か助けてあげてください。一つでも多くの命を救うために、私も力になりたいです。そうして行われるのは指先一本、数秒で終わるＳＮＳでの拡散のみ。金はかからない。綺麗事を並べ立てておきながら、一切身を切らないやつばかりなのだ。自分に少しでも負荷のかかることは何もしない、恐ろしい偽善者ばかりだ。保健所には絶えず偽善者どもの非難が寄せられる。それでも人間か、お前らは地獄に落ちろと唾を飛ばす人びとの声は、そのまま自らを地獄に落とす呪いの言葉となる。少なくとも自ら犠牲を払い命を救う覚悟があるか、病気持ちの犬猫が糞尿を撒き散らしながら歩き回る街に住む覚悟がある、そういう人間だけがものを言う権利を有する。牛肉をほおばる口で屠殺者を非難することはできない。その矛盾に気づかない、自分の生存条件に目を向けようともしない、そのくせに生き生きと他者を批判して正義を気取る人間こそ、袋詰めにして殺すべきだ。いない方がいい。「いない方がいい人間なんていない」そう言うときのあなたの「人間」とは誰を指しているのか。ある可能存在を想定しているのか、類の総体を抽象的に想定しているのか？　少なくともそこにぼくは含まれない。ぼくはあなたの救いたいと思う存在ではない。ぼくはあなたの想定の外にいる。自分の祈りは誰も排除しません、とあなたは言う。自分の祈りの中にはあなたも必ず含まれています、とあなたは言う。しかし含まれていない。あなたはぼくという個別的実体を決して想像することができない。

　保健所の職員は殺戮行為の精神的負荷と市民からの激しい非難の板挟みになり生涯癒えることのない傷を負って休職し、徴税吏員は徴税行為の精神的負荷と市民や議員からの激しい非難の板挟みになり生涯癒えることのない傷を負って休職し、生活保護課のケースワーカーは話の通じない相手からの罵倒に五時間以上も対応した挙げ句、訪問先で発狂した受給者に刃物で刺されて命を落とす。あなたのせいだ。あなたは自分のせいではないと言う。自分はあらゆる存在が明るく楽しく生きられる社会を望んでいるだけだと言う。それは何も言っていないに等しい。あなたは自分の好ましく思う対象像を想像し、それのみに向けてそう言っている。それはあなたの空想だ。対象が実際にその通りであることはない。あなたは虚無に向けてひとりごとを言っている。そして現実生活の中で平気で殺しをやる。あなたは殺していないと言う。

しかしあなたは殺している。それを認めないことは欺瞞だ。認めればすべてが台無しになってしまうようなこと、それこそが真摯に認めるべき現実で、そこから目を背ける態度は死に値する。生きることは殺すことだ。人生は苦しみに満ちている。あなたが朗らかに生きていられるのだとすれば、それは見るべきものを見ていないから、あるいは自分の許容できる安全な範囲の、自分が壊れてしまわない範囲の「真実」しか見ていないからに他ならない。

人間にとって、苦痛を最小にする最善の方法は存在しないことだ。快楽がどれほど多く与えられようと、一滴の苦痛を贖うことはできない。それらは独立に存在している。あなたの大切な「現実」のなかで、悲嘆に暮れる人間が大量に生産される。そこでは大人が子供を迫害し、子供が大人を束縛し、男が女を殴り倒し、女が男を叩きつぶす。自分が正しい、自分が正しいと叫びながら。打つべし、打つべしとばかりに出鱈目なパンチを繰り出し、ふと見せる傾聴の姿勢は次の攻撃のためのフェイクに過ぎない。その拙劣きわまる試合運びのなかに、徹底的に相対化され鍛え抜かれた思想同士の息を飲むような攻防は見られない。そこに新たな気づきを生み出す契機は決してない。お互いが共感者たちに向けて勝利宣言を行い、共感者たちは拍手をもってそれを祝福する。そこには勝利と勝利があり、勝利以外のものはない。そんなものの存在は許されない。無意味な闘いの犠牲者に対する責任はぐるぐる回ってバターのように溶け、後には何も残らない。重要なものはすべて廃棄される。存在したはずのものが抹消され、存在していなかったはずのものが捏造される。質量を持たない、速度だけで構成された虚ろなカーニバルが世界を満たし、成員たちは踊り続けることを要請される。踊れ、踊り続けよ！　スピーカーから大音量の機械音声が響き渡る。この舞踏会から逃げ出すことはできない。出口はない。ダンスの優れた者だけが評価され、評価された者が次の世代を評価する。評価されなかった者に存在価値はない。価値はなくともダンスはやめられない。誰も認めることのないダンスを倒れるまで踊らなければならない。あなたは倒れる。向いてもいないダンスを嘲笑われ、馬鹿にされ、いいことなど一つもなかった舞踏会場の端で、血と汗にまみれて倒れこみながら、あなたはこう言うのだ。「それでも、あいつよりはましだった」そうして誰も見ていない片隅の小競り合いで、やっとささやかな勝利を一つ上げて死んでいく。これはもっとも醜い形式の死だ。少しでもまともな頭を持つ者なら、命令を拒否しなければならない。ぼくたちは、あなたたちは、ドリームボックスに殺されてはならない。少なくとも自らの意志で首を掻き切り苦しみ抜いて、生を呪いながら死ななければならない！

ふうん。

でも、死なないんでしょ？

8．プラスティック製の青い桶

を手で洗い、「私これ直接手でいってるから」と水瀬さんが言った。ぼくは給湯室の隣のシンクで自分のマグカップを洗っていた。通常、コーヒーを飲んだマグカップは十六時半になると嘱託職員の女性二人が回収し、まとめて綺麗に洗ってくれる。そのぐらいしますよ、という男はいない。女もいない。ありがとうございます、と頭を下げるだけだ。年配の男たちは洗い物は女がするものだと思っているのかもしれない。若い世代は恐らくそう思っていない。ぼくも思わない。自分のぶんぐらい自分で洗える。すべてまとめて洗った方が効率が良いのなら、全員で当番を決めて回してもいいのではないかと思う。しかし言わない。いまさら炊事当番を決めようなんて、ばらばらの意見を持つ年長世代や若い世代をとりまとめて話し合いの場を作ろうなんて、とても言い出せない。正職員の女は雑事は嘱託の仕事だと思っている。自分たちはより責任の重い負荷のかかる仕事をやっていて、厄介事は嘱託に回していないのだから、洗い物ぐらいして然るべきだと思っている。昼休みにリーダー格の女がそう話しているのを聞いた。違う考えを持つ人も当然いるだろう。しかしこの職場でもっとも力を持つ女の正職員は確実に洗い物は自分の仕事ではないと考えており、別の正職員に対してもそんな時間があるなら仕事に集中すべきだと考えている。つまらないことは嘱託にやらせておけばいい、どうせやつらは大したことなんてできないのだから……

　ぼくはその女が嫌いだ。その女はＭという。Ｍはかつてぼくの同期を執拗に攻撃し、意欲が欠如していると詰り、怠慢による懲罰を与えるべきだという上申書さえこしらえた。ぼくは驚いたが、Ｍは過去にも十数人もの名前を記して上申書を提出しており、それは半ば趣味のようなものらしかった。その同期は辞めてしまった。Ｍは課長代理としてぼくの課に異動してきて、おとなしい課長に連日激しい攻撃を仕掛けている。「自分よりも無能な男が上にいるのが許せない」のだと言う。そして家庭を持つ、あるいは持とうとする女性を容赦なく叩き潰す。「仕事に真剣でない女性が出世するのが許せない」からだと言う。家庭を持つことがすなわち仕事に真剣でないことにはならない。なるはずがない。そんなことは誰にでもわかる。Ｍは結局、自分よりも「幸せ」になろうとする女が許せないのだ。Ｍは以前の所属でも課長に敵意を剝き出しにしていたが、異動内示の際、パワーハラスメントで十名以上の職員を辞めさせている凶暴な課長の下に配属されることがわかったとき、涙を流して態度を急変させ、色仕掛けさえ使って異動先の変更を勝ち取った。そのために部長と寝たのだという噂が飛び交い、それは部長の側から事実であると認められた。ぼくは部長からその話を聞いた課長からその話を聞いた。割を食って代わりに異動させられた女の課長代理は半年保たずに長期休養に入った。誰もが部長のセクハラ人事や課長の常軌を逸したパワハラを知っているが、何も起こらない。この人事はM当人が持ちかけた取引だし、すべてのパワハラは「業務上必要な範囲内の指導」とされ闇に葬られる。この市役所でその種の訴えが認定されたことはまだ一度もない。かれらはのうのうと働き続け、最後には盛大な送別会が催されるだろう。

　Mは彼女らの世代の女性トップの出世スピードで、女性の活躍をテーマとした市主催のシンポジウムにパネラーとして参加するほどだが、その実態は旧式の権力構造を補強する雌犬といったところだ。Mは男性が主導してきたこの国の構造を根底から覆し、女性が女性としての誇りを自覚し、これまでに女性だというだけで払わされてきた多くの代償を取り戻さなければならないと力強く訴える。世界がいかに男性に有利に作られているか、女性がいかに損な役回りばかり担わされてきたか、そして男女平等がうるさく言われる昨今にあってさえ状況を好転させることがいかに難しいか、自分たちがいま努力することがいかに未来の女性のために大切か、そうしたことを熱弁する。ぼくはそれに基本的に同意する。ぼくが男性であるがゆえに感じている苦しみの何倍もの苦しみを味わってきた、そのような女性が確かに無数に存在するのだということは理解する。人間は自分の苦しみを一番の苦しみと考えたがり、他者の苦しみを軽視したがる。ぼくも恐らくそういう手合いの一人だ。実際に目の前で、お前の苦しみよりも私の苦しみのほうがはるかに大きい、甘えたことを言うな！　と啖呵を切られでもしたら、ぼくはこれまでに苦しんだ苦しみをすべて召還しできる限り誇張して相手に叩き付け、決して相手の苦しみを認めないだろう。だがこうして距離を置いて冷静に考えられる状況にあっては、ぼくはMの主張に十分な理を認めることができる。しかしMの実態がMの言葉の正当性を損なっている。Mが女性活躍の先駆けのようになって、新規採用のためのアイコンにさえなっている現実には辟易せざるをえない。Mより適任の者は他に何人もいる。しかしMのなりふり構わぬ性の切り売りと上昇志向が既存のシステムとがっちり噛み合い、他の追随を許さない。こうした人間を女性活躍の旗手としておくことは、部長級以上の上層部にとっても都合がいいのだろう。

　Mが小馬鹿にしている嘱託職員たちは、Mの言う職性別の役割分担をここにやってくる前から続く伝統として特に抵抗なく受け入れている。少なくともそう見える。ふわふわした違和感だけが職場をさまよっており、それは現実に大した害悪を及ぼさないので、誰も息の根を止めようとしない。ほんとうはゴキブリの方がいくらか無害なはずだが、ゴキブリは殺される。今日ぼくがマグカップを洗っているのは昼から休みを取ったからで、帰る前に自分のぶんだけを洗っている。水瀬さんたちは何かのイベントで使ったのか、汚れのこびりついた青い桶を指で丁寧に洗っている。横にいる後輩と思しき女は「そんな、水瀬さんの美しい指が！」と芝居がかった調子でタワシを握りながら言った。その響きは滑稽ですらあり、この女はこうしてすべての目上の人間に阿諛《あゆ》追従《ついしょう》する仕方で世の中を渡ってきたのだろうと思った。それはそれで一つのやり方だ。

「タワシだと細かいところがやりづらいんだよね」

　ぼくは水瀬さんと毎朝、バスで顔を合わせる。彼女はぼくの一期上の先輩だ。お互いにたぶん顔は知っている。同じフロアで、廊下を挟んで向かい合わせの課で働いている。しかしこれまでに関わりを持ったことは一度もなく、バスでぼくから声をかけることはない。向こうもかけてこない。水瀬さんは美人で背が高く、いつもハイヒールを履いて、肉感的な尻を揺らしながら歩いている。ぼくはバスに乗る前と降りた後、その尻の揺れを見て一日のはじまりを準備する。尻だけを切り抜いて眼前にいくつか並べられたとしても、ぼくにはどれが水瀬さんの尻かわかるだろう。いまぼくに活力を与えてくれるものと言えば、水瀬さんの尻ぐらいのものだ。水瀬さんは結婚していない。指輪はいつも左手の小指にはめられている。図らずも水瀬さんから誘惑され、ホテルで悦楽の限りを尽くす素晴らしい未来を想像することはある。しかしそこに向けて動き出すことはしない。可能性を可能性のまま固定しておくことがぼくの命脈で、このささやかな楽しみさえ失われれば、ぼくはもはや未来に人間らしい希望を持つこともない、ただ恐怖心から自殺を回避しているだけの薬漬けの屍となる。しかし、それでもなお、ぼくは舞踏会場でダンスを続けるだろう。

ぼくは死ぬことができない。

水瀬さんの尻が失われた後も、ぼくは性懲りもなく新たな楽しみの種を見つけ出し、豊かな葉を茂らせる樹木へと育て上げるのかもしれない。ぼくは生まれないほうがよかったとよく思う。そして生まれてきてよかったとよく思う。それらの感情は互いに独立して存在している。足し引きして正負を求めることはできない。ぼくが人生に意義を感じるとき、いつも大学時代のあの狂人のことを考える。ぼくは狂人とのセックスを思い出す。あの夢のようだったセックスを。この腐り果てた世界に生まれたおかげで経験できた、甘く切ない堕落の時間を思い出す。狂人は結婚している。娘が三歳になり、ピアノを習い始めている。夫は少し年上の大手メーカーの管理職で、家事育児にも積極的。「理解のある夫で助かる」と狂人は言っている。狂人は近所の「ママ友」と子連れでハイキングに出かけたりキャンプに出かけたり食事会に出かけたりしている。ＳＮＳには充実の日々が綴られる。狂人はＳＮＳを軽蔑していた。自分の生活を晒して、イイネをもらって、それの何が楽しいの？　それが狂人の意見だった。しかし狂人はいま精力的にＳＮＳを更新している。最近狂人は二人目を妊娠して安定期に入っている。狂人がそう言っている。おめでとう、おめでとうとコメントが付いて、一つ一つにありがとう、ありがとうと返している。ぼくは狂人がすっかり健康になって、世界に適応しているのだとは思わない。狂人は狂気をおし隠している。治っていない。薬を化粧箱の奥にでも突っ込んで、大量に服用しながら日々を必死に「普通」に過ごしている。ぼくにはそれがわかる。狂人の瞳の奥に滲む恐怖と諦めの色が、そして薬物中毒者に特有の曖昧な視線が、修正の施された写真ごしにもはっきりとわかる。

9．ぼくたちが敗れ去るのは

ぼくたちのせいだとぼくたちは思っている。人のせいにしようものなら勝者たちが甘えだと言って嗤う。ぼくたちも甘えかもしれないと考える。そしてぼくたち自身もまた、自分よりも負けている者のなかに甘えを見出して嗤うだろう。そうしてすべてが「自己責任」となる。ぼくはダンスをやめて眠りたい。しかし踊り続けなければならない。ぼくは人生を愛したい。事実、愛している。それは現前する事実を肯定しようと涙ぐましい努力を払う人間の性だ。我が子を愛する大抵の親は、時に憎悪を燃え上がらせ「生まなければよかった」とさえ感じながら、愛を完全に見失うことはなく子を慈しみ続ける。社会の規範に従い事実を追認する。ぼくもまた、自殺や子殺しの遂行者とは異なる普通の人間だ。自殺や殺人は、誤解を恐れずに言えば、芸術の域に属する。芸術とはそういうものだ。芸術家はぼくを普通の人間だと言って相手にしない。しかし普通の人間たちは、ぼくを普通ではないと言って相手にしない。ぼくはこの居場所のなさを肯定しなければならない。誰からも相手にされないことを、芸術的営為にも社会的営為にも見放されていることを、目の醒めるような自由として捉え直さなければならない。ここそを、すべてが可能となる新たな地平として切り拓かなければならない。だが、ぼくにそんなことはできそうもない。ぼくの頭はもう薬で使い物にならない。しかし、薬漬けでない人間は一体どこにいるのか?

イスラエルのとある農村では、畑を荒らす鼠退治のためにメンフクロウを用いる。メンフクロウは人懐っこく縄張り意識も低く、狩場を他者と共有することができる。メンフクロウの雛たちは親の与えるエサの取り合いをほとんどしない。誰が食べるのかを鳴き声による交渉で決め、横取りはしない。エサが少なければ分け合うこともできる。人間はメンフクロウに及ばない。同種間で勝者としての承認を奪い合う。決して譲らない。譲るときには譲ることによって何かを得ている。希望は子供たちにしかない。子供たちは大人が自らを棚上げして唱える理想を理解し、体現することができる。しかしそれはまだ舞踏会場の外にいるから。ひとたび会場入りすれば、子供たちの無垢な心は砕け散る。そして大人になってしまう。世界平和を高らかに謳い上げる男が小さな五人組さえまともに維持できない——それが大人の実態だ。そしてそれが、舞踏会場に跋扈《ばっこ》する悪魔だ。

ある子供向けのアニメ番組を観ていた。そのクライマックスで、町じゅうの人びとに慕われている老人が子供たちに言った。

「人間には必ず持って生まれた使命がある。人生は、それを見つけ出すための長い旅なんだよ」

この番組を作った人間たちは、それを誰もが正しいと認める真実だと考えているのだろう。確かに使命を信じ抜くことができるなら、偽りであれそこに幸福の感情は生じうる。使命に駆り立てられた人間はその達成のために死さえ厭わない。他国の軍艦に突撃した特攻兵、自爆テロを遂行した宗教者、貧しい国に用水路を作り凶弾に倒れた医師。かれらはその死によって、かれらの行為選択がまさに使命であったことを示したのだろうか？　単純にそう考えたくはないが、やはり死というものの有無をいわさぬ迫力が、かれらの生の豊かな内実を想像させずにいない。

使命。それは幻想だ。人間は自由の刑に処されている。しかし、眼前の幼子が死の危機に瀕しているとき、ぼくたちはほとんど命令じみた信号を受け取るだろう。それは使命と言い換えたくなるようなものだ。この感覚が純度を失わないままに拡張され、やがて国家や宗教、あるいは他の対象へと及んでいくのなら、それは確かに使命と呼ぶ他ないのかもしれない。

ぼくには使命がない。ぼくは無内容の人間だ。ぼくを芯から燃えたたせてくれるような、命さえ顧みずに没頭できるような対象。そんなものはどこにも見当たらない。その種のぼくのセンサーは、敗北の連続のなかですっかり駄目になってしまった。ぼくのような人間が使命を得るには、積極的意志による選択能力を失ったぼくが使命の恍惚を夢見るには、絶対的な不条理の一撃が必要だろう。ぼくの心から愛する者が、突然の事故や病気や災害によって希望に輝く未来を無惨に剝奪される。その種の悲劇がぼくの使命のためには必要だろう。ぼくはこれがまったく想像力の欠如からくる願いであること、自分の身に降りかかったならばまず耐えきることのできない巨大な厄災であることは明白だと確信しながら、まったくの戯れ言と考えているのでもない。だがそれ以前に、ぼくには失ってはならないものがない。ぼくは何も得ることができなかった。ぼくは生きながらにして死んでいる。すでにいない特攻兵や殉教者、そしてあのすばらしい医師よりもはるかに死んでおり、もちろん生きて闘うあなたたちにも遠く及ばないところで、暗くふかいぬかるみから抜け出せずにいる。

友達は一人もいない。

10. ありがとうを一日十回言う

と、電車で隣に座った女子高生の本に書いてあった。それは章の見出しで、続きは文字が小さくて読み取れなかった。ぼくは女子高生の意志の強そうな横顔と真剣な眼差しを見た。この女はすでに人間関係のコントロール術を学ぼうとしている。将来有望だ。きっとぼくのようにはならないだろう。たとえ思い通りにいかなかったとしても、ぼくほど低い位置までは転がり落ちないだろう。ありがとうを一日十回言う。そんな言葉をまともに受け止めようと思えた時期なんて、ぼくには一度もなかった。ぼくはどうせ実行できない処世術よりも、脳を直接レイプしてくれる薬に飛びついてしまった。医師はひと通りの話を聞いて、ぼくに安堵感を与えるための優しい笑顔で言う。

「わかりました。ではお薬を二週間分出しておきますね」
医師は必ずそのように言う。だがぼくの与太話を聞かされた医師は、ほんとうはこう言いたいのだ。

そうですか。それで？

ぼくはこの先に続ける言葉を持たない。誰もがもう駄目だと言っている。この国は終わりだと言っている。どの国も終わりだと言っている。世界の終末は近いと言っている。新しい世界を創造すべきだと言っている。新しさとは何かを議論すべきだと言っている。議論は同じところをぐるぐる回る。見解は分かれる。決定的な案はない。結論は出ない。それらはパフォーマティブに開示され、収益化される。新しさを求める人間たち、世界を憂いて見せる人間たちは、いまの世界のなかでも十分にやっていけている。ぼくにはそう見える。鋭い知性と行動力を持ち、いまの世界のなかで十分に通用していることが、新しさを問うための必要条件でもあるかのようだ。それは誤りだ。いまの世界に挫折している人間をのけ者にして編み出される新世界なんて、それこそ馬鹿げている。ぼくにはよくわからない。みんながほんとうは何を考えているのか……

世界は信仰者が回している。国家の、家族の、愛の、法の、市場原理の、宗教の、道徳の、芸術の、娯楽の、あるいは虚無の信仰者たちが回している。ぼくはそれらの複雑に絡み合った歯車が回転させる球体のなかに脱力した身体を預け、鬱々とした気分を基調とする間延びした時間を、ハムスターの百分の一ほどの愛嬌もなくいたずらに過ごし続けている。そこには何のよろこびもない。信じられるものは何もない。

かつては誰もが信じる価値が存在したと人は言う。だが、時代の風に吹き消されるようなものは、そもそも信じるに値するものではなかったのだ。

抗不安剤がいささか効きすぎた夜、ぼくは併用を禁じられたアルコールを煽りながら、あらゆる信仰から解き放たれた真の自由人、あらゆる価値から等距離に位置する《真人間》としての自分を幻視することがある。ぼくは眼球だけの存在となって世界の中心に浮かんでいる。この観念のなかでは、みなが上ろうとするすべての階梯の出発点であり、同時に目標地点でもあるような場所に僕はいるのだ。国家も、家族も、愛も、法も、市場原理も、宗教も、道徳も、芸術も、娯楽も、あるいは虚無でさえも、ぼくと何の親和性も持たない。ぼくは誰の友でもなければ誰の敵でもない、いかなる存在でもなければ存在を目指す途中の者ですらない。そういう者にだけ可能な思考があり、そしてぼくにその思考が可能であるという昂揚。ぼくは稀にそのような気分を味わう。しかし思考はいつも開始されず予感にとどまり、残るのは翌朝のひどい吐き気と頭痛のみだ。ぼくはぼくの凡庸さを知っている。ぼくのような人間が世界じゅうに無数に存在することを知っている。だが、ぼくはぼくのような人間を見つけることができない。ぼくはいまのところ、現実に出会った人間の誰よりも劣っている。あなたもきっとぼくよりは優れているだろう。

そうですか。それで?

ぼくは毎日眠る前にこの文章を書いている。今日が十日目だ。すでに初日に書いたことは忘れた。読み返そうとも思わない。ぼくは何かを表現しようとしていた。何かを表現しようとした表現なんてクソだ。

いや、クソほどの価値もない。そして今日のぼくもまた何かを表現しようとしている。それを感じる。つまらないことだ。誰が読むわけでもないのに、誰かの目を気にして、誰かに認められようとして書いている。こんなにつまらないことはない。もうやめる。明日からは違うものを書くだろう。

ひだまりの森

栗色の髪をしたピンクのパーカーの女につられて、「ひだまりの森」という水色の看板のかかげられた公園に入ると、すべり台が三つある。一つはとても高さのあるすべり台で、てっぺんまで登る方法も、やや角度のつきすぎた階段と、古びた杉板にさげられた三本の太いロープと、こぢんまりしたジャングルジムの三つがある。一番人気はやはり階段だが、わんぱく小僧を絵に描いたようなこどもたちは、階段を使うと負けだとでもいうようにロープやジャングルジムを競って登る。そういう光景を見ているとひどく疲れる。あまり見たくない。自動販売機を見つけて缶コーヒーのプルタブを開けると、すこし指にかかった。ジーパンでふく。あたりを見渡すと、憩いの場らしきところを見つけた。パルテノン神殿みたいな柱が広い間隔で六本立ち、真ん中に大きなテーブルが置かれていて、天井には藤のつるが這っている。わたしはテーブル脇のベンチでコーヒーを飲みながら砂場のほうを眺めた。そこにはプラスティック製のスコップやバケツがたくさん用意されていて、こどもたちが自由に使うことができる。それだけでなく、いろんなかたちの木のかたまりが置いてあって、一体どう使うのか不思議に思ったが、こどもたちは木を迷いなく砂場に置いて、上から砂をどんどんかけるのだった。手軽に大きな山をつくるための基礎に使っているのだ。だが、そうした用途には不向きなかたちのものもたくさんあって、それはそれでただどんぐりを並べるのに使われたり、砂場での長い労働を支える腰かけとして使われたりしている。もともとはどういう意図でこの木のかたまりが持ちこまれたのか、よくわからない。

どこからともなく——いや、芝生の広場のほうから——やわらかそうなオレンジ色のゴムボールが飛んできて、それをこどもが追いかけてくる。四歳か五歳くらいだろう。もうすこし小さいかもしれないが。わたしはゴムボールを転がすように投げ返した。こどもはそれをすばやく拾って、わたしにひとこともなく踵を返し、走りながら高く飛び上がり、べつのこどもに力いっぱい投げつけた。「エア・ケイ炸裂」といっていた。もしかしたら違ったかもしれない。しかし、わたしには「エア・ケイ炸裂」と聞こえた。テニスの錦織圭選手の、滞空時間の長いジャンピングフォアハンドのことだと思うが、だとすればジャンプするときに軸となる前足を残さねばならないので、両足で跳んでいた男の子の「エア・ケイ」は「エア・ケイ」とは呼べない。それにしても、四歳か五歳のこどもが「エア・ケイ」とか「炸裂」とかいうものだろうか？　「エア・ケイ」はいうかもしれないが、「炸裂」はどうだろう。わたしにはそのへんの感覚がない。いくつのこどもが何をできるようになっているのか知らない。じぶんの幼少のころの記憶もあまりない。一つ覚えているのは、わたしの実家に親戚たちが集まって盛り上がっていたとき、わたしはまだオムツが取れていなくて、柱の陰に隠れてひっそり排泄を行った、それを酔っぱらった父や叔父が嘲るように大声で笑った、それぐらいのことだ。わたしは三歳だったと思うが、それがほんとうに正しい記憶かどうかはわからない。しかしいまでも二人のいやらしく黄ばんだ歯と、もうもうとたちこめていた煙草の煙の流れを鮮明に思い出すことができる。これが記憶違いだというなら、わたしの過去の折々に置かれたマイルストーンのすべてが無意味だろう。そしてあのとき——いやあのときに限らずだが——、母はわたしに怒っていた。「トイレ」といわなかったからだ。こどものしつけに失敗しているだめな母親、それは母の決して認めたくないレッテルだった。わたしは二月後半の生まれだったせいもあって、幼稚園の他のこどもたちに比べていろいろなことが遅かった。オムツだけでなく、数のことも、言葉のことも、運動のことも、わたしはたぶんまわりよりも遅れていて、母は必死でそれを巻き返そうとしていた。それはわたしのためでなく母のためだった（わたしはそう感じていた）。なんの教材だったか知らないが、とにかく毎月なにかのワークだかドリルだかが届いて、母は間違えるたびにわたしを叱った。強制的なかけっこや縄跳びの時間もあった。こどもなんて、いわれなくてもウズウズしてすぐに身体を動かすものだが、わたしはそういうこどもではなかった。わたしが生まれつきの運動ぎらいだったのか、嵐みたいにとつぜん課される強制的な運動に嫌気がさしたせいだったのかわからない。しかし公園を眺める限り、もともとの運動ぎらいなんていないような気もする……

　むかしの父と母はだいたいそんな感じだった。父はいつもわたしを馬鹿にしていて、母はいつもわたしに苛立っていた。なにか課題をクリアしたとき、母は「すごいね」「えらいね」というのだが、それはわたしをよろこばせなかった。ただ安堵するだけだった。「すごいね」「えらいね」の最中に、母はもう次に何をやらせてわたしを「成長」させようか、そちらに意識をやっているのだ。そんな心のこもらない褒めことばなんて自動音声のようなもので、こどもにもそのくらいは見抜ける（実際見抜けた）。そのころの良い記憶はない。少なくとも思い出せない。きっとそれは、わたしの被害妄想的な気質のせいでもあるだろう。じつはもっと幸せな瞬間というのがあったはずで、事実、アルバムのなかには楽しげな写真がたくさん残っている。そこにいるわたしは屈託なく笑っているし、母も父も、心からこどもを愛する親らしいおだやかな表情を見せている。しかも、母は写真の一枚一枚に「今日は動物園。大きなライオンさんにびっくり！」とか、「三輪車に乗ってごきげん。カッコイイね」とか、さまざまなコメントをつけているのだ。わたしにはとてもまねできない。そんな面倒なことを、母はわたしが生まれてから小学校に上がるまで、ほとんど六年も続けたのだ。それはわたしにしてみれば永遠に近い。だが、どうにもわたしはそこから愛を読み取ることができない。むしろそれしか愛を証しだてる方法がないとでも思いこんでいるような、神経症的な執着を感じてしまう。こういう装われた愛には底知れぬおそろしさがある。結局わたしの幼少時の記憶は、あの日の父や叔父の軽蔑と母の憤激にすべて集約されていて、あれがわたしの親族どもの本質なのだと思っている。そして、そんなことをずっと覚えていて最後までいっさい許す気がない、それこそがわたしの本質なのだ。わたしはさっきの、ゴムボールを拾ってやったことへの感謝をしめさなかったこどもに対してすら、強い殺意を抱くことができる。抱いていないが、抱くことは十分に可能だ。こどもの父親と思しき男はフリスビーに興じている。黒いタンバリンみたいなかたちのフリスビー。相手はたぶん妻だ。男のフリスビーの投げ方は、まるで歴戦のアンダースローの投手のようなフォームである。しかしフォームのすばらしさとは裏腹に、フリスビーはあさっての方向へ飛んでいく。妻がジャンプしたが届かず、後ろに向かって張りのある尻を揺らしながら走っていく。そのかん男はぶつくさいいながら、手首のスナップをしつこく確認している。わたしはその姿を見て、あのこどもはこの男の血を色濃く受けついでいると確信した。妻はいかにも健康的な肉体を持ち、フリスビーの投げ方も素直だ。まっすぐにそれは飛ぶ。男の胸にしっかりとおさまる。こどものゴムボールがまたわたしのほうに転がってくる。もう拾わない。ゴムボールは憩いの場を突き抜け、その先の灰色の花壇にぶつかってはねかえり、すこし転がって力を失った。こどもは走ってきてボールを取って戻り、今度は何もいわずに「エア・ケイ」もどきを放つが、相手によけられてしまった。ゴムボールは反対側へ勢いよく転がっていき、石でできたモニュメントにぶつかる。その白い台座の部分には作品タイトルが刻まれているようだが、遠くて読めない。そのうえに黒い、ふつうの三角座りよりもやや足の角度をゆるやかにし、両手で膝を抱えた少女の像がある。小学校高学年か、中学生ぐらいだろう。少なくとも高校生ではない。いつのまにかボール遊びをしていたこどもたちは消えていた。

　コーヒーを飲み終えて、憩いの場のモスグリーンのごみ箱に捨てる。ビン・カン・ペットボトル専用のものだ。ふつうのごみを捨てるごみ箱は見当たらない。テーブルのまわりにはさきほどからぱらぱらと老人が集まっていて、銀歯をぎらつかせながら世間話に興じている。「さいきんは腰が……」とか、「孫の手紙で……」とか、「長谷川一夫の……」とか、そういう話が聞こえてくる。わたしは老人たちのいやな臭いをかぎながら、それは死の飛沫なのだと感じていた。目を背けるようにして公園のほうへ視線をうつすと、二人の中学生ぐらいの女の子が、地面に突き立てられた丸太の遊具、何という名前かわからないが、とにかくそれに飛び乗っては降りる反復動作を競っていた。部活の体力づくりの一環だろうか、二人とも汗をキラキラさせて笑っている。もしじぶんがそこに割り込んで急に同じ動作をはじめたら、二人はどんな顔をするだろう？　そんなとりとめのない想像を楽しんでいると、下からぎゅっと手をつかまれた。おどろいて見ると、小さな女の子がほほえんでいる。「なにしてあそぶ？」それはかわいがっている弟に接するようなやさしい問いかけだった。わたしを仲間外れかなにかだと思ったのだろうか。仲間外れはいけません、

仲間外れはいけません、それはきっとそこらじゅうの保育園や小学校で教えられている、人間の基本中の基本とされる理念だが、この公園でそれを実践できているのはこの女の子一人だ。いや、世界中で一人かもしれない。わかることと実践することとはまったく違う。少なくともわたしは、仲間外れをつくらず生きてきたとはいえない。むかし、中学生のころ、まだみんなと楽しくやっていたころ、教室でお漏らししてしまった男の子をしつこくからかって遊んだし、鼻の下に濃いうぶげの生えている女の子をひげ女と呼んで馬鹿にした。そういうことはしてはならないとわかっているのに、あのころ、それが楽しくて楽しくて仕方なかった。じぶんに矛先が向いたときにはつらい思いをして、教室で涙を流し、男のくせに、ださ、いちいち泣くなよ、と罵声を浴びせられ、ひとにはやさしくしなければならないと身にしみたはずなのに、それが終われば、わたしはまた目をらんらんとかがやかせて仲間外れを探しはじめるのだった。それは大人になるとなくなるのではなくて、ひそやかに行われるようになる。大人の仲間外れはまるで暗殺のように遂行され、撃たれた本人も気づかない。しかしその存在はきれいに抹消される。もう誰も相手にしない。

「お母さんは？」と訊くと「ママいないから」というので、わたしは立ち上がって「すなばしよっか」と提案した。女の子は砂場に走り、スコップを選びはじめた。「あおない」たしかに青色のスコップはなかった。べつの男の子が使っていて、大きな山をつくっている。砂場の砂は乾いていて、ある規模以上の大きな山を作ろうとするとさらさらと裾に流れていくのだが、青色のスコップの男の子は自前のバケツのなかに水を溜め、適宜それを砂にふくませることでうまく山をかためていた。「あおすき」男の子は女の子がじぶんの持つスコップを求めていることに気づいた様子で、ちらりとこちらを見たが、そのまま作業に戻った。その山は砂場のなかで圧倒的に大きく、もう他の山に抜き去られる心配もない。二番手の山はもう完成といわんばかりに、山頂に木の枝が四本突き立てられている。「あおの」女の子はあきらめない。だが、男の子は断固としてスコップを手放そうとはしない。男の子も青が好きなのだろう、わたしもそうだった（いまは違うが）。しかし、女の子のほうがあきらかに年下だったので、スコップをゆずらない男の子にだんだん腹が立ってきた。わたしはまるで女の子の父親のような気分になって——というのは見当違いかもしれない。なにせわたしは父親であったことがないのだから、こういうとき、父親がどういう感情になるものか知らない。むしろ人のものを欲しがるこどもを叱り、我慢させるのが筋なのかもしれない。たぶんそうだろう。わたしが腹を立てているのは、どちらかといえば祖父的な立ち位置の感情なのかもしれない。ただ猫かわいがりすればいいだけの、育成の責任を負わない人間の甘さからくる感情。まあ、祖父になったこともないのだが——、「それ、ちょっと貸してくれない」とお願いすると、男の子は顔をひきつらせて無視を決めこみ、こわばった手で作業を次の段階へと進めた。真ん中にトンネルを掘りはじめたのだ。小さい男の子なんて大体こんなものだ。いや、おとなも似たようなものだろう。こどもにばかりゆずり合いの精神を説いて、おとななんて誰も何もほんとうにはゆずらない。わたしは無性に苛立ってきて、そのトンネルが完成した後、山を上から踏みつぶしてやろうと考えた。そのときの男の子の反応を想像するとわくわくした。わたしは女の子と一緒にべつのスコップでバケツに砂を入れながら（女の子は後でひっくり返して「プリン」にしようといっていた）、男の子の採掘作業を注視していた。だがトンネルが半分もできないうちに、金糸雀色の布製マスクをした細身の女性が「すみません」と叫びながらやってきて、女の子の左手をぐいと引っ張った。女の子はそれを嫌がって、右手に強い力をこめてわたしにしがみついた。その身体の小ささとあたたかさがわたしの胸をしめつけた。この女の子にとって一体わたしはどういう存在なのだろう。父だか祖父だかによく似ているのか、それともこの母親がシングルマザーで男性の家族にあこがれているのか、はたまた家庭内暴力でも受けているのか？　母親はもう一度「すみません」といって女の子を強引に引きはがし、逃げるように去っていった。去っていったといっても、公園のなかの赤いブランコに乗っていた。ブランコは四つあり、ほとんどつねに四つとも埋まっていた。うまい具合に空いた一つに乗ったのだ。女の子はわたしとの不本意な別れなどなかったかのように、母親に背中を押され、結んだ髪をじゃじゃ馬のようにはずませながら、大きな口を開けて笑っていた。それにしても――あの女の子にとってはすでに遠い過去でしかないとしても――、わたしは青色のスコップを持たせてやりたかった。ひとときだけとはいえ、わたしはあんなふうにぎゅっと抱きしめられ、ひとから必要とされた覚えがなかった。それなのに、わたしはスコップ一つ持たせてやることすらできなかったのだ。狂おしいほどの後悔がおしよせる。同じものを買って、あの女の子にプレゼントしてあげようか。そうすればよろこんでくれるだろうか。いや、よろこんでくれない。それはあきらかなことだ。あの女の子は男の子が持っていた青色のスコップを、今日のこの公園の砂場におとずれたまさにあの瞬間にほしかったのであって、同じものを違う日に、いや、たとえ数分遅れで渡したとしても、それはもう女の子の心をすこしも満たさない。わたしはあのとき、男の子を泣かせてでも青色のスコップを奪い取り、女の子に渡してやるべきだったのだ。しかしもう遅い。こうしてすべてが手遅れになる。わたしの横を、ストライダーに乗ったべつの男の子が、まるで川面をわたる鷺のように抜けていった。わたしのころにはストライダーなんてなかった。あったのかもしれないが、こんなに、公園の一風景として当然に受け入れられるほど一般的な乗り物ではなかった。男の子は琥珀色のヘルメットをかぶっていた。それは陽の光を浴びてかがやき、まるで頭そのものが宝石のようだった。あの男の子はこの先もきっとうまくいくだろう。

砂場の山はつぶれていた。青色のスコップは脇で寂しげに横たわっている。まるで一度も使われないまま捨てられたかのようだ。あの採掘作業員はすでにこども用の簡易ボルダリングに夢中で、その身のこなしはヒヒのように見事だった（というのも昨日、エチオピア高原に生息するゲラダヒヒとマントヒヒとを対比的に取り上げた映像を見ていたので、「猿」とは思わなかった）。わたしがすっかり怒りを忘れてその様子に見入っていると、とつぜん歌が聞こえてきた。憩いの場の老人たちが、声を合わせて歌いはじめたのだ。その声はとても優雅で気品にあふれていたが、どこか命をひきしぼるような苦悩をにじませてもいる。わたしはできるだけ離れようと思い、憩いの場の向かい側にあるあの黒い少女像を近くで観察してみることにした。台座の中央にはめこまれた大理石には「くつろぎ」という作品タイトルが彫られている。なるほど、いわれてみれば少女のゆるやかな三角座りはまさに「くつろぎ」をあらわしている、と納得しかけたが、ここに「くるしみ」とか「にくしみ」とかそんなことばが置かれていたら、この像はそれなりの意味をあらたに担うことになるだろう。作者の名前は台座裏の隅に小さく彫られていた。《Ｒ・ＮＡＩＴＯ》調べてみると内藤竜太郎という作家で、彫刻だけでなく絵のほうもやっている、というよりむしろ絵のほうで有名な作家のようだった。かれは十九歳のころから四十年以上スペインのマドリードに住んでいて、若いころはほとんど人体デッサンの修業に時間を費やし、自信を持って作品を制作できるようになったのは五十歳を越えてからだという。スペインで描かれた絵のうち、ゆたかな髪をまくらに遊ばせてねむる女と、ベッドに腰かける肥った裸婦の後ろ姿の絵が気に入った。「ギリシャ以来の古典的な人体美」を追求したという彫刻作品については、わたしがインターネットで確認できる範囲では、あまり好きになれるものがなかった。

当の少女像もまた、わたしに深い印象を刻みこむようなものではない。少女の表情はどこかいびつで、一つに結んだ髪の先はばっさりと、まるで母親が考えなしにやったかのようにまっすぐ切り落とされている。上はTシャツ、下はスカートを着用しているようだが、その質感ものっぺりとしていて、まるで身体に後から線を入れただけのように見える。頭はところどころうっすら白くなっていて、よく見ると鳥の糞がこびりついている。いつつくられたのかも判然としないこの像は、まだ腕を磨く前だった内藤竜太郎の習作にすぎないのか、それとも長い年月によって風化したものなのか、とにかく多くの人間が魅力を認めるものとはいいがたい状態にあった。タイトルの彫られた大理石板の下には茶褐色の液だれの跡が幾筋も走り、その中央からは劣化した家の基礎にひっそり入るようなひび割れが放射状に広がっている。見捨てられたようなこの少女像とは対照的に、周辺を取り囲む灌木はきっちりと手入れされ、雑草もていねいに刈り取られているので、そちらの背景のほうがむしろ作品なのではないかと思えるほどだ。しかし、わたしはこれまでに彫刻を見る目を養ってきた人間ではまったくないのだから、スペインで長い下積み時代を過ごした（あるいは過ごすことになる）男の作品に宿る魂を、十分に感じ取れないだけなのかもしれない。そもそも、わたしがなにかの彫刻を見て感銘を受けるようなことが一度でもあっただろうか？　どう探してみてもインターネット上に「くつろぎ」は見つからず、世間の評価を参照することもできなかった。ふたたび作者のほうをくわしく調べると、内藤竜太郎はずっとスペインのマドリードにいたわけではなくて、マドリードのプラド美術館でまず六年間修業して、そこから北西約五十キロの田舎町エル・エスコリアルに二十八年住み、その後にまたマドリードに戻ってきたようだった。エル・エスコリアルにはフェリペ二世が父カルロス一世のために建てた巨大な修道院兼宮殿があり、王家の霊廟にもなっている。装飾を極力排したエレラ様式の建造物で、夏には王家の避暑地として使用され多くの宮廷人でにぎわった。内藤竜太郎はその無骨な花崗岩とスレートぶきの黒屋根でできた幾何学的建築が自身の制作に与える霊感を頼った、というわけではなく、現地で知り合った日本人の恋人の意見にしたがってマドリードから居を移した。彼女は日本にいるころからエル・エスコリアルの自然にかこまれながら農作物を育てる田舎暮らしにあこがれていて、そのためにスペイン語を学び通訳として働いていたほどで、仕事の多いマドリードを離れる決心はなかなかつかなかったが、夫の作品が売れるようになったのを機に転居を決断したのだ。そのころ内藤竜太郎はすでにじぶんの方法論を確立していたから、特に制作の場所にこだわりがなくなっていて、地価の安いエル・エスコリアルで大きなアトリエを借りるのも悪くないと考えた。事実、かれの代表作といわれるもののほとんどはそのアトリエで制作されたものだ。十九歳で言葉も満足に話せないまま単身スペインにわたり、芸術一本で身を立てるまでになった内藤竜太郎の情熱を思うと、畏敬の念を抱かずにいられない。わたしがかれの作品を前にして何も感じることができないのは、わたしの知識不足以前に一人の人間としての熱量、つまりかれに共鳴できるだけの活力が足りないからなのかもしれない。この人生でわたしは一度も海外に出たことがない。これからも出ないだろう。飛行機に乗ったのは両親に連れられて九州を旅行したときだけで、一人でチケットを取ったことすらない。スペインなんて想像もつかない。マドリードで過ごすなんて信じられない話だ、ましてやエル・エスコリアルだなんて！　わたしは「くつろぎ」の少女像がだんだん大きくなっていくように感じた。実際、それは大きくなっていた。同時に少女像のあどけない横顔がすこしずつわたしのほうに向けられてくる。目を合わせるとまずいことになりそうだったが、金縛りにあったように動けなかった。少女像はまわりの灌木を見下ろすほどに巨大化し、首をついにわたしのほうに九十度曲げた。そして黒ずんだ目に悪意の光が宿ろうとしたまさにそのとき、またゴムボールが転がってきて台座にぶつかり、ポーンとはね返った。その瞬間に金縛りがとけ、わたしはゴムボールのほうに目を移した。ゴムボールはオレンジ色ではなく赤に戦隊ヒーローが描かれたもので、「エア・ケイ」の使い手とはまた違う男の子が追いかけてきた。わたしはゴムボールをインサイド・キックで蹴り返したが、ていねいに蹴ったはずが大きく左に逸れてしまい、男の子は「なんで！」と怒鳴ってゴムボールを追いかけていった。わたしはあの男の子のなかで、無意味ないやがらせをするおとなとして、しばらくのあいだ記憶に残るだろう。わたしのなかに残る両親や叔父のように、許しがたいものの象徴として、もしかしたら何十年も残り続けるかもしれない。男の子に弁明したほうがいいだろうか。わたしはボールをきみに向けて蹴ったつもりだった、すこしねらいが狂っただけなんだ、決してわざとじゃない、思えばむかしからそうだった、思いどおりにボールがいくどうかは、蹴っても投げても博打みたいなものだった、もともとわたしはそういう人間なんだ、わかってくれるね？　しかし、そんなことをいちいち話すおとなのほうがよほど奇異な印象を長く残すだろう。男の子はゴムボールを——べつにタッチラインがあるわけでもないのに——スローインのようにして友だちに投げつけ、簡単にキャッチされていた。少女像はもとの姿に戻っていた。

　憩いの場では老人たちの歌が続く。みんな厳しい人生の過程がきざまれた首をぴんと伸ばして、あのブランコに乗っている女の子と同じくらい大きな口を開けている。目をうっとりとさせて、歌っているあいだだけは残酷な時の流れから逃れられるとでもいうかのようだ。わたしはその集団が気になってきた。正確にいえばはじめから気になっていたが、行動を起こさずにいられないほど気になってきた。近づいて、

近づいて、缶コーヒーをもう一本買い、ベンチに腰かけて、プルタブをゆっくりと開けた（指は無事だった）。歌は何なのかわからなかった。とんでもない大音量で、公園のこどもたちの親はおそらく迷惑がっているはずだが、まるで老人たちなど存在しないかのように振る舞っている。老い先みじかい人間の楽しみなのだから目を瞑ろうというのか、こんな公共の場で絶叫している頭のおかしな連中とはかかわらないでおこうというのか、とにかく見て見ぬふりをしている。もうすこし静かにしてもらえませんか？　そう声をかける人間があらわれれば、老人たちはいやな顔をするだろう。お前らのガキどもの騒音よりよっぽどましだ、と怒鳴り返すかもしれない。しかし、老人たちの存在を認めているぶん、その警告者がもっとも老人たちにやさしいのだ。繰り返しいうが、多くの人間は、厄介なものや対処の仕方のわからないもの、あるいは取るに足りないと判断したものに対して、存在を抹消するという方法をとる。じぶんの意識の外に追いやる、つまり殺してしまうのだ。おそろしいことだが、そういう心無い差別主義者ほど、あらゆる存在を尊重しているかのように振る舞うのがうまい（といっても、これはわたしの経験からくる実感にすぎない。しかしこの実感は容易にはくつがえらない、あなたのあらゆる経験的実感と同じように）。そうして本心と振る舞いの剝離をものともしない非人間的な人間が勝ち残っていき、世の中はどんどん非人間的なものになっていく。非人間的なこの世界からこぼれ落ちるひとのほうが、きっと人間的なのだ。だが、人間的であることにいかほどの価値があるのか、わたしはうまくことばにできない。そもそも人間の定義もはっきりしない。これはきっと一生をかけて考えるべき問題だろう。いまのところ、わたしは「親切」ということばをその定義のなかに組みこみたいと思っている。老人たちの歌が力強さを増していく。凛々しさのなかに恍惚を秘めた顔が若わかしくかがやいている。声に拭いがたくふくまれる苦悩を一度飲みくだしてしまえば、それはやわらかな悲哀をたたえたすばらしいパフォーマンスといえた。じっと耳を澄ますと、曲はどうやら古い時代の宗教音楽のようだ。わたしは宗教なんてまったくふざけた迷信の一種だと考えているし、どれほどむごたらしい目に遭ったとしてもそんなものにすがりつく気はない（なぜならわたしはこどものころ、親の入っていた仏教の一宗派の経典に興味を持って、唱えるだけで現世利益があるとされるマントラを真剣に唱えていた時期があったが、その効果はまったく感じられなかった。小学校ではろくなことがなかった。わたしは何百もの靴底にひどく踏みにじられ、アスファルトにぺしゃんこに張り付いた犬の糞、あの黒ずみに意志がやどった卑小な存在という感じだった。そのころわたしはサッカー部で、いまも忘れないのだが、小さな長方形のコートに簡易ゴールをつくって一対一でボールを取り合う練習があり、キャプテンと対峙したことがあった。そのとき、わたしは一つだけ覚えていたフェイントを使って、めずらしく勝利をおさめようとしたのだ。それで焦ったキャプテンは身体を無理に切り返し、バランスを崩して転んでしまった。たぶんひざかどこかをすりむいていたと思う。わたしはそのままボールを転がして勝ってしまうのはよくないと考え、キャプテンに手を差し伸べた。「大丈夫？」するとキャプテンは目を鋭く光らせてわたしからボールを奪い取り、さっさとわたしのゴールに蹴りこんでしまった。わたしは茫然と立ち尽くした。まわりのみんなは何もいわなかった。「ぼんやりするな！」やがてコーチがわたしのほうを叱責した。わたしはこれはあきらかにかれらが間違えている、いつかじぶんが正しかったとわかってもらえる日がくると思ったものだが、いま結果を見ても——あの冷徹な、大企業で課長を務めていたコーチもふくめ——かれらのほうが圧倒的に成功していると認めざるをえない。もちろん、ここでいう成功とは世間一般にいわれるような社会的・金銭的成功のことにすぎないが、結局大多数の無才の人間はその路線と縁を切れないのだから、「大丈夫？」なんて訊いていてはだめなのだ。少なくとも本気で訊いているうちはだめだ、踏みにじられるだけだから。まだ勝負はわからないとか、最後には善人がむくわれるとか、徳を積めば幸福な来世が待っているとか、そんな空疎なおためごかしは聞き飽きた。だいたい輪廻の思想なんていうのも人間をしゃんとさせるためのトリックにすぎないから、わたしが語るのはあくまでもこの生についてのみなのだが、あの良心のかけらもない輩がこれから考えうる最悪の展開をたどって死んだところで、もはやわたしの生の総体を下回ることはない。やつらの貯金はすでに莫大なのだ。ひとを傷つけるな、ひとのために生きろ、利他の心を忘れるな……そんな戯言を純粋に信じるやつから順にやられていくのだ。たんにわたし個人の力不足だといわれれば、返すことばはないのだが）のだが、その歌にはどこか耳慣れない響きがあった。具体的な説明を試みると、それはソプラノが主旋律を歌って、アルトやテノールやバスがハーモニーを添えていくかたちをとっておらず、すべてのパートが主体となって平等に響き合っている。どれほど懸命に生きていても命の価値が避けがたく序列化されてしまうこの俗世から、その歌はたしかに遊離しているのである。それぞれの個性を発揮するためではなく、神のため、人びとの慰めのために歌われている歌、歌う者らの個としての輪郭を溶かし、人間そのものの本来持つ大きな慈悲の心を浮かび上がらせる歌、そんな荘厳な印象をわたしは受けた。わたしが歌をいいと思ったのは（ほとんど幼いころの洗脳といえる松田聖子とＣＨＡＧＥ＆ＡＳＫＡをべつにすれば）はじめてのことだった。とはいえ、わたしは歌自体をそれほど聴いていないから、他にもいい歌がたくさんあるのかもしれないが。

　歌唱が一段落すると老人たちのうちの一人が立ち上がり、「すこし最後のきまりが悪かった」といった。「誰か、心が迷子になっているひとがいるね？　それが歌に出ている。一人がそうだと、ぜんたいがそうなる。自然の調和が失われる。歌うときにはじぶんを楽器だと思いなさい。そうして美しい倍音を響かせ、天使の歌声を出して、神と会話する。それが真の音楽ですから」すると老人たちはみなふかくうなずき、一斉に目を閉じて、両手を妙な具合に動かし始めた。だいたいみんな左の掌を受け皿のようにしてふともに置き、右手の人差し指と親指でそこから見えない砂粒をつまみ上げる、あるいは糸を引っ張るような仕草をしている。その静かな儀式を見ていると、老人たちが周囲の樹木と一体化していくような奇妙な感覚におそわれ、その頭上にほんとうに神があらわれ出るのではないかとさえ思った。しかし、こちらがぼんやりとではなく、注意力を集中させて観察してみると、やはりそのなかには神との接触を目指すのでなく、じぶんの歌を評価されたいとか、孤独をまぎらわせるためにこの場にできるだけとどまっていたいとか、集団のなかで重要な役割を果たして認められたいとか、そんな我欲のようなものが臭気として感じられてきた。しかしその我欲もまた、残りの人生のみじかさを予感してか純粋で切実なものに思えたから、わたしはそれほど悪くとらえなかった。

　老人たちが長い儀式を終え、やっと発声練習をはじめようとしたとき、三人の男の子がすばやく走りこんできた。そして老人たちをまるでバリケードのように扱い、水鉄砲というよりはウォーターガンと呼んだほうがふさわしそうな、加圧式の銃器による激しい撃ち合いをはじめた。老人たちはおおむね鷹揚にほほえんでいるようだったが、男の子の放った銀色にきらめくひとすじの光線がある老人の肩に命中すると、その老人はアクション映画でもなかなか見ないような流麗な身のこなしで、仲間たち数名の頭上をかるく飛び越えて犯人の腕をとらえ、ウォーターガンを一瞬ではたき落とした。絶句している男の子のもとにすぐ父親らしき人間が飛んできて謝罪を繰り返し、こんどひとに迷惑をかけたら二度と水あそびはさせない、と強い口調でこどもを叱責した。男の子は肩を落として父親らしき人間と去っていった（他の銃撃仲間はいつのまにか姿をくらましていた）。そしてわたしには、この老人たちがもともとは軍隊の優秀な兵士あるいは傭兵で、かつて戦争で殺めた魂への贖罪のために歌を天に届けているのではないかという考えがよぎった。そうでなければ、あんな異様な跳躍はありえない。それとも、あの一人だけがたまたま高跳びの有力選手だったとか？　老人たちはその後、ふたたび歌に集中することは不可能と判断したのか、日常の健康法について語りはじめた。緑茶であるとか、サプリメントであるとか、散歩であるとか、ストレッチであるとか。ストレッチ万能主義者の老人がおもむろに指を差した先には、ステンレス製と思しき半楕円形の器具があった。案内板には《腕で支えながら、アキレス腱のストレッチができます。》と大きく書いてあり、正しい使い方（両腕で半楕円形の器具の両端をつかみ、身体を支えながら足を前後に開いて腱を伸ばす）がやさしげな老人の絵でしめされている。しかし実際のその器具には、黒いキャップをかぶった筋肉質な若い男がだらしなくもたれかかっていた。やがて男は右手に持っているスマートフォンから目をそらさないまま、左足のかかとを器具に載せてストレッチをはじめた。それはあきらかに想定されているのと違う使い方だし、ほんらい手を載せるところに靴を載せるのは不衛生だろう。わたしはすぐ横に掲げられたことばすら読もうとしない、あるいは読んでもしたがおうとしない男の傲岸さに腹を立てたが、じつのところ、男の若さや見栄えよく盛り上がった筋肉に比べて、肺病病みのように貧相なじぶんの身体が情けなく思え、それを覆い隠すために怒っているような気もした。黒キャップの男は左右の足をその誤った仕方で念入りに伸ばし続ける。それに苛立ちながら非難の視線を送り続けていると、だんだん男と器具が一体化しはじめ、その身体が金属の質感をえて、まるで男もふくめて一つのオブジェであるかのように見えてきた。男の誤ったストレッチ方法はじつはわたしの、あるいは器具製作者の固定観念をくつがえし、器具そのものの可能性を押し拡げる画期的な提案なのではないか？　男は次に両手で器具をぐっと持ち身体を浮かせて、両足をまっすぐ前に突き出した。腕と腹に負荷をかけるスタイルで、かたちがほんとうにピタリと固定されて崩れないので、それはだんだんアメリカの建築家フランク・ロイド・ライトの設計した落水荘という邸宅に見えてきた。わたしはべつに建築にくわしくないが、フランク・ロイド・ライトについてはむかし大学の知り合いが熱っぽく語るのを聞かされたことがある。おとなしい人間だったが、酒を飲むとよくしゃべった。七年前に死んだようだが。かれが一番好きだった建築がそのピッツバーグ郊外にある滝の上につくられた落水荘で（そういう人間は多いと後からわかったが、わたしには建築を語る知り合いがかれしかいなかったので、かれのことをものすごい知識人だと思っていた。「落水荘」とか「カウフマン邸」とかいわれるとわたしは簡単に幻惑されてしまったものだ。かなりメジャーな建築だと知ったいまでも、これはかれが目をつけてこっそりわたしに教えてくれた秘密の建築である）、それは片側だけが固定されて反対側は宙に浮いている片持ちの梁、いわゆるキャンティレバー構造を多用しており、男の足がまさにその建築の浮いた部分のようなのだ。男がそのまま長い時間耐えているので、わたしはすっかり感心してしまった。

　とつぜん合唱団の老人が一人駆け出していき、黒キャップの男に注意をはじめた。話の内容はよく聞こえないが、器具の案内板を指さしているので、たぶん使い方をとがめているのだろう。しかし男は反抗のまなざしを見せている。一人では厳しいと判断してか、合唱団からもう一人老人が加勢して追撃をはじめたが、男は謝ろうともそこから移動しようともせず、もう一度見せつけるように足のかかとを器具に載せた。そのとき、合唱団から第三の刺客が弾丸のように飛んできて、男を器具から思い切り突き飛ばした。男は三、四メートルほど地面を転がって、それから右腕をおさえた。刺客を見るとあのウォーターガンをはたき落とした老人で、わたしはさきほどはかれの身体能力におどろいてよくわからなかったが、これはふつうに暴行だと思った。ウォーターガンのときにしても、ことばで諫める前にいきなり手を叩いたのだったし、いまも二人の老人が先に話してはいたが、当の老人はひとことも発しないまま男を突き飛ばしたのだ。男は腕をおさえたまま去っていった。老人たちはつやつやした誇らしげな顔で合唱団に戻ってきて、男の悪口をいいあってよろこんでいる。あんな人間がいるから社会がいっこうによくならないとか、国は若者の教育に失敗しているとか、むかしはもっとみんなが規律や品格を大切にしていたとか。そこにはじぶんの正しさだけを信じるいやらしさと貧しさがあった。指導者と思しき老人に一縷ののぞみをかけたが、やはりかれもあの暴力漢としたしげに話している。わたしはすっかり失望した。かれらが神との対話を成し遂げる日はこないだろう。神に触れたと感じる者がいたとしたら、その神はじぶん自身だろう。

　わたしは急激に合唱団への興味を失った。というよりはじめに歌をいいと思った、あの印象が完全にだめになってしまう前に、かれらを視界から遠ざけようと思った。結局どんなものでも、近寄りすぎると幻滅するものだ。缶コーヒーのわずかな残りを飲み干そうとすると、あの暴力漢がこちらをにらんだ気がしたので、わたしはばねに弾かれるようにしてベンチから立ち上がった。そのときすこしめまいがした。日差しが強かった。四月だった。しかし何日だったか覚えていない。日付とは無縁の生活をはじめて長い。だが、この時期にしてはさすがに暑すぎるように思った。うだるような、といってかまわないだろう。わたしは白いシャツの上にネイビーのジャケットを羽織っていて、それは朝出るときにすこし肌寒さを感じたからだが、いまとなっては後悔の種だった。なぜこんな季節外れのものを……脱いで手に持つか背中のリュックに突っ込むのが正解なのかもしれないが、手に持つと邪魔になってすぐ帰りたくなってしまい、その後部屋で何もおもしろいことがなくて、ねむくなるまでずっと途方に暮れるはめになるのが目に見えているし、リュックはあまり大きくないうえ、なかに水筒と空の弁当箱が入っていて、さらに四冊の分厚いハードカバーの本――それは何年も前から必ず読破しようと決意しているもので、出かけるときにはいつもすべて持ち歩き、気分に合うものを選んでなんとかページを繰り進めようとするのだが、いつも五ページ足らずで挫折し、次に開いたときには前回の内容をすっかり忘れていて、場合によっては前回読みはじめた箇所よりもさかのぼって読み直す、そんなのんきな調子でやっているものだから、携行せねばならない本は一向に減らない――が容積の半分くらいを占めているので、そこにジャケットを突っ込むとなるとかなり小さく折りたたまねばならず、いやなところにしつこい皺が入りかねない。わたしは家事のなかでアイロンがけが二番目にきらいなのだ。想像するだけで気が滅入りそうだったから、ジャケットを羽織っていてもおかしくない気温に下がる夕方まで、額の汗をぬぐいながらでもねばることに決めた。ハンカチはいつもズボンの左ポケットに入れているのだ。

　憩いの場の属する公園のエリアから、池のまわりをぐるりととりかこんだ、ちょっとした植物園になっているエリアへと移動してみる。それは簡単だった。わたしはベンチから三十歩も歩けば、もう色とりどりの花が咲きこぼれる池の周縁にたどりついていたのだ。すぐに目についたのは、池を横断するように空を泳いでいる無数の鯉のぼりの姿だった。いや、無数ということはない。大小あわせてだいたい五ーほどだと思う。鯉のぼりは英語で何というのだろう、不意にそんな疑問が浮かんで調べる。Carp streamer. それは壮観だった。こどものころ、どこかの巨大な川沿いにこんなふうに鯉のぼりがたくさん泳いでいて、よく車で連れて行ってもらったことを思い出した。車ではいつも松田聖子かＣＨＡＧＥ＆ＡＳＫＡが流れていて、でも父も母もそれほどファンではないといっていたし、実際にファンではなさそうだった。父が好きなのはロックバンドのＫＩＳＳなのに、車で流れたことは一度もなかった。少なくともわたしが乗っているときには流れなかった。たぶん母がいやがったか、こどもに聴かせる音楽ではないと思ったのだろう。母は西城秀樹が好きだったが、西城秀樹の音源は家に一つもなかった。よくわからないが、それでも母は一番好きなのは西城秀樹だとずっといっている。若いころには郷ひろみ派の友だちとレコード大賞をめぐって大喧嘩になり（一九七九年の第二十一回レコード大賞において、母は西城秀樹『YOUNG MAN(Y.M.C.A.)』が海外作品のカバーであることを理由にノミネートされなかったことに憤りを感じていた。結果的に西城秀樹はその年最大のヒット作ではない『勇気があれば』でジュディ・オング『魅せられて』と争わざるをえず次点に終わったのだが、母は広く人びとを励ます普遍性を持つ『勇気があれば』も『魅せられて』をはるかに上回る傑作だと考えており、それに対して郷ひろみ派の友だちは圧倒的に『魅せられて』の現実的な抒情に分があると主張してゆずらず、冗談らしくはじめられた対話が激しい口論に発展したという。一応わたしの考えを述べるとするなら、どちらかといえば母の意見を支持する。西城秀樹『勇気があれば』のメッセージをわたしなりにまとめるとすればこうだ。「人生の価値は勇気の量できまる」。わたしはこの思想に賛成ではないが、賛成するひとがいることは否定しない。そこにはたしかに一つの思想としての手ざわりがある）、絶縁にいたったことがあるといっていたが、たぶんかなりの部分はうそだろう。母はなんでもおおげさに話すし、根も葉もないことをすぐにでっちあげる。べつに家族相手にうそをついて盛り上げる必要もないのに、すぐにそれとわかるうそが多かったから、わたしはぜんぜん母の話をまともに聞かなかった。これからも聞くことはないだろう。そしてそのままどちらかが死ぬのだ。べつに寂しいとは思わない。相手をじぶんの信じる正しい鋳型にはめこんで矯正したいとは思わない。されたくもない。あなたのためを思って、あなたのためを思って。みんなそういう。そしてそれらは一つ残らず「じぶんのため」なのだ。Carp streamer. 小さなころは年に一度ではきかず、同じ年のうちに何度も見に行かせてもらった気がする。確実とはいえないがたぶんそうだ。写真も撮ったと思う。実家のアルバムにはその証拠品がおさめられているだろう。してみると、じつはそんなに悪いこども時代ではなかったのかもしれない。ごく一般的な家庭で、一般的な愛を与えられて育ったのかもしれない。しかしわたしはあのオムツのイメージを払拭することができない。オムツのイメージのたしかさに対して、鯉のぼりのイメージはおぼろげなものだ。うれしかったとか楽しかったとかいう心の記憶がない。あるのはただ行ったという事実の記憶だけだ。オムツの取れないじぶんを馬鹿にした父と叔父の黄ばんだ歯、母の怒りに震えた唇は触れられるほど仔細に思い出せるのに。これだけはっきりと像をむすぶものが偽の記憶だということは考えにくい。だが、どんな過去も訂正の余地がゼロということはない。時はすぎた瞬間にフィクションとなるのだから、人間の記憶がいかにあてにならないものか、それだけはしっかり認識しておかなければ。あのうそつきの母も、いつだってたしかな記憶をもとに話しているふうだったではないか。もしかすると、母にはうそをついているなんて感覚はなかったのかもしれない。とするとわたしのほうでも、オムツの話なんて頭が妙な誤作動でつくりだした夢みたいなもので、親にすこし訊いてみればまったくそんな事実はなくて、わたしが三歳のときに親戚が実家に集まったことは一度もないとか、そのころにはほとんどトイレ・トレーニングが済んでいたとか、そんな驚嘆すべき真実に突き当たるのかもしれない。真相究明のための努力ぐらいはすべきだろうか？　だが母は頼りにならないし、父とはまともに話したくない。父はわたしのことをなめているし、そういう人間と話してもろくなことがない。やはりすこし親の顔を思い出しただけで、オムツのことが頭に浮かんで吐き気がする。二人ともさっさと墓に埋まってくれるといいのだが。そうしたらわたしは寺に払う管理費なんてぜんぶ滞納して、きっぱりと連絡を絶ってやろう。墓なんて知ったことじゃない（さいきん三百万円払ってあらたに建て直したようだが、一人息子であるわたしは承継者として名前を彫りこまれることを拒否した）。先祖が墓にいるのだとすれば、そして坊主どもがいうようにわたしを守護してくれているのだとすれば、それはあまりにも無力な霊だといわねばならない。これでわたしが何かから守護されているなんてありえない。この人生に何か一つでもご加護があったなんて、誰にもいわせない。

風がやんだ。暑さは耐えがたかった。ダラリと垂れた鯉のぼりを眺めながら歩いていると、「ようこそひだまりの森へ」と書かれた扇形の、一文字ずつ色が異なるカラフルな看板があった。その下には竹を組み合わせてつくられた大きなト音記号が飾られ、まわりを赤と紫と黄色のパンジーが華やかに彩っている。その左右には木彫りのかわいらしいねずみが一匹ずつ置かれている。しかしよく見ると目の部分がゴムパッキンで作られていて、ゴムパッキンの目だと考えると、どうもおそろしくなって顔を背けてしまった。もっと良い素材があったはずだ。それにしても、わたしはこどもたちが遊んでいる公園のほうから入ったのだが、正規の入り口はこちらだったのだ。なるほど、こちらには看板を中央にして二手に分かれた幅の広い階段があって、上から人がゆったりと下りてくることができる。どうやら外には大きめの駐車場も用意されているようだ。わたしは縦列駐車しかゆるされないちゃちな駐車場のあるところの、植え込みの隙間につくられた道とも呼べない道から入りこんだのだが、やはりあれは裏口だったのだろう。さらに進むと池にせり出したテラスのような場所がいくつもあり、一つ目のところにハトがいて、女の子がエサをやっている。ハトはエサを食べていて、わたしは池をのぞきこんだ。おびただしい数の鯉がひしめきあって口をパクパクさせている。女の子はハトにはエサをやったが鯉にはやらず、そのまま満足そうに歩き去った。わたしは鯉を見ていた。群れをなして水面にぬらぬら光る背中や顔を次つぎ露出するその光景は、かたちを絶えず変える一つの大きな岩のようだった。視線を上げると鯉のぼりがまた春風に吹かれ優雅にそよぎはじめており、とてもではないがこの足下の、グロテスクな食糧争奪戦を繰り広げる生物をモチーフにしたものとは思えなかった。しかし、それは生きていないからだろう。生きていなければなんでもできる。生きているものはみんなこの鯉のようになる。一つのかたまりのようでいて決してそうではない、そういう化け物になるのだ。

どこからかお経のようなものが聞こえる。それはわたしが実家でむかし唱えていたマントラとか（いまではもう唱えない。いくら唱えても意味がなかったから）耳なじみのあるお経とはあきらかにちがって、かなり独特の節まわしが感じられる。フランス語のようにも聞こえる。どうやら二つ先のテラスに座っている二十代なかばぐらいの男が声の主で、ライトグレーのノートを開いて一心不乱になにかを書きこんでいる。声はだんだんラップのような調子に変化し、「そんなにはやくしゃべられると困るが」とか「どこ行こうにも車はねえが」とかそんなふうに聞こえ、かと思えばまたお経にもどっていく。その奥では男女二人が池を見つめながら熱心に絵を描いている。水彩絵の具が二人のあいだに置かれていて、水の入った小さなブリキ製のバケツがやや男寄りに置かれている。二人とも左手に親指を突き出すタイプの、人の顔みたいなかたちのパレットを持っている。わたしは高校を出てから一度も絵の具を使っていないことに気づいた。いや、高校で使ったかどうかもあやしい。中学では授業で何度も屋外に出かけて絵を描いたし、年に一度は写生大会があった。二年生のとき強風のなかで写生するはめになって、みんなやりづらそうでいやがっていて、わたしもそうだったのだが、風に吹かれている一本の何の木だったか、とにかく木を描いて、そのときの絵が賞をとった。何の賞かは忘れたが、けっこう大きな賞で立派な楯ももらった。でもそれはほんとうに上手だったというより、中学生らしい、こざかしい技術にたよらないいきいきした絵が描けていた、みたいな評価だったと思う。わたし自身はもちろんいきいきなどしていなかったし、わたしの性質はいつも絵に反映されていたと思うから、そのときほんとうにいきいきしていたのは、風なのだ。わたしは風に普段どおりの筆づかいを阻まれ、もうさっさと仕上げてしまおうという思いで一気に描いた、それが奏功したかたちになったわけだ。だから別に賞はうれしくなかった。みんなの前で楯を渡され、拍手されたときもうれしくなかった。誰もわたしの絵なんかに興味はなさそうだったし、先生からの賞賛のことばも形式的だった。わたし自身でさえ、その絵に価値を見いだせなかったのだ。そんなだから、絵を描こうなんて思い立ったことは一度もない。だが、こうしてひとが真剣に絵筆を握っている姿はいいものだ。心を打たれる。ひとでなくものに対しているとき、人間はリラックスしている。そしてものに、自然に近づいている。その様子をしばらく眺めていると、手前でお経とラップを自在に往来していた男が急に黙りこみ、電気ショックでも受けたみたいに立ち上がるのが見えた。そしてノートを丸めて尻ポケットに突っこみ、軽く踊るような足どりで出口のほうへ向かった。すると途中でノートが尻からバッタみたいに飛び出したので、わたしは男を追いかけながらそれを拾った。表紙の中央に鉛筆で小さく「言霊（集）」と書いてある。なかに一体何が書きこまれているのか気になり、悪いとは思いつつ無作為にページを開いてみると、左側に英語がぎっしり並んでいる。

I am : yet what I am none cares nor knows,
My friends forsake me like a memory lost;
I am the self-consumer of my woes,
They rise and vanish in oblivious host,
Like shades in love and death's oblivion lost ;
And yet I am, and live with shadows tost

Into the nothingness of scorn and noise,
Into the living sea of waking dreams,
Where there is neither sense of life nor joys,
But the vast shipwreck of my life's esteems;
And e'en the dearest --- that I loved the best ---
Are strange --- nay, rather stranger than the
rest.

I long for scenes where man has never trod,
A place where woman never smiled or wept;
There to abide with my Creator, God,
And sleep as I in childhood sweetly slept;
Untroubling and untroubled where I lie,
The grass below --- above the vaulted sky.

*

この英詩らしきものがかれ自身のことばなのか何かの引き写しなのかはわからなかった。たぶん引き写しだろう。わたしは英語をまともに勉強してこなかったが、この詩が人びとから冷遇されている人間の悲痛な叫びであることはわかった。And e'en the dearest---that I loved the best---Are strange---nay,rather stranger than the rest. これをわたしなりに訳すと、「親愛なる者たち――かつてわたしがもっとも愛した者たちでさえ、今ではわたしによそよそしい、いや、他人以上によそよそしいのだ」といったところだ。そして最後にはおそらく、創造主たる神とともに「男が踏み入れたことのない場所」に住み、誰にも迷惑をかけたりかけられたりせず、草をしとねに大空を眺めながら、安らかに眠りたいといっている。これはどこか身にしみる感じがした。わたしには神がわからないが、ある人間が神の救済を祈って涙を流しているとき、そこから神を奪いとるようなまねはできない。誰にもそんな権利はないだろう。神。神は存在するか？　あるひとは存在するといい、あるひとは存在しないという。神とは何か？　最高かつ完全なる実体？　無限なる実体？　この世界そのもの？　さまざまに考えられてきた神について、わたしはふかく検討する能力をもたない。一つ信仰を白状するなら、わたしはさんざんな日々を送りながら、世界の意味というものを信じている（人生の意味ではない）。それはそこに意味がないということに耐えられないからだ。世界の意味は世界の外部にあり、内部にはない。意味は外部から規定されねばならない。外部から規定されないものは意味ではない。わたしはその唯一の外部としての神を自然に想像して生きている。これはもちろん特定の宗教の神ということではない。神と呼ばなくてもいい。いわば「外部」という観念である。

　右ページに目をうつすと、正方形の囲いのなかに赤い蓮の花が描かれていて、その中心と周囲の八枚の花弁にそれぞれ神仏のようなものが一体ずつ配置されている。それは平安時代に空海が唐から持ち帰ったという、仏の慈悲や智慧を表した「胎蔵曼荼羅」の中心部（中台八葉院）のように見えたが、真ん中にいるはずの大日如来、つまり密教の最高本尊がおそらくはあの男自身の姿に似せて描き替えられている。周辺に配置される四如来・四菩薩もまたべつの何かに置き替わっているようで、そのうちの一体はおそらく北欧神話の主神オーディンであり、その下にはバラバラに解体され世界の「材料」となった原初の巨人ユミルが描かれている。もう一体はハワイ先住民の神のカーネだったかカナロアだったか、かつてわたしが土産でもらったことのある木彫りの人形に似ていた。他はよくわからなかったが、何にせよあの男はじぶんなりに世界をつくりなおそうとしているのだと感じ、わたしはうれしくなった。そうだ、世界なんて好きに読みかえてしまえばいい。一人ひとりが創造主となって、ぜんぶデタラメになってしまえばいい——そういう気分は悪くなかった。

いつのまにか男がかなり遠ざかってしまったので、ノートを閉じて追いかける。男の動きはリズミカルだが、進みは亀のようにのろい。わたしは簡単に追いついてノートを渡した。男は振り返って「あ、すみません！　どうもありがとうございます！」とハキハキいい、深ぶかと礼をした。その正統的な対応はあのノートからわたしが想像した青年のイメージと大きく剝離していた。中身を見られたかもしれないという動揺もなく、男は風のように去ってしまった。あの奇妙なお経（あるいはラップ）は何だったのか？　あのページにあの英詩を配置した意図は？　かれ独自の曼陀羅は何をあらわしているのか？　わたしは男を追いかけて尋ねてみることもできたかもしれない。だが、男がいくらていねいに解説してくれても、おそらくわたしに理解できることは少ないだろう。かれはかれのためだけの世界をつくろうとしていて、それはじつは絵やことばのなかにあるのではないだろう。

カメラマンが異様に密集しているところがあり、その対象は見えない。気にはなったが、絶対に見たいというほどではなかった。すぐ横でしゃがんでいるこどもが二人、「むしかくそ」といっている。よく見ると通路を歩くアリにどこからか集めてきた葉っぱをかぶせているので、「むし」とは「虫」のことだとわかった。わたしも虫は好きではない。できるなら隠してくれたほうがうれしい、いなくなるわけではなくとも。カメラマンたちが諍いを起こしはじめたのでまた歩く。しばらく行くと、背が低く弱よわしい、ほとんど葉のついていない若そうな木が、その見栄えとは裏腹にたいへん広く場所を取って展示されている。説明書きのタイトルには「ニュートンのリンゴの木」とある。どういうことだろう、ニュートンのあのリンゴの木と同じ種類の木ということか？　続きも読んでみると、このリンゴの木はニュートンが一六六四年に万有引力を発見するきっかけとなった、まさにそのリンゴの木の枝を接木して育った子孫であるというのだ。そんな馬鹿な、それほどすごいものがこんな、お世辞にも大きいとはいえない地方都市の片隅にあるはずがない！　だがニュートンのリンゴの木の子孫というものがどれほど貴重なのか、ぱっと聞くと貴重なように感じるけれども、それはじつはどこにでも生えているという可能性もある。それにしても、この木にリンゴが成るとは思えないほど貧弱なので、わたしはその生育に不安を覚えた。ニュートンといえばわたしの高校物理の成績は悲惨だった。というのも一年生のときに物理が必修だったのだが、はじめから文系に進むと決めていたので、赤点をなんとかクリアできるレベルまでしか勉強しなかったのだ。だが、わたしが理系を志し、受験に物理を使わざるをえない状況だったとして、物理をもっとよく理解して点数に結び付けられたかというと、まったく自信がない。わたしはいま手を抜いたようにいったが、思い返せばじつは必死でもがきにもがいて、それでやっと赤点すれすれだったのではないかという気もする。いずれにせよ、わたしに物理学の素養がないことはたしかで、ニュートンがリンゴの落下を見て万有引力を発見したということのすごさもいまいちピンとこない。だいたいそんな話がほんとうかどうかも怪しいところで、複数の文献にそうした記述があるにせよ、それが誰かのつくり話だという可能性は否定できないし、ニュートン自身がそれらしいエピソードを創作したということもありうる。万有引力の法則（F=GMm/r^2）というのはたんに地球の重力のことではなくて、質量を持つあらゆる物体が互いに引力を及ぼし合っていることを意味していて、その証明には惑星の運動についてのケプラーの法則や運動方程式が用いられる。そんな複雑なことがたんなるリンゴの落下によって発想されるのか、わたしにはやはり疑問だし、そう考えるとこのリンゴの木のありがたみもますますなくなってくる。万有引力の法則ということばを知らないひとはあまりいないが、その内容をほんとうに理解している人間は少ない。わたしもほとんどわからない。みんなリンゴのポップなイメージにだまされているのだ。わからないのにわかった気になってそれ以上考えをふかめない、そういうだめな人間がリンゴの力でどんどんつくられてしまう。この種の力は圧倒的だ。権力はそうしたわかりやすいイメージを利用し、大衆を真実から、あるいは忍耐を要する思考から遠ざける。複雑な事実を単純化するばかりか、じぶんに有利なかたちに変えて取りこみ吹聴する、それが権力の基本設計であり、そのミニアチュアがわたしたちなのだ。わたしたちは民主主義の真に求めるような理想的存在であることはできない。あらゆる情報を理性的に取捨選択し、じぶんのことだけでなく他者や公共の利益をも考えぬく、そんな人間はどこにもいない。ありえない。わたしたちは感情につきうごかされ、雰囲気に流されて何かを攻撃する。行為として表出するか認識にとどまるかの差はあれ、万人がなぜかそうせざるをえない。そうして雰囲気と雰囲気がぶつかり合い、数多の犠牲者を生んで闘争が終わるころには、結局じぶんたちが何の話をしていたのか、みんなすっかり忘れているのだ。こういう指摘をするわたしも含め、誰一人としてその力学からのがれることはできない。それは人間という種の致命的な想像力の欠如、あるいは公共性の限界をしめしているのではないか？　しかしこれを克服したとき、もはや人間は人間でなくなっているだろう。それは少なくとも現在の人間が人間と認識できるようなものではない、つくりそのもののまったく異なる未知の生物にちがいない。

　ニュートンのリンゴの木を眺めていると隣に男がやってきて、よれよれの薄緑色の無地のTシャツを着ている。下は黒いジャージを膝までまくり上げて、芥子色の汚れたサンダルをはいている。そして腕を組んでニュートンのリンゴの木を観察しはじめた。それは「観察」というのがもっとも適切であるような視線の動きだった。わたしはこの男に良い印象を持たなかった。というのも、先にいたのはわたしのほうなのに、わたしをひどく邪険にあつかうような、まるでわたしが観察の妨げだとでもいいたげな態度だったからである。途中で肘がすこしぶつかったので、わたしは小さな声で「あ、」といいながら頭をかるく下げた。しかし、ほとんどかれの領域侵犯によってぶつかったといえる状況だったにもかかわらず、まるで朽ちた材木にでも当たったかのような冷淡さで無視を決めこんだので、わたしは男のサンダルの上から足を踏みつけ、ひとことも謝らないで去ってやろうかと思った。そうすべきだ、こういう人間になめられてはいけないのだ、こういう人間に。わたしはそれで、むかし電車で鞄を両足に挟んで地べたに置いていたとき、ある駅でとつぜん人がたくさん乗りこんできて（後で調べたところ大きな野外音楽イベントの終演に重なっていたらしかった）、ちょうどアーティストのグッズの入った袋を持った女子高生（あるいはもしかすると中学生）三人組がわたしの近くに押しこまれてきて、そのうちの一人がわたしの鞄を蹴りながら「ウザ」「ウザ」と繰り返した日のことを思い出した。ぎゅうぎゅう詰めだったのでもはや鞄を引き上げることはできず、そのまま立っているしかなかったのだが、女子高生たちはあきらかにわたしのことを指して「クッサ」「頭おかしい」「キモ」等の罵詈雑言を吐き続け、わたしの鞄を蹴り続けた。たしかに鞄は邪魔だったかもしれないが、普段からその電車を使っているのはわたしのほうで、とつぜん日常を浸食してきたうえにひとの物を蹴って暴言を吐く、そこまでの権利が彼女らに付与されるはずはない。わたしはそう思って、何かいいかえしてやろうと頭をひねったのだが、結局三人の圧力に屈して何もできないままいつもの駅についた。電車を下りようと鞄をなんとか引っ張り上げたとき、女子高生はなにか叫びながら、わたしの尻を足裏で思い切り蹴って出口のほうへ押し出した。そうしてプラットフォームに出た後、わたしはかけていた眼鏡がなくなっているのに気づいて、予備の眼鏡やコンタクトレンズの用意もなかったから、その足でおそるおそる家までの長い道のりを歩くはめになったのだ。あのときのくやしさは忘れられない。いまでもわたしはあのとき、女子高生に猛然と抗議して恐怖を与え、わたしをあなどったことを一生後悔するまで追いこむべきだったと、燃えるような悔恨におそわれるのである。あの女子高生らがいまふつうに幸福な日常を送り、充実した仕事なり家庭生活なりを持っているのだとすれば、わたしはそれらのすべてを破壊したい。いま彼女らがどこの誰なのかわかるなら、最良の手段を考えぬいたうえで必ず息の根をとめてやる。やめなさい、怒りに怒りをぶつけても、負の連鎖が続くだけです。そんなことをいえるのはひとごとだからだ。親兄弟や恋人や親友や配偶者やこどもを惨殺されてもそれがいえる、そういう人間だけがそれをいえ。わたしはサンダル男に対してすこしずつ肘を突き出していった、やがてそれがかれの肘にふれた。かれはわたしの想定どおりまったく引き下がる様子を見せず、リンゴの木に執着を続けている。わたしは肘の触れ合った部分から相手に呪詛と殺意を流しこむイメージを浮かべた。相手は動かなかった。わたしはすこしずつ肘でかれを押しこむことにした。そして一秒に一ミリずつですらない、一ミクロンずつぐらいのつもりでゆっくりと押しこんでいった。かつて参加させられたセミナーで、交渉ごとをうまく進める技術の一つとして「じぶんの陣地を広げる」という話があったことを思い出す。講師はこういっていた。

「もしテーブルの上にそれぞれの飲み物が置いてあったら、その位置をすこしずつ相手のほうに動かしてみてください。気づかれない程度にゆっくり動かすんです、そうすると、相手は知らないうちにあなたから圧力を感じはじめます、そんな馬鹿なと思われるかもしれませんが、これは心理学的に有効な手段なんです」

ついにあのセミナーを活かすときが来たのだ、出席したときにはほとんど眠気と戦ってばかりで、会社への報告書をまとめるのにも苦労したあのつまらないセミナーが、時を超えてわたしに強力な武器を与えたのだ。わたしが肘をじりじり押しこみ続けると、ある時点でサンダル男があきらかに抵抗しはじめた。わたしにそれ以上押されまいと、腕に力をこめはじめたのだ、これはわたしにはうれしいことだった、わたしの行為が相手に影響を及ぼしている、不快感を与えている、それが確認できただけでわたしには痛快だった。しかしこのまま満足して引き下がってしまえば、またべつの後悔の波が押し寄せてくることは間違いなかった。じぶんと付き合って長いのでそのくらいのことはわかる。そうだ、これはじぶんとの戦いなのだ！　わたしがぐっと力を入れてじぶんの優勢をゆずらない意志を表明すると、かれはついにあきらめて腕を下ろした。わたしの胸は歓喜にはりさけんばかりだった。しかしその直後、かれはリンゴの木の前を去ると同時に、わたしの足を思い切り踏みつけていったのである。わたしは肘の押し合いの比ではない強い痛みを足に感じて、それでもなお上機嫌だった。サンダル男に大きな苛立ちを感じさせることができた、それはわたしの人生における、もしかしたらはじめてのたしかな勝利だったからである。わざとらしく肩をいからせながら歩くかれの後ろ姿には、負け惜しみや強がりの感じがあきらかに見て取れた。

　ひさびさに本調子が戻ってきた。植物たちはわたしの目にそれまでとまるで違うかがやきを見せはじめた。ゆたかな葉のあいだから咲きこぼれるツツジの花や、それに祝福され灰褐色の分厚い樹皮をほころばせるクヌギ、透きとおる緑が若わかしいシモクレンにハナスホウ、根元から傘のごとく枝を広げた美しいタギョウショウ、細い枝を救いの手のように優しくのばしたケヤキ、あかるい未来を宿すあどけない大葉をつけたトチノキや、その下でアメシストのように鮮やかに光る紫色のクロッカス――次々にあらわれるそれら生命の乱舞が、わたしには甘やかな幸福にみちた天上界の写し絵のように思われた。夢心地で歩いていると、わたしの期待に呼応するかのように天をつき刺す一本の大木があらわれた。それだけで人間を畏怖させるに十分なほど高くそびえるその木は、するどく伸びた先端で天上界に触れ、園内の植物たちをつうじてわたしたちにその様子を伝えてくれているかのようだ。品種を確認すると「イトスギ」と書いてある。わたしはその名称に覚えがあった。どこかで聞いたことがある。どこでだったか、なんの話のなかでだったか、わたしは頭をひねった。こういうときに自力で思い出すまでねばることが、脳に良い刺激を与えると母から聞いたことがある。ほんとうかどうか知らないが、わたしはなんとか記憶の鉱脈を掘り当てようと糸杉をじっと見つめた。異様な密度の緑でかためられた細く長い独特の樹冠。一度の機会をのぞいてはたぶん見たことがないかたち……そのまま三分ほど（もしかすると三十秒だったかもしれないし、十分以上だったかもしれないが）たったとき、わたしはさきほど熱心に水彩画を描いていた人びとを急に思い出し、写生大会で強風のなか木を描いていたじぶんを思い出し、続いて南仏サン・レミ・ド・プロヴァンスの壮大な自然が眼前にひろがるのを感じた。心のなかに風が吹いた。そうだ、わたしはこの木をサン・レミ・ド・プロヴァンスで見たのだ。それはゴッホの特集だった。わたしはその番組で、ゴッホが浮世絵や植物画など日本の絵画に強い関心を持ち、日本人の物の見方にあこがれていた（とはいえゴッホの「日本」が指すのは十九世紀、つまり江戸時代後期の日本に限られる。これは近代化への道をひた走る西洋を否定する核となるものを、その時期の日本のなかに見出したということだろう。結局のところ日本はその後「西洋化」され、後にまた江戸時代を「発見」することとなるが、日本人の考える江戸のほとんどは、かつて西洋が通過した日本趣味を媒介したものに他ならない）ということをはじめて知り、親近感を覚えた。そんなゴッホが晩年に心をとらわれていた対象の一つが糸杉であり、それは主たるモチーフとして選ばれ繰り返し描かれることとなる。あるときゴッホは弟テオへの手紙のなかで、生きていくにはじぶん以上に偉大なもの、生命力や創造力となるものがどうしても必要なのだと切実に訴えたが、糸杉はまさにそうしたものの象徴だった。わたしがもっともすばらしいと感じたのは、ゴッホが糸杉をモチーフに選んで間もないころ、一八八九年六月に描かれた『糸杉』という作品である。根元の黄色や黄緑色の草ぐさは主を支えるかのようにいきいきと生い茂り、そこから天に向かって一つ一つの葉の動的なうねりを力強くたばねながら、一本の樹木が荒あらしく屹立する。そこには生と死を丸ごと包摂してしまうような神秘的かつ暴力的な力がある。知る限りのすべてのゴッホの絵のなかで、わたしはそれが一番好きだ。糸杉はそれ以降も描かれ続けたが、後の『星月夜』や『糸杉と星の見える道』などの作品ではより現実から遊離した幻想的な糸杉が表現されており、わたしはそちらにはあまり衝迫力を感じなかった。有名なひまわりの絵も、ゴッホ流のけばだつような筆づかいで厚くぬりこめられた、すべてを黄色のバリエーションで描くという挑戦をふくんだ野心作だし、『アルルの跳ね橋』だって、洗濯をする女たちのつくる水面の波紋や橋をわたる馬車の動きが調和した、春の光にあふれたのどかな時間を鮮やかに切り取った傑作だろう。しかしわたしは、ひまわりや跳ね橋なんてただでもいらない。『糸杉』だけがほしいのだ。当の『糸杉』はニューヨークのメトロポリタン美術館に所蔵されていて、とても観に行くような金はないし、展示会かなにかでこちらに持ちこまれるのを待つというのも気が遠くなる話だ。かといってレプリカを買ってもつまらない。ならばいっそいまから絵画を徹底的に学んで、この目の前の糸杉をじぶん流に解釈して描きあげ、一つの生の指針として部屋に飾るというのはどうだろう？　その目的に向けた歩みがたとえ期待どおりの実りを見せなかったとしても、無為な生活に彩りを添えるぐらいの意味は持つはずである。わたしは公園のなかで無心になって絵を描いているじぶんの姿を想像した。それは悪くなかった。すぐにでもスケッチブックに試し書きをしてみたくなったが、そんな道具を持っているはずもないので、代わりに写真を何枚か撮っておくことにした。それをじっくり観察しながら部屋で模写の真似ごとをしてみるのも無駄ではあるまい。いや、まずはそこからはじめるべきだ。いきなり外で絵を描いたところで、へたくそだと笑われるにきまっている。ここはへたくそが容赦なく笑われる冷酷で夢のない世界だ。あらゆる場所で誰もが誰かを笑い、誰かに笑われている。懸命に生きるひとを笑うな、というあなたの声は必ずあなたに返ってくる。ここはそういう地獄なのだ。その種の自意識——ひとから笑われたくないという意識——がすでにもう「無心」からかけはなれている、といわれれば否定はしないが、地味な下積みからえられる一定の自信というものは、わたしのようなもろい人間にとって「無心」のための基礎なのだ。部屋で何度も何度もいやになるほど糸杉を描き続け、どこに出しても恥ずかしくないだけの技術を身につけて、そこから独自の方法論を編み出すことができれば——当然のことだが、モチーフが同じだからといってそれがオリジナリティを持たないということにはならない。過去の偉大な画家たちもまた、同時代あるいは過去の画家と同じモチーフを選んで、しかも独自の絵に仕上げている。たとえば印象派の先駆者ともいえるマネは、パロディ要素をふくんだ数々の傑作を残した。発表当時スキャンダルとなった裸の娼婦がベッドに横たわる構図の『オランピア』はティツィアーノ『ウルビノのヴィーナス』の変奏だし、ある人物が複数の兵士に銃で処刑されるさまを描いた『マクシミリアンの処刑』はゴヤの『一八〇八年五月三日』をもとにしている。しかしそれらはまったく別の作品といえる。ここでのマネの大きな試みの一つは、絵画の主題から意味や物語、感情を取りのぞいたことだ。マネはながらく絵画が担わされてきた役割、つまり鑑賞者の心を揺さぶり、なんらかの学びやよろこびを与えるという役割から、絵画を極限まで純粋な状態に還元することで解き放ったのである。かれの描く人物の空虚なまなざしはあらゆるアレゴリーを拒んだ末にたどり着いた究極の沈黙であり、もはやそこに読み解くべきものは何もない――、わたしはこの神話的風景にほんとうに溶けこみ、誰をも魅了してやまない至高の『糸杉』を描きだすことができるのではないかと思った。時間ならたっぷりあるのだ。多くの人間がなにも成し遂げられずに死んでいくのは、時間がないからだ。人生の価値を勇気やら挑戦やらが高めるように見えるのは、時間がないからだ。わたしにはそれがある。そうだ、この糸杉を終生のテーマに据えて、死のその瞬間まで、莫大な時間を費やして描き続けてやろうではないか！　そう思ったとき、わたしの隣にあのピンクのパーカーの女が上機嫌で現れて、糸杉を見上げてヒューと口笛を吹き、それからさっさと行ってしまった。わたしは糸杉なんてどうでもよくなって女の後ろをついていった。女はパーカーから日焼けした長い脚を直接生やしていて、黒いエナメルのハイヒールをはいている。そして「カロライナジャスミン」と書かれた板のとなりにある銀色のボードに着目して立ち止まった。わたしもすこし離れてそれを読んでみると、「この園路は」からはじまる文章が黒い文字で記されているのだが、それらはすっかり剝げ落ちてしまっていてほとんど読める状態になかった。どういうわけか、他と違う方法で書かれたわけでもなさそうなのに「制限」という文字だけが濃く浮かび上がっており、もう一つ、「制限」よりは薄かったが「視野」と書いてあるのは間違いなかった。また女についていくと遊具のあるエリアに戻ってきたので、憩いの場を見てみると合唱団の人間はもうどこにもおらず、ただ一人誰かの父親らしき男がわたしの座っていたベンチに座り、いまにも息絶えそうな土色の顔で電子煙草を吸っていた。その男のうすらぼんやりした視線の先には黄色い砂利のしきつめられた長方形のスペースがあり、そこに「おねがい」と書かれた真っ白な板が突き立てられている。

一、公園は、美しく、きれいにつかいましょう。
二、公園は、みんなでゆずりあって、楽しくつかいましょう。
三、ゴミやタバコの吸い殻は、もちかえりましょう。
四、公園の遊具や植物は、たいせつにしましょう。
五、公園で、スケートボードはやめましょう。
五、公園で、犬のさんぽはやめましょう。
六、公園で、危ないこと（ゴルフの練習や打ち上げ花火など）はやめましょう。

いつのまにかピンクのパーカーの女が鉄棒の先にある植え込みの狭い隙間——それはわたしが入ってきたときには正規の入り口だと思っていた裏口だ——から公園を脱け出したので追いかけてみると、小さな駐車場にぎっしり停めてある車を素通りして、おそらく目抜き通りと呼べる大通りに出て、ちょうど停留所にやって来たバスに乗り込んだ。わたしは何も考えず一緒に乗り込み、女の席の斜め後ろに陣取ってずっと女を見ていた。汗一つかいていないうなじに金色のネックレスが見え隠れする。バスの窓はところどころ開けられていて、気持ちの良い春風が吹き込んでいる。風になびく女の栗色の髪は長くてきれいだった。他のどの乗客の髪よりもきれいで、こんな髪を持つ人間ならずっと陽気でいられるだろうと思った。バスが四つ目か五つ目の停留所に停まったとき、女のひと束の髪の毛が風に吹かれたかたちのままアーチ状になっているのに気づいた。射しこむ陽の光の具合によって目まぐるしく色を変えるそれを、わたしは彼女への虹の門だと思った。それをくぐりぬけあたたかく迎え入れられるための方法を、わたしは夢見るように考えこんだ。バスを降りるときには、すでに跡形もなくなっていたが。あたりには見覚えのない土手があり、その下の流れのはやい川は銀のしぶきを上げていて、そのしぶきだけはいつか見たことがあるように思った。それは同じ現象を見たという意味ではなくて、どこかで見た水とまったく同じ水だと思った。女はエナメルのハイヒールをまぶしく打ち鳴らしながら、とてもハイヒールとは思えない、ほとんどオートバイのようなスピードで遠ざかっていった。

*『イギリス名詩選』ジョン・クレア「I am」（平井正穂編、岩波文庫）より

友情（浜大津アーカスにて）

児島がルカに会ったのは滋賀県大津市にあるアミューズメント施設、「浜大津アーカス」四階の映画館だった。児島は駆け出しの作家で定職に就いていなかったが、もう十年ほど駆け出していたので、世間体が超絶にヤバかった。実家の両親は共働きなので齧るすねにはまだ多少の余裕があったが、二人ともあと四年で定年退職を迎えてしまう。そんな状態だったから、地元の友人から遊びに誘われてもそれは大抵イジられ要員としてのオファーに決まっているので、出かけて行く気になることは稀だった。だが、その日曜日は父親の虫のいどころが非常に悪く、家にいて下手なことを口走れば何か鋭利なもので刺されかねない雰囲気だったので、友人の誘いを受けることにしたのだ。

児島を呼んだのは、小さな劇団に所属する俳優として少しずつ活躍の場を広げていた中岡である。中岡は幼稚園の頃からの腐れ縁で、いつからかあまり馬が合わなくなったが、付き合いの長さだけは一番だ。児島のほうでは関係が切れても一向にかまわないような気がしているが、中岡は定期的に児島を誘ってくる。しかし、それはやはりイジり要員としてであったり、時には中岡の出る演劇のチケットの押し売りのためであったりする。児島は小説を書く者としては珍しいほど演劇に興味がない。観た方がいい気はするのだが、どうも生身の人間が目の前でせっせと動いて話して、とやっているのを見ると落ち着かない。へたな演劇だと恥ずかしくていたたまれなくなるし、かといってよくできた演劇を観ていても、何かその舞台から波のように押し寄せてくる生命のエネルギーに追い詰められるような感じを受けるのである。そもそも、児島は人間が嫌いで作家になった。作家になれば人間との付き合いを少なくして生きていけるだろうと思ったのだ。今のところ、それは確かにそのとおりにいっている。だが、学生時代から続けている塾講師のアルバイトと作家の収入を足しても年百五十万円にもならないので、このまま行けば破綻するのは目に見えていた。両親が定年を迎えるまでにヒットを飛ばさなければ、そうでなくとも一人で食っていけるだけの地位を築かなければ、完全にアウトだった。

　そういう意味では、児島と中岡は似ていた。小説と演劇の違いはあれど、大して金にならないイチかバチかの世界で戦っていることは共通していた。児島は中岡が成功していないことを確認しては安堵するようなところがあった。しかし、いつ会っても中岡が自信満々なので、それが不安だった。どうせこいつがスターダムにのし上がるのは無理だろう、大した才能もないのだから……そう思おうとしても、中岡の夢のような話——俺はいつかハリウッドに進出するとかアカデミー賞をとるとか、そんな類の話——を何度も何度も聞いていると、こいつはいつか大きなことを成し遂げるんじゃないかという気がしてくるのだ。児島のほうでもそれに対抗して、芥川賞をとるとか、ベストセラーを出すとか言えればよかったのだが、どうしても言えなかった。それは口に出すにはあまりにも遠すぎる夢だった。ということは、中岡にしてみればアカデミー賞は「あまりにも遠すぎ」はしない夢なのだろうか？　児島はいつもそう思えてヒヤヒヤするのだった。

その日、中岡が児島を映画館に誘ったのは、自分が縁あって出演した作品を一緒に見てほしいという理由だった。しかも、浜大津アーカスを指定してきたのは、自分がＪＲ大津駅の近くに住んでいて、そこまで歩いて行けるからに他ならなかった。児島は滋賀の彦根、大村は近江八幡といういわゆる「湖東」に住んでいたので、ほとんど京都に近い大津まで行くのなら――そして大津駅から十分以上も歩くぐらいなら――、いっそ京都まで出てしまいたいはずだというのは容易に推測できることである。だが、中岡はそうしなかった。彼には自分の出演映画を「わざわざ観ていただく」という謙虚な意識がない。つまり、「観に来て当然」のものだと考えているのだ。児島には、その自信が不快というよりは不気味だった。中岡はもしかするととてつもなく大きな人間なのかもしれないと思った。映画を観て中岡の将来的成功を予感させられるのだとすれば、それは恐ろしいことだ。だが、児島の中では家にいる不機嫌な父親の恐ろしさのほうが勝った。中岡への抽象的な恐怖は、本当は非常に大きなものかもしれないのだが、結局のところ、父親という具体的な恐怖の暴力性に敗北したのである。

　それに、その日は大村も行くと聞いたからまだ心強かった。児島は大村とは小学校で知り合って、それ以降一番の親友だった。中岡も同じ小学校だったが、大村とはじめて話をした時、「自分の終生の友となるのは、中岡ではなく大村だろう」という感じを子供ながらに持った。そしてそれは間違いではなかった。その頃、児島は『なるほど！ザ・ワールド』という番組に出ていたマジシャンの「トランプマン」が好きで、クラスでよくマジックのまねごとをしていた。大村もいつも感心してくれ、児島はクラスの中でも人気者の部類に属していた。

　しかし中学校に上がると事情は一変した。マジックの時に児島が見せるドヤ顔が気に入らなかったのか、いわゆる「ヤンチャ」なグループからいじめに近いような扱いを受けるようになったのである（しかしマジックの時にドヤ顔をするなというのは、中学生には酷な要求というものではないか？）。そんな事態になっても、大村はいつも児島の自尊心の柔らかい部分を傷つけないように、自然に味方してくれた。その頃から、現実逃避的な意味もあっただろうが、児島は本をよく読むようになった。そして本の世界のすばらしさに心を震わせた。本を読むことで、そこに描かれる架空の出来事や思想を読み解くことで、苦しい現実を一挙に塗り替えることができる、そんな経験が彼を夢中にさせた。そして大村と同じ地元の公立高校に進んだ頃には、児島はすでに小説を書き始めていた。最初は下手な、誰かの猿真似のようなものばかり書いていたが、だんだん自分のスタイルができ上がってきた。しかしそれを読んだ者は家族を含め、大抵「おもしろくない」とソッポを向いた。小説家を目指していることを知ったヤンキーやギャルが「ネクラ」だと大笑いした。そんな中で、一般受けしない彼のスタイルに唯一高い価値を認めてくれたのが大村だった。大村は彼の書くものを逐一読んでは丁寧な感想を伝えてくれ、「児島はきっと偉い物書きになる」と励まし続けてくれた。児島が二十二歳でデビューした時にも我がことのように喜んでくれたし、彼のデビュー作がツイッターでクソミソに叩かれていた時も、アカウントを三つも作ってほうぼうに反論して回ってくれた。児島は「まあ作家は叩かれてナンボやからな。自分ではいちいち反論とかせえへんけど、ほんまありがとうな」と心から感謝して言った。しかしその実、児島はツイッターアカウントを山ほど作って自作批判に激烈な反撃を喰らわして回り、某有名掲示板でもエゴサーチしては名無しで自作を擁護しまくった。そのことは恥ずかしくて大村には言えなかった。大村は大学卒業後かなりの大手企業で正社員として働き始め、今では課長代理になっている。彼は出会った頃から一貫して優しく責任感の強い男だったが、部下を持ってからはさらに人間として大きくなったように感じられる。それに彼にはもともと、たとえ強い批判にさらされたとしてもそう簡単には動じない胆力があった。一緒に長い時間を過ごしてきた児島には、そのことがとてもよくわかった。だが、大村は「俺はすぐにカッとなってしもてあかん」と口癖のように言っていた。「俺も児島みたいに、世間様に何言われても信念を持ってモノを書けるような強さが欲しいわ」とさえ言っていたのである。児島は「別に強さって言うか、俺のはほとんど鈍さみたいなもんやな」と答えながら、いつも肝心のところでビビっている自分をひた隠しにした。それはとても隠せているとは言えないような下手な演技だったはずだが、大村は素直な様子で児島を褒め続けるので、児島はいつも気分がよかった。大村といると、自分が否定されることがないという安心感があった。

*

少し遅れて映画館に着くとロビーにはすでに大村と中岡がいて、その二人が来ることは当然わかっていたのだが、なぜか中岡の横に見たことのない女が立っていた。髪は黒かったがメイクに強烈なギャルみがあり、児島はたじろいだ。過去の人生でギャルというギャルに迫害されてきた児島は、半ばギャル恐怖症のようになっていたのである。

「おい、これイタリア出張の土産」

みんなに近寄って遅刻を謝罪しようとした時、大村が薄茶色の紙袋を渡してきた。中をのぞくと、フルフェイスの道化師のマスクが入っていた。

「何やこれ」

「ベネチアンマスクってやつや。お前トランプマン好きやったやろ？　これつけたらトランプマンみたいになるかなと思って。有名なカーニバルのあるサンマルコ広場の近くで買ってきたから、正真正銘本場のマスクやぞ」

　正直、それは小学生だった頃の話で、今でもたまにテレビでトランプマンを見かけると「おっ」とは思うが、積極的に追いかけているわけではない。児島は困惑したが、同時に嬉しさがこみ上げてくるのも感じた。それはマスクそのものによってではなく、小学校時代の自分を知っていて、今でも付き合いの続いている人間が確かに存在するのだという感慨によって引き起こされたものだった。彼はある種の証人として、自分の人生に欠くべからざる人間だと思った。

「ありがとう、大事にするわ」

　児島が大村に礼を言うのとほぼ同時に、中岡が「いや、お前遅すぎるぞ」と言った。冗談ではなく本当に苛立っているような調子だった。それはしかし、児島をやや元気にした。ひねくれた考えだが、自分ごときの行動で感情を乱される人間がいるのだという事実が、児島に小さな自信を与えたのだ。

「すまんすまん。ほんであの、そちらは」

　児島は中岡の隣のギャルみの強い女に軽く頭を下げながら言った。女は頭を下げ返さず、「チャース」と明るく言った。それが不思議に児島の胸を打った。

「こいつは前におんなじ劇団におったルカ。もうやめて普通に働いとるんやけど、俺はもういっぺんこっちの世界来てほしいと思ってな、それで今日も呼んだんや」

「いや、もうほんま懲りたし無理」

「まあそう言うなや。こいつは幼なじみの児島。無職やねん」

「え、マジ無職!? ウケるー!」

キャハハ、と屈託なく笑う声もまた児島の胸を打った。児島はまだ会って三分もたたないうちに、ルカの人間性のよさ、純粋さを見抜いたような気がした。顔をよく見ると地元では見たことがないほどの美人で、こんなに恵まれた容姿の人間でもうまくいかない演技の世界で、雰囲気イケメンとギリギリ呼べないでもない程度の、しかも突出した表現力があるわけでもない中岡がよく続けていく気になるものだなと思った。

「いや、児島は作家ですよ。本も二冊出しています」

大村が早口でそう言った。児島が黙っているのを、屈辱に悶えてものも言えなくなったのだと勘違いしたのだ。ルカの笑顔に見とれていた児島もそれで我に返った。

「あ、そうです、一応作家です」

「えっ、本出てるってすごいやん! あんたよりよっぽどすごい人やん、今から敬語使っといたら?」

ルカは中岡をつつきながら言った。それはあきらかに冗談だったが、中岡はムキになったような顔で
「言うても全然売れてへんし、二冊とも絶版やぞ。実家におってバイトで何とか食いつないどるんや。すごくもなんともないわい」と吐き捨てた。大村が「お前……」と言いかけたのを、児島は手で軽く制した。

「ふうん、うちはすごいと思うけどな。児島っちさあ、映画終わったら小説の話も聞かせてや」

「あ、はい、いいですよ」

児島はそう答えながら有頂天だった。本を出すというのは実際難しいことではあるのだが、それをしっかり売って、継続的に新作を出してもらえる状況を整えることのほうがはるかに難しい。現在の児島にはそれがまったくできていなかったし、今後そういう作家になれる可能性もかなり低かった。児島はせっせと原稿を書いては文学賞に応募したり繋がりのある編集者に渡したりしているものの、年々手応えは悪くなっていた。だがもしかしたら、ルカのような女性が隣で無邪気に励ましてくれれば、勢いに乗ってすごいものが書けるかもしれない。そうしてその傑作が、これまで彼に見向きもしなかった世間を一挙に征服するかもしれない。そんなビジョンが彼の頭の中に浮かんだ。それは全然不可能ではないように思えた。

*

映画館の席は、中岡が用意していたチケットによれば四人が横並びのようだった。もし大村と中岡だけなら何の問題もなかっただろうが、ルカの近くで映画を見るというのは、児島にはひどく緊張を強いられることだった。それぞれ飲み物を買おうという話になり、みんながコーヒーを頼もうとする中、児島はビールを頼んだ。すでに筋肉がガチガチに固まって、全身の動きがぎこちなくなっている感じがしたからだ。これから二時間ほど黙って座っているだけとは言え、アルコールを入れなければそれすら耐え切れそうになかった。中岡は「お前昼から何やねん。しらふで見ろや」と怒った。しかしルカは「さすが作家さんは豪快やね。うちもビールにしよ♡」と言って、おかまいなしにビールを頼んだ。中岡はもう何も言わなかった。中岡と大村はコーヒーにした。児島は顔には出さなかったが、ルカがビールを頼んでくれたことが嬉しかった。二人の間だけにうっすらとした、しかし確かな繋がりができたような気がした。そうして歩いていった順番のまま、席の並びは左から中岡、ルカ、児島、大村となった。この並び順で映画を観るというのは僥倖であると同時に、やはり精神の危機でもあった。映画が始まるまでのあいだ、児島は努めて大村と話すようにした。ルカにどう話しかけていいかわからなかったし、中岡のほうがルカに話しかけていたという事情もあった。大村は最近かろうじて文芸誌に掲載された児島の短いエッセイについて、「お前にはやっぱりセンスがある」と褒めた。「着眼点の独自性と文体がきっちり噛み合ってる。そのうちエッセイ集も出して欲しいわ」児島は「ああ、ありがとう」と言いながら、いつもは嬉しくてたまらないようなその言葉が右から左に抜けるのを申し訳なく思った。

　すると突然、ルカが児島の肩をトトトトン、と叩いて「なあ、乾杯しよ、乾杯！」と言った。児島は顔を真っ赤にして「あ、はい」と乾杯に応じた。そうしてルカと同時にビールを一定量、ぐいっと飲んだ。

「プハー！　やっぱ昼から飲むん最高やねえ！　イェーイ☆」

ルカが両手でタッチを要求したので、児島はそれに応じた。「おい、静かにしろや！」と中岡が注意したが、ルカは「あーうっせうっせ」と相手にしなかった。映画が始まっても、児島は両手に残るルカとのタッチの感触を心で舐めるように味わっていた。

　映画は驚くほどつまらなかった。かつて《クロウズ》という暴走族の頭としてその地域一帯——どこであるかは明言されないが、東京付近の広範囲に及ぶ地域であろうと想像される——のワルどもを統治していたハルトという男が引退して海外放浪に旅立ち、それから三年経って地域が荒れ果てたところに英雄のごとく帰ってきて数々の争いを収めていく、という筋書きのものだった。中岡は途中で出てくる敵のチンピラの役で、セリフは「なんだコラァー!!」だけだった。ハルトに一撃でやられて伸びてしまったので、五秒か、長く見積もっても十秒もないほどの出番だった。ハルトは己の「正義」を貫いて周りの弱い人々を決死の覚悟で守り、みんなに頼りにされながら、ヒロインをはじめとする数々の美女たちに言い寄られながら、戦乱とも呼ぶべきその事態を見事に収拾してまた旅に出て行く。児島は閉口した。美女のお色気シーン以外に見るべきところは何もない駄作だと思った。作中で開陳される主人公の「正義」はどこまでも「自分の目の届くかぎりの弱い人たちを守る」というものでしかなく、そこから普遍の真理へと伸びていくことはない。彼はその「正義」について「俺にはそれしかできねーからよ」としきりに言うのだが、それならば今回敵となった集団もたまたまそうなっただけであり、彼がもしそちら側とより密接な関係を築く契機を得ていたとすれば、この映画の敵味方は容易に反転してしまう。見る限りにおいて彼の「正義」はきわめて相対的なものにすぎず、それならそう表現すべきであるのに、この映画内に彼への懐疑はまったく見られず、彼を絶対のものとして描き出してしまっている。児島は、これならまだ鼻につく自我の薄い分、アンパンマンの映画でも観ていたほうがましだろうと思った。

しかし、映画をすべて観終えてふと左隣を見てみると、ルカは肩を震わせて泣いていた。「アッハ、恥ずかし」と顔を隠して涙を拭う仕草の愛らしさは、地の底だったこの映画の評価を生涯ベストスリーぐらいにまで押し上げた。馬鹿にして観ていたすべてが、自分の心の醜さによってそう見えていたのだと思わされた。小説にしても映画にしても、素直な心で味わうという姿勢を久しく失っていた。さほどの知識があるわけでもないのに、玄人ぶった悪意ある批評を与えて評価しなかった数多の作品に、児島は頭を下げたい思いだった。席から立ち上がるとすぐに「どやった？　どやった？　俺の演技！」と聞く中岡に、ルカは「えっ、あんたほんまに出てた？　映画はサイコーやったけど！」と言い、児島も重ねるようにして「めっちゃおもしろかったわ」と言った。大村は「お前の演技は良かったけど、映画はあんまりやったかな」と言った。中岡は「せやろ、俺の演技けっこうイケてたやろ？　こっから一気に行くで。お前らツイッターとかインスタやってるやろ？『この映画のあそこのチンピラよかったー』みたいなんつぶやいてくれや。これきっかけにバーッと行きたいからさ」

　児島は映画を褒めるのはやぶさかでなかったが、中岡の演技はいかんせん短すぎ、一般人よりは少しばかりフォロワーの多い作家アカウントでつぶやくことはためらわれた。それに、あんな十秒未満の名前もついていない役に注目してわざわざ褒めるとなると、どうしてもステルス・マーケティング的な臭気を消し切れないだろう。大村は「ええで。そんなに効果あるか知らんけど」と言ったが、ルカは「えー。何も覚えてないしな」と不平を言った。児島が答えを迷っていると、ルカが続けて言った。

「ほしたら賭けせえへん？　ここスポッチャあるし何かで勝負しよ。それであんたが一位とったらみんなでつぶやいたるわ」

「はあ？　なんでやねん」

「いや、せっかくアーカス来たんやし、そんぐらいせなおもろないもん。なあ？」

　ルカは児島に同意を求めた。児島は昔、塾講師同士の懇親会の一環として、京都伏見のスポッチャで遊んだことがある（念のため説明しておくと、スポッチャというのは多種多様なスポーツが楽しめる、全国各地のラウンドワン内に存在するアトラクション施設のことである）。遊んだといっても周りのノリに付き合わされてという形だったが、それは地獄のような体験だった。三十三歳の児島以外はほとんど大学生で、教室長もまだ二十四歳だったという世代の差もあったが、そもそも児島はスポーツがからきしだった。しかし、その日は断れる雰囲気ではなかった。キャッチボールをやっては男子大学生にノーコンを笑われ、バスケットボールをやっては男子大学生に突き飛ばされ、フットサルをやっては男子大学生に転ばされた。気の毒に思ってくれたのか、教室長が「児島さん、ビリヤードならどうですか」と気遣ってくれたが、そちらはさらにまずかった。ブレイクショットすらまともにできない児島にみなが呆れ果て、ただただ困惑していた。そんなおぞましい記憶が蘇り、児島はどうしても乗り気になれなかった。なんとか別の提案ができないかと思った。ルカに自分の無様な姿を見られたくなかった。カラオケのほうがいいのではないか、と言おうかとも思った。児島はカラオケが取り立ててうまいわけでもなかったが、人並みの点数を取ることはできた。

しかし、カラオケのほうがいいという合理的な理由は思いつかなかった。それに、ルカの提案を断ってしまえば、自分の印象は一気に悪くなるだろうとも思った。結局、こうした逡巡は時間にすれば一秒ほどのことで、児島は笑顔を作って「そうですね、いいと思います」とほぼ即答した。

*

児島はもうどうにでもなれという気持ちだったが、ルカが選んだスポーツは卓球だった。卓球は他のものに比べればまだましだった。しかし多分、他の三人のほうがはるかにうまいだろうと思った。

「ほなやろか。三本勝負で先に二本取ったら勝ちな。あんたがうちら三人を全員倒したらＯＫ」

「まあええけど……順番は？」

「どうしよ。強い人が後のほうがええなあ」

「あ、じゃあ僕が最初にいきます」

　児島は名乗りを上げた。さっさとやられてしまって観客に回ろうと思った。中岡の相手をする順番は児島、ルカ、大村の並びに決まった。中岡は球をカットするようなウザい動きでサーブを打ったので、児島はてんで相手にならないかと思ったが、意外にもそれほどの回転がかかっておらず、普通に打ち返すことができた。だが球のスピードが違った。何度かラリーは続くものの最後には耐えきれなくなってやられる、ということが多く、やはり簡単に二本取られてしまった。

「ドンマイ、次はうちやな」

　ルカは球を高く放り上げ、そこから鋭い手の動きでサーブを打った。球はものすごいスピードで中岡を襲った。「おおっ」と児島は声を上げたが、中岡はそれにしっかり対応し、互角の勝負が続いた。ルカの球は癖がなく素直だった。児島はそこにルカの性質を感じないわけにいかなかった。優しくて、まっすぐで、快活で、無垢な女だと思った。それはほとんど最高の人間だと言えた。なぜなら、人間のもっとも大切にしなければならない、大人になるとみんな忘れてしまう美質を稀有な純度で保ち続けているからだ。彼女は勝負の間にもよく笑った。その笑いの無邪気さが児島にはまぶしく光り輝いて見えた。自分は彼女を愛している、と思った。これまでに出会ったギャルにはろくな奴がいなかった。そいつらは大抵快活さを装って、その内面に陰湿なマウンティング気質を隠していた。児島のような暗い人間を馬鹿にして冷徹に排除した。彼女らの笑いもまた客観的には無邪気なものだったが、それは児島には非情なサイコパスの乾いた笑いに等しかった。彼女らの「美質」は、児島のような人間を排除した、彼女たちの認める人間だけが集まった世界においてのみ美質なのである。そんなものは偽物だ、と彼は思っていた。

だがルカは彼女らと違い、児島を一人の存在として認めてくれていた。彼が作家とわかる前、中岡が無職だと紹介した時の「え、マジ無職!? ウケるー！」という言葉の響きのあたたかさからも、彼の存在をきちんと受け止めてくれていることがわかった。彼は試合中のルカの一挙手一投足に惚れ惚れした。健康な肉体と精神が、世界としなやかに調和していた。地上でこんな喜びを味わえるものとは思っていなかった。この機会を用意してくれたみなに感謝しなければならなかった。一体こんなに幸福でよいものかと思った。きっとどこかに落とし穴があるはずだと思った。しかし、これまで良いことのほとんどない人生に耐えてきたことに対する、運命の神による褒美なのかもしれないとも思った。ルカと一緒になって楽しく生活する自分の姿が頭に浮かんだ。それはぼんやりとではなく、指で触れるほど確かな未来像としてはっきりと見えた。そうしてあらゆる面において盤石となった暮らしの中で、児島は大きな仕事をいくつも成し遂げ、書いたものは片端からベストセラーとなり、次々に映像化が決まる。ルカはやがてそれらの作品の最大の理解者として演技の世界に復帰し、児島の作品に豊かな血肉を与えるようになる……

児島はルカを主人公とした作品のアイデアがまるで泉のようにわき出すのを感じた。これならいくらでも書けると思った。この感覚は久しぶりだと彼は思った。最初に小説を書き始めた時の、あの居ても立ってもいられないというような、書かなければどうにかなりそうだという感覚が、ほとんど十年ぶりに戻ってきたという気がした。児島は今書いているものも、どうしても書きたくて書いているのだと思っていた。しかし、ルカのもたらしたインスピレーションの前では、それは無理にでっちあげた、魂のこもらぬ凡作にすぎなかった。児島は気づかぬうちに、作品を書いている間にも、自分の作品など大したものではないという意識に支配され続けていたのだと思った。しかし、ルカが主人公となれば話は違う。それが凡作であるはずはないし、何より決して凡作にするわけにいかないのだ。

彼は明るい未来の展望に活力を得て、いつになく冗談や洒落を言った。それは大村や中岡に向けて言ったり、時にはルカに対しても軽妙な言葉をかけることができた。ルカが点を取るたびに、児島は拍手をした。大村も小さく拍手していた。だんだんルカの顔が上気してきて、そこから彼女のすこやかな生命力が感じられた。それはそのまま美しさだった。勝負は一勝一敗となり、ルカは尻上がりに調子を上げていった。場はますます盛り上がり、こんなにすばらしい時間は過去になかったと思った。児島はわき上がる喜びを素直に感じて、幸福に浸り切っていた。

「サーー‼」

ルカの声が高く響いた。中岡が負けたのだ。「くっそマジかよー」中岡は笑っていたが、そこには屈辱の色がにじんでいた。きっとみなの前で負かされたことが恥ずかしいのだろう。その点、卓球に何の自信も持たない自分は自然に負けを認めることができた。もし卓球が半端に得意だったら、自分もこのように顔を歪めていたかもしれない――児島は自分の運動音痴ぶりに感謝の念すら覚えた。

「さ、これでうちらのワッショイツイートはなしな」

ルカはそう言って中岡の肩をポンポン叩いた。「ほな、これで終わりにしよか」と大村が言うと、ルカは「大村さんも、いっちょどうですか?」と言った。「せっかくですし」

大村は面倒そうな顔を見せたが、児島が「ええやんか、優勝決定戦や」と言うと勝負に応じた。児島はその時、ルカが大村には敬語を使い、自分には使っていないことにはっきりと気づいた。それでとても嬉しくなった。自分のほうが距離が近いと思った。

それから大村がサーブを打ち込んだが、そのあまりに獰猛なスピードに児島も中岡も「うおっ」と声を上げた。ルカは一歩も動けず立ち尽くすという感じだった。次のサーブはひねくれた球だった。ルカはかろうじてリターンしたが、次の極端に意地の悪い球には手の出しようがなかった。

児島も中岡も、大村の強さに驚いた。しかしその容赦のないのになお驚いた。これだけの実力があれば、普通は少し相手に気を遣うものだと思うが、大村は獅子が兎を殺すのにも全力を尽くすといった感じだった。ルカは勢いに飲まれるようだったが、ヤケは起こさなかった。一生懸命になって暴君のお相手をしているようで、その姿もまた児島にはひどく魅力的に見えた。ルカのそれまでに見えなかった一面が垣間見られ、児島は少しルカに同情しながらも大村に感謝した。

＊

それからパターゴルフやアーチェリーなど、いくつかのスポーツを楽しんでまわった。あの地獄の懇親会に植え付けられたスポッチャの忌まわしいイメージが、ルカの笑顔によって浄化されていった。児島は長い人生で蓄積されたスポーツへの憎悪を、誤ったものだったと反省した。それは自分の濁った目で見たもので、綺麗な目を取り戻さなければならないと思った。途中で大村と二人になった時、大村が「お前ルカちゃん好きやろ」と児島に言った。児島は「は？　え？　なんで？　なにが？」と慌てふためき、大村の笑いを誘った。

「見てりゃわかるわ。今日中に連絡先ぐらい聞けよ」

「いや、まあそら、できれば聞きたいけど」

「聞くって決めとかんとあかんぞ。ほっといたらこのまま二度と会えへんかもしれんし」

「せやな、うん、ちゃんと聞くわ」

スポッチャで目ぼしい遊びが一通り終わったところで、気づけば陽が落ちてきていた。「そろそろ飯食って帰ろか」と中岡が言った。大村は「俺は明日早いし帰ろかな」と言ったが、ルカが「えー！　みんなで食べましょうよ、せっかくですから」と言って引き留めた。それで大村も来ることになった。児島にもそのほうが心強くてよかった。


　二階の飯どころに移動し、四人でテーブル席に座った。窓から見える琵琶湖が綺麗に夕陽に映えていた。児島の隣に自然にルカが座ってくれ、向かいに大村、はす向かいに中岡が座った。この時、ルカが何のためらいもなく自分の隣を選んでくれたことが、児島にとっては鬼の首でもとったように嬉しかった。ルカは自分のことを嫌ってはいないと思った。それどころか、好意を持ってくれているかもしれないと思った。児島は自分の見た目にも中身にも自信がなく、経済力も皆無だったので、長いあいだ卑屈に過ごしてきた。それは作家として大きなヒット作を出すことでしか覆せないのだろうと考えてきた。しかしこの広い世界には、現状のままの自分を受け入れてくれる女性も存在するのかもしれない。児島は、変にヒットを出した自分に寄ってくる人間よりも、ヒットする前の自分を認めてくれる人間と付き合いたいと思った。そういう人間と付き合って、その上でヒットを出して喜ばせたいと思った。しかしどんな分野にあっても

――小説であれ漫画であれ演技であれ歌であれ――、ヒットを出した途端に長く付き合っていた相手を捨ててしまって、ヒット前には到底手の届かなかった相手に乗り換える極悪非道の人間がいるようだ。もちろん作品と個人は分けて考えるのが正統だが、そんなひどい真似をしておきながら、作品の主題を白々しく「愛」だの「平和」だのと言い放っているのを見ると辟易してしまう。その種の人間よりも自分のほうがよほど高潔な魂を持っているはずだと児島は思った。自分は確かに見てくれが良いとは言えない。いや、悪いと言う他ないかもしれない。だが、人間を見る時は魂で見なくてはならない。今の世の中には――昔から変わらないのかもしれないが――、見てくれだけの低俗な人間のほうに惹かれていく者、表面上の華やかさだけに注目する者があまりにも多い。それは容貌だけでなく身に着けるものの値段だったり、SNSのフォロワー数だったり、作家なら本の売り上げだったりするが、それらは決して魂の価値ではない。そのことを見抜く目が、ルカには生来的に備わっているのかもしれない――児島は隣に座った彼女の甘い匂いを嗅ぎながらそう思った。

ほどなく、みんなが酒を頼んで乾杯した。夕陽に照らされて輝く琵琶湖を窓から見ると、児島は自然のおおらかさを感じずにいられなかった。児島は本当に幸福を感じた。自分には不釣り合いなほどの幸福が彼に微笑みを見せてくれた気がした。琵琶湖の反射する細やかなオレンジの光が、なぜこんなにも心に沁み入るのだろう。おおマザーレイク・ビワよ、あなたのお導きに感謝します！　児島は思わずそう叫びたくなった。酒と併せておいしい食事もとりながら談笑しているうち、児島はこんなにくつろいだ気分になったのは久々だと思った。深い孤独と世間の軽蔑に対抗するようにしてつねに心にまとっていた甲冑が、いつの間にか溶けているように感じた。話も途切れることなく盛り上がり続け、こんな日ばかりならきっと人生は良いものになると思った。だが、そうは行かないことも知っていた。そして、たまにあるからこそ、このような時間が尊いのだとも思った。食事をとるルカもまた目を見張るほど美しかった。とてもこの世のものとは思えない、ほとんど芸術に近い、と児島は思った。

アルコールが回ってくると、ルカの児島へのボディタッチが増えた。冗談を言うと、「ちょっとお〜」と言って肩を触ってくれるので、児島は滅茶苦茶に冗談を言った。名字の読みが同じだからと小島よしおのマネをして「ピーヤ！」「おっぱっぴー！」などと叫んだり、「位置について、レディー……ガガ！」と言って上半身で激しく踊ったりした。はっきり言って、児島がやってもさほどおもしろくなかったはずだが、ルカはよく笑ってくれた。

やがて中岡が映画の話を始めた。映画に出てきた元暴走族の主人公について、「ああいう人間ってやっぱ芯があってカッコええよな。危ない橋の一つも渡ってへん奴は肝が据わってなくてあかんわ」と言った。大村は「そんなことないやろ」と言い、児島もそう思ったが、ルカは「それな！」と中岡に強く同意した。

「やっぱ人間って経験が大事やと思うねん。言うても不良って生半可な覚悟ではできひんやんか、そこを覚悟決めて突っ張ってた経験って絶対後々生きてくるんよ。演技やってる時でも、あ、この人修羅場くぐってへんな、とかすぐわかったもん。みんな一回グレたほうが人としてぐっと大きくなるんちゃうかなあ」

児島は学校で活発だったヤンキーたち、そして無慈悲なギャルたちにいじめられていた時期のことを再び思い出した。そして、互いの社交性の低さから連帯できなかった多くの同志たちの無念を思った。ルカの美しい涙によって傑作に化けていた映画は、みるみるうちに元の最低評価にまで下がっていった。この作品を映画館だけでなく、今後自宅やネットカフェで見て傷つくことになるすべての人間たちのためにも、やはりはっきりと拒絶の意志を示さなければならない。そんな責任感にも似た強い思いが胸にせり上がってきて、児島は冷静さを失って言った。

「違う違う、そんなわけないですよ！　いいですか、不良っていうのは基本的に人に迷惑をかけたり恐怖を与えたりして生きてるわけです、そこに被害者が確実に存在するわけです。それをそいつが一回り〝大きく〟なるための糧みたいに言われたら困りますね。さっきの映画でもそうでしょう、主人公は敵のザコキャラ、たとえば中岡のことを簡単に殴り飛ばしましたよね？　でも中岡には中岡の考えがあり、それまでの歩みがある。お父さんもお母さんもいる。恋人か、もしかしたら妻と子供だっていたかもしれないじゃないですか。そういうことを考えたら、人のことをよく知りもせず殴り飛ばすような真似は絶対できないはずなんです。不良がいいなんていうのは想像力の貧困からくる愚かな妄想ですよ！」

「いや、でも何かを守る時の強さって必要やん」と中岡が言った。

「何が何でも立ち向かわなあかんって時、やっぱ場数踏んでる不良は一味違うと思うで。お前みたいなんはすぐバックレるかやられるかして終わりやろ。お前目の前にガチの不良がいてもそんなん言えるけ？」

「言える。絶対言ったる」

児島は声が震えるのを感じた。心底自分を情けなく思った。目の前のビールを気付け薬のように飲み干して、声を大きめにして言葉を続けた。

「大体お前も半分不良みたいなもんやったやんけ。それで自分を肯定したいんやろ？　色んな人を傷つけて踏みつけて、笑って馬鹿にして、そうやって生きてきた自分を肯定したいんやろ？　アホなこと言うなよ、お前のことを絶対に許さんって奴は何人もおるはずや。そうやって恨み買ってきた人間は、何十年も経ってからそいつらの怨念にデカイしっぺ返し喰らうんや。俺は自分を馬鹿にしてきたヤンキーのことは全部覚えてるぞ。そいつらには絶対復讐したる、死ぬまでに絶対何がなんでも復讐して、泣くほど後悔させたるからな!!」

中岡は「いやいや、どしたんお前」と困惑した。大村はテーブルの下で「もうやめとけ」という風に、周りにはわからないように自分の足で児島の足をこづいた。しかし児島は、自分は間違っていないと思っていた。間違っていないことを譲りたくはなかった。

「ルカさん、昔ワルかったような奴なんていけませんよ。本当に善い人間というのは、ワルかった時期をもたない人間です。そうに決まってるじゃないですか。不良なんていうのは、自分の欲望に負けて人を傷つけ、それで平気でいられる人間がなるものです。どうも世間では真面目にやってきた人間はおもしろくないとか、いざという時に根性がないという風に見る傾向があって、それはいつまでもなくなりません。そして不良がカッコいいという幻想は、異性からの人気によってさらに補強されています。そう、不良はモテてしまう。それはルカさんのような考えの人間がいなくならないからです。もっと不良はダサいという考えを浸透させていかないと、この国はいつまでたっても良くなりません」

「うち、国がどうとかはよくわからへんけど」とルカは言った。

「結局、児島っちも自分を肯定したいだけなんちゃうかなあ。不良にならずに真面目にやってきた自分を」

「違います違います！　僕自身のことは抜きにして……」

「まあもうええやろ。そろそろ出ようや」

大村に制され、会は白けたままお開きとなった。児島は腹立たしいような淋しいような、複雑な気持ちになった。結局連絡先は聞けなかった。あんなことを言うべきではなかったのかもしれないと思った。だが、自分の考えを何も言わずへらへらと迎合していたら、それはそれで後悔しただろう。つまるところ、人生というやつは何を選んでも後悔するようにできているのだ。だが、ルカのいる後悔といない後悔なら、いる後悔のほうがいいようにも思った。児島は泣きたくなった。

帰り道をＪＲの大津駅に向かって歩いていると、ルカは児島の隣に並んできて「なあ、児島っちの小説って店で買えるん？」と聞いてきた。

「いや、もう絶版で買えないです」

「ゼッパン？」

「はい、あまり売れなくて、もう刷られなくなったんです」

「そしたらまた新しいの出たら買うわ。何て名前でやってるん？」

「本名の児島優平です。児童のジにアイランドの島、優勝の優にたいらです」

「うわっ、何か今の言いなれてそー」

ルカはそう言って笑った。児島は、ルカが和解しようとしてくれているのだと思った。あるいは、あの程度のことで人間関係がぎすぎすすると思っているのは児島ばかりで、ルカにとっては何でもないのかもしれなかった。児島は嬉しかった。駅に着いたらきっと連絡先を聞こうと思った。

道中、酔いが醒めない様子の中岡が「ルカ、お前児島と大村やったらどっちがタイプ？」と聞いた。児島は驚いて、一気に肝が冷える思いだった。しかし、大村とルカは今日ほとんど話していないし、作家業への興味もありそうだし、自分のほうに分があるだろうという自信はあった。だが、たとえそうだったとしても、まさかそんなことをはっきり答えはしないだろう。中岡も馬鹿な質問をするものだ……児島が内心苦笑していると、ルカは大きな声で言った。

「うーん、大村さん‼」

児島は一瞬、何が起きたのかわからなかった。中岡がゲラゲラ笑っていた。大村はこちらをちらりと見てから目をそらし、困惑の表情を浮かべていた。

「ほんまにめっっっちゃタイプなんです。あの、よかったら連絡先とか教えてもらえませんか……？」

ルカが大村に寄って行った。児島は頭がくらくらして、長距離マラソンの後のようにひどく息切れするような感じがした。JR大津駅へと長く延びる中央大通りが、さらに無限に延びていくような気がした。

「いや、あの、じゃあみんなで交換しますか？」

大村はそう言ったが、ルカはそれには答えず「私みたいなの、あんまり好みじゃないですか？」と聞いた。その声色には、媚態とも言うべき艶が含まれていた。大村の顔に隠し切れない喜びの色がパッとさした。児島はその瞬間、大村が無類のギャル好きだったことを思い出した。そうだ、あいつは中学時代からギャルものばかり見ていたのだ。付き合った相手もギャルみの豊かな女性ばかりだった。大村は児島のトランプマン好きをいまだに覚えていてくれたのに、児島はそんな大事なことすら忘れてしまっていた自分を恥ずかしく思った。そうだ、大村はルカみたいな女が大好きなのだ。それなのに自分がルカに惚れたような様子を見せたから、身を引こうとしてくれたのだ。しかし、今ではその心遣いが余計に彼を苦しめるようだった。

「いや、全然、好みじゃないとかそういうことではなく、みんなで、その、児島の連絡先も一緒に……」

もういい、と児島は思った。いいんだ大村。俺にかまわず、お前はお前の好きにやってくれ。だが、児島の思いではなく、ルカの言葉が大村の言葉をせき止めた。

「児島さんの連絡先はいりません」

「えっ」

大村が思わず驚いたような声を上げた。児島は声を出すのは我慢したが、やはり「えっ」という感じで顔を上げた。

「私、大村さんが好きなんです。児島さんのことは、今日せっかく会ったんで作家さんとしては応援したいなと思いますけど、個人的に友達になりたいとかは思わないんです。今日もずっと私の身体じろじろ見てたし、さっきも無理に明るくしてる感じがすごいキツかったんです。でも一日だけやし、大村さんのお友達やし、冷たくしたらかわいそうかなと思って……」

「……」

大村は黙ってしまった。児島も黙った。顔がひきつり、足から力が抜けてガクガクした。地獄だと思った。ルカが自分に敬語を使わないのを距離の近さだと考えていたことなどが、燃えるような恥辱とともに思い出された。素直なルカの敬語はそのまま敬意なのだ。中岡は自分が発端であるにもかかわらず、すでに後ろで起きている出来事に興味を失いふらふらと先に行ってしまっている。児島はうつむいた。大村が自分の様子を窺ったような気がしたが、もう大村と目を合わせたくなかった。

「……わかりました、交換しましょう」

「やったー！　毎日電話していいですか？」

「いや、それは多分、出られないほうが多いんじゃないかな」

「ふっふ、すぐに私なしじゃ生きられない身体になりますよ」

「それはこわいなあ」

　アッハハハハ、という二人の笑い声が静かな大津の夜に響いた。周りに人はいなかった。いつの間にか中岡は見えなくなっている。勝手に自宅に帰ったのだろう、昔からそういう奴だった。児島は今日の中岡の演技を思い出し、あいつはもしかしたらうまくいくかもしれない、と思った。昔何かのテレビで、吉田羊がブレイクしたきっかけについて取り上げているのを見たことがある。それはあるドラマで吉田羊がさほど出番のない看護師役をやって、その巧みな演技に中井貴一が目をつけたことだった。そんな類の奇跡が中岡の身に起こらないとも限らない。それが起こりうる程度には良い演技だったと児島は感じていた。

　すべてが自分を置き去りにする。そう思った。

　大村とルカはいちゃつきながら大津駅にゆっくりと向かっていった。児島は足を止めた。そして今来た道を引き返すように、中央大通りを琵琶湖に向かって駆け出した。その足音を聞いて大村が「おい！」と声をかけたが、児島は振り返らなかった。大村はそれ以上追いかけてくることもなかった。児島は泣いた。途中から叫び声を上げて走った。運動不足の身体は悲鳴を上げ、今にも肺がつぶれそうだった。しかしそれでも走った。そうして湖岸の公園——大津湖岸なぎさ公園——を突っ切ると、大村にもらったベネチアンマスクを思い切り琵琶湖に放り投げた。それはまるでトランプマンの死体のようにじっと月を見つめながら、湖面をゆらゆらと揺れ続けた。児島はそれを見て、過去の自分が死んだのだと感じた。もうどうしていいかわからなかった。それから震える手でスマートフォンを取り出し、メールの下書きに文字を打ち込みはじめた。

「俺よ。女に選ばれたことのない俺よ。今日という至福の時は地獄の時へと塗り変えられた。これは俺にとって良いことだ、すばらしいことだ。地獄は小説になる。作家はどんな経験も糧にすることができる。これは俺の大きな飛躍のための第一歩だ。きっと今日のことを書いて、その作品で俺は世間に登場するだろう。いや、必ず登場しなければならない。この淋しさから何かを生み出すのでなければ、淋しさはただそのものとして俺を蝕むだけだ。そんなことは許さない。淋しさに意味のないことは許さない。ニヒリストなら、そもそもどんなものにも意味はないというかもしれない。しかし、それは言葉だけの空虚な真理だ。現実の空間の中に引きずり出せば、それはたちまち窒息してしまうだろう。俺は論理の中にではなく、現実の中に戦いの場を見る。そこでの闘争をやめるつもりはない。俺はこの耐えがたい淋しさを鋭利な武器として世界を切り裂くのだ。今日の日が神から与えられた試練の杯ならば、ともかく俺はそれを飲み干さなければならない」

　児島はそう打ち終えると、スマートフォンをポケットにしまいこみ、垂れていた涙と鼻水を三日洗っていないハンカチでぬぐった。そして闇に染まった琵琶湖を眺めながら、ルーマニアのある哲学者の言葉を思い出していた。

> 歳月が経つにつれて、理解しあえる友人の数は減ってゆく。言葉を交せる相手がついに一人もいなくなった時、人間は、個人名を持った存在へと失墜する以前の状態に還る
>
> （『生誕の厄災』（E・M・シオラン著　出口裕弘訳、紀伊國屋書店）より。傍点筆者）

初出一覧

愛の様式　書き下ろし

冷たい丘　『スカーレット・ヤングスター』惑星と口笛ブックス

舞踏会　「ことばと vol.1」

ひだまりの森　書き下ろし

友情（浜大津アーカスにて）　書き下ろし

■著者略歴

佐川恭一（さがわ・きょういち）
滋賀県生まれ。京都大学文学部卒業。「踊る阿呆」で第２回阿波しらさぎ文学賞受賞。著書（電子書籍含む）に『サークルクラッシャー麻紀』『受賞第一作』『無能男』『ダムヤーク』などがある。

舞踏会

2021年4月27日　第1刷発行

著　者　佐川恭一
発行者　田島安江
発行所　株式会社 書肆侃侃房（しょしかんかんぼう）
〒810-0041 福岡市中央区大名 2-8-18-501
TEL 092-735-2802　FAX 092-735-2792
http://www.kankanbou.com
info@kankanbou.com

編　集　田島安江　池田雪
装　丁　藤田瞳
装　画　William Hogarth / Wikiart.org
ＤＴＰ　藤田瞳
印刷・製本　モリモト印刷株式会社

ISBN978-4-86385-460-4　C0093

NexTone　PB000051278号